1000 Witze

1000 Witze

Rainer Hohn

Weltbild

Weltbild Buchverlag
–Originalausgaben–

Steinerne Furt 67, 86167 Augsburg
2. Auflage 2005

Projektleitung: Julia Kotzschmar
Redaktion: Claudia Krader
Umschlaggestaltung: symbiosys[2], Augsburg
Layout und Satz: Lydia Koch, Augsburg
Reproduktion: Point of Media GmbH, Augsburg
Druck und Bindung: GGP Media GmbH,
Karl-Marx-Straße 24, 07381 Pößneck

Gedruckt auf chlorfrei gebleichtem Papier

ISBN 3-89897-214-3

INHALT

»Sitzen zwei Mathematiker im Flugzeug ...«

AKADEMIKERWITZE

Ein Mathematiker kommt nach Hause, schenkt seiner Frau einen großen Strauß Rosen und sagt: »Ich liebe dich!«
Sie nimmt die Rosen, haut sie ihm um die Ohren, gibt ihm einen Tritt und wirft ihn aus der Wohnung.
Was hat er falsch gemacht?
Er hätte sagen müssen: »Ich liebe dich und nur dich!«

Der junge Akademiker hat seinen ersten Arbeitstag im neuen Büro. Der Chef sagt zu ihm: »Nehmen Sie den Besen, und kehren Sie bitte das Zimmer.«
Der junge Akademiker ist empört: »Aber ich komme doch von der Universität!«
»Oh, Entschuldigung, ich zeige Ihnen natürlich gleich, wie das geht.«

Zwei Leute gehen in ein leeres Haus, eine Weile später kommen drei wieder heraus.
Was sagt der Mathematiker?
»Wenn jetzt noch einer hineingeht,
ist das Haus wieder leer.«
Was sagt der Physiker?
»Da muss wohl einer 'reingetunnelt sein.«
Was sagt der Biologe?
»Die haben sich wohl vermehrt.«
Was sagt die Hebamme?
»Ist bei uns im Kreißsaal immer so.«

Wenn du einen Mathematiker wählen lässt zwischen einem Brötchen und ewiger Seligkeit, was nimmt er?
Natürlich das Brötchen.
Nichts ist besser als ewige Seligkeit – aber ein belegtes Brötchen ist besser als nichts …

Was ist die Reaktion des Mathematikers auf eine fundamental neue Theorie?
Erstens: Das ist trivial!
Zweitens: Außerdem funktioniert's nicht!
Drittens: Und eigentlich habe ich das schon immer so gemacht …

Ein Ingenieur, ein Physiker und ein Mathematiker wohnen anlässlich eines technischen Seminars in einem Hotel. Eines Nachts wacht der Ingenieur auf und riecht Rauch. Er geht raus in den Gang und sieht Feuer. Also nimmt er einen Eimer aus seinem Zimmer, füllt ihn mit Wasser und löscht es. Dann geht er zurück ins Bett.
Später wacht der Physiker auf und riecht Rauch. Er öffnet die Tür und sieht das erneut aufgeflammte Feuer im Gang. Er geht zum nächsten Feuerlöscher, und nachdem er die Flammengröße, Ausbreitungsgeschwindigkeit, Abstand, Gasdruck im Löscher usw. berechnet hat, löscht er das Feuer mit minimalem Aufwand.
Schließlich wacht der Mathematiker auf und riecht Rauch. Er geht auf den Gang, sieht das Feuer und den Feuerlöscher. Er denkt einen Moment nach und meint: »Ah, prima! Das Problem ist lösbar!« und geht zu Bett.

Es gibt drei Arten von Mathematikern.
1. Solche, die zählen können.
2. Solche, die nicht zählen können.

Im Matheinstitut in München steht auf einer Klotür:
»Sie sind momentan der Einzige in diesem Gebäude,
der weiß, was er tut …«

Philosophie ist ein Spiel mit Zielen, aber ohne Regeln. Mathematik ist ein Spiel mit Regeln, aber ohne Ziele.

Ein Mathematiker will seinen neuesten Beweis als Bild aufhängen – leider ist niemand da, der den Nagel reinhaut. Also nimmt er Leiter, Nagel und Hammer und hält den Nagel mit dem Kopf zur Wand. Gerade als er zuschlagen will, schaut er noch mal genau hin – und stutzt. Er überlegt … und überlegt … und überlegt. Nach fünf Minuten konzentrierten Hinschauens hat er es: »Das ist ein Nagel für die gegenüberliegende Wand!«

»Sie sind Mathematiker … ist die Arbeit nicht etwas monoton?« Mathematiker: »Kann sein, dafür aber auch stetig und unbegrenzt …«

»Ein Mathematiker ist ein Mensch, der einen ihm vorgetragenen Gedanken nicht nur sofort begreift, sondern auch erkennt, auf welchem Denkfehler er beruht.«

Zwei Männer fliegen in einem Heißluftballon. Es kommt Nebel auf, und sie können nichts mehr sehen. Nach einer Zeit lichtet sich der Nebel wieder, aber sie wissen nicht mehr, wo sie sind. Da sehen sie unter sich einen Mann, der im Garten arbeitet. Der eine ruft runter: »Wo sind wir hier?«
Es kommt keine Antwort. Endlich, als sie schon fast außer Hörweite sind, ruft der Mann hoch: »Sie sind in einem Ballon.«
Daraufhin meint der eine Mann: »Das war bestimmt ein Mathematiker.«
Fragt der andere: »Wie kommst du denn darauf?«
Antwortet der erste: »Das ist doch ganz klar. Erstens hat es ewig gedauert, bis eine Antwort kam. Zweitens war die Antwort einfach total richtig. Da gab es überhaupt nichts dran auszusetzen. Aber drittens war sie zu überhaupt nichts zu gebrauchen ...«

»Ich muss meinem Sohn den Satz des Pythagoras erklären, bekomme ihn aber nicht mehr zusammen.«
»Das ist verständlich, denn der Kerl ist schon einige Jahre tot. Ich persönlich würde übrigens nicht einmal versuchen, ihn wieder zusammenzubekommen. Könnte Ärger geben ...«

Ein Biologe, ein Jurist und ein Mathematiker
unterhalten sich darüber, ob ein Seitensprung gut wäre.
Der Biologe meint, das sei positiver Stress
und der sei gut für das Befinden.
Der Jurist meint, das sei aufgrund der Gesetze schlecht,
weil eine Scheidung sehr teuer
und unangenehm werden kann.
Der Mathematiker meint, das sei gut, weil die Frau
denkt, man wäre bei der Geliebten, während die
Geliebte denkt, man sei zu Hause – und dann kann
man ins Institut gehen und arbeiten …

Vor Gericht sagt der Mathematiker aus, dass er an der Unfallstelle mit einer Lampe, die er eine Minute hin und her schwenkte, Signale gegeben habe. Er steht dazu auf und demonstriert, wie er es gemacht hat. Das Gericht glaubt seine Geschichte, und die Klage wird abgewiesen. »Herzlichen Glückwunsch«, gratuliert der Verteidiger, als alles vorbei ist. »Sie waren im Zeugenstand sehr überzeugend.«
»Danke schön«, antwortet der Mathematiker, »aber der Staatsanwalt hat mir ganz schön Angst gemacht.«
»Wie das?«, fragt der Anwalt.
»Ich hatte Sorge, dass er mich fragt, ob die Lampe eingeschaltet war!«

Frage: Wie oft kann man 7 von 83 abziehen,
und was bleibt am Ende übrig?
Antwort: Man kann, so oft man will, 7 von 83
abziehen, und es bleibt jedes Mal 76 über.

Ein Mathematiker, ein Physiker und ein Computerbenutzer werden getrennt voneinander eingeschlossen. Jeder erhält zwei Glaskugeln. Nach einer Stunde schaut man nach, was diese Leute damit machen.
Der Mathematiker sitzt da und berechnet Volumen und Oberfläche der Kugeln.
Der Physiker hält die Kugeln gegen das Licht und berechnet Brechzahl und Absorptionskoeffizient.
Als letztes ist der Computerbenutzer an der Reihe. Man stellt fest, dass eine Kugel fehlt und das Fenster zerbrochen ist. Auf die Frage, was denn passiert sei, zuckt der Computermensch nur mit den Achseln und sagt: »Ich hab nix gemacht!«

Ein Mathematiklehrer steht vor der Klasse und erklärt:
»Es gibt keine größere und keine kleinere Hälfte,
… aber warum erzähl ich euch das überhaupt,
die größere Hälfte von euch versteht
das ja doch nicht.«

Wenn ein Mathematiker ein Fantasybuch schreibt – wären die Seitenzahlen dann imaginäre Zahlen?

Dieses Jahr wird sogar der Nobelpreis für Mathematik verliehen. Er wurde eingeführt, um die Entdeckung von Peter Petersen, einem Mathematiker aus Ostfriesland, gebührend würdigen zu können. Petersen entdeckte eine neue ganze Zahl. Sie heißt SACHT und liegt genau zwischen sieben und acht.

Treffen sich zwei Geraden im Unendlichen. Meint die eine zur anderen: »Jetzt mach aber mal 'nen Punkt!«

Ein Mathematiker, ein Physiker und ein Maschinenbauer sollen das Volumen eines kleinen roten Gummiballs herausbekommen.
Der Mathematiker misst den Durchmesser und rechnet dann das Volumen aus.
Der Physiker taucht den Ball in einen Eimer voll mit Wasser und schaut nach, was er für eine Wasserverdrängung hat.
Und der Maschinenbauer guckt in der »DIN für kleine rote Gummibälle« nach.

Was antwortet ein Mathematiker,
wenn man ihn fragt, ob er das Fenster
offen oder geschlossen haben möchte?
JA!

Ein alter Mathematiklehrer trifft einen
früheren Schüler, wie dieser gerade aus einer
Luxuslimousine mit Chauffeur aussteigt.
Er wundert sich: »Sie haben es ja anscheinend ganz
schön zu was gebracht, obwohl Sie im
Rechnen nie eine besondere Leuchte waren.«
»Ja, wissen Sie«, meint der ehemalige Schüler,
»ich kaufe T-Shirts für 7 Euro und verkaufe sie
für 12 Euro wieder. Von diesen 5 Prozent lässt
sich's gut leben.«

Wer sagt 8tung!, wenn er heiße Suppen ser4t?
Der Kellner, der Mathematik studiert hat.

Warum ist ein Informatiker besser
als ein Mathematiker?
Dank des binären Zahlensystems kann
er mit den Fingern weiterrechnen!

Ein Soziologe, ein Physiker und zwei Mathematiker fahren mit dem Zug.
Der Soziologe sieht auf einer Wiese zwei schwarze Schafe stehen und folgert: »In dieser Gegend sind alle Schafe schwarz.«
Der Physiker folgert: »Das ist nicht korrekt. Alles, was wir wissen, ist, dass mindestens zwei Schafe schwarz sind!«
Der Mathematiker folgert dann: »Falsch! Alles, was wir wissen, ist, dass es mindestens zwei Schafe gibt, die mindestens auf einer Seite schwarz sind!«
Da folgert der zweite Mathematiker: »Das einzige, was wir zu wissen glauben, ist: Es gibt hier mindestens ein Schaf, dass von mindestens einer Seite betrachtet, bei Beleuchtung mit weißem Licht einem Beobachter schwarz erscheint.«

Der Dekan an die Fakultät für Physik: »Warum braucht ihr immer so viel Geld für Labore, teure Ausstattung und so was? Warum könnt ihr nicht einfach wie die Mathematiker sein? Die brauchen nur Geld für Stifte, Papier und Papierkörbe. Oder besser noch wie die Philosophie-Fakultät: Die brauchen nur Geld für Stifte und Papier!«

Der Lehrer fragt: »Chris, wie viel ist vier und vier?«
Chris: »Acht.«
»Richtig, zur Belohnung bekommst du
acht Bonbons von mir.«
»Wenn ich das gewusst hätte«, entgegnet Chris,
»hätte ich hundert gesagt!«

Sitzen zwei Mathematiker im Flugzeug in die USA, um eine Konferenz zu besuchen.
Meint der erste: »Haben Sie keine Angst, ein Flugzeug zu benutzen? Die Statistik besagt doch, dass die Wahrscheinlichkeit, dass sich eine Bombe an Bord befindet, heutzutage recht hoch ist.«
Antwort: »Sie haben Recht, aber die Wahrscheinlichkeit, dass zwei Bomben an Bord sind, ist sehr gering. Und eine Bombe habe ich mit ...«

Worin besteht der Unterschied
zwischen einem TH-Bauingenieur
und einem FH-Bauingenieur?
Ein TH-Bauingenieur baut eine Brücke,
die stürzt ein – und er weiß, warum.
Ein FH-Bauingenieur baute eine Brücke,
die stürzt nicht ein – und er weiß nicht, warum.

Drei junge Wissenschaftler einigen sich nach langer Debatte, den Einfluss von Verstopfung an Schweinen zu untersuchen. Also beschaffen sie sich ein Schwein und verstopfen sein Hinterteil mit einem Korken. Sie füttern es jeden Tag, wiegen und vermessen es, bis es nach einem Monat ungefähr so groß wie eine Kuh ist. Das Schwein frisst fleißig weiter und wächst von Tag zu Tag. Weil es aber irgendwann zu groß für das Labor wird, entscheiden die Wissenschaftler, das Experiment nach draußen zu verlagern.
Nach ein paar Monaten hat das Schwein die Größe eines Elefanten. Es lebt und frisst fleißig. Die Wissenschaftler wollen nun das Experiment abbrechen und beschließen, den Korken zu entfernen. Weil dies aber keiner der drei tun will, kommt man auf die Idee, einen Affen darauf zu trainieren, ihn zu entfernen. Darüber gehen weitere Monate ins Land, währenddessen das Schwein fleißig weiterfrisst und größer wird.
Endlich ist es so weit: Die drei Wissenschaftler gehen mit Affe und einer Leiter zu dem Schwein, das mittlerweile mehr als doppelt so groß wie ein Elefant ist.
Sie stellen den Affen auf die Leiter und entfernen sich. Der erste bleibt nach 20 Metern stehen. Die anderen beiden anderen halten 50 bzw. 100 Meter Sicherheitsabstand. Schließlich gibt der erste Wissenschaftler dem Affen ein Zeichen. Im Nu steht der am weitesten

entfernte Wissenschaftler bis über beide Beine im stinkenden Schweinemist.
Er beeilt sich, seinen Kollegen zu befreien, der bis zum Brustkorb eingeschlossen ist, und gemeinsam macht man sich daran, auch den letzten zu befreien, der nicht mehr zu sehen ist.
Doch der wird geradezu hysterisch von einem Lachkrampf geschüttelt. Dies können die beiden anderen nun überhaupt nicht verstehen und fragen ihn, als er sich beruhigt hat, was denn so komisch daran sei, bis über den Hals in Schweinemist zu stehen. Darauf der Wissenschaftler: »Ihr hättet den Gesichtsausdruck von dem Affen sehen sollen!«

BWLer und Physiker in der Konsultation:
Professor: »Lernen Sie dieses Telefonbuch auswendig!«
Physiker: »Warum?«
BWLer: »Bis wann?«

Warum werden bei BMW neuerdings keine Mathematiker mehr beschäftigt?
Die haben allgemein ein Auto mit n Rädern konstruiert und erst danach den Spezialfall n=4 untersucht …

Wir sind alle Nichtschwimmer
in der mathematischen Pfütze.

Ein Projektmanager, ein Ingenieur und ein Informatiker machen einen Autoausflug durch die Berge. Als sie gerade einen Pass hinunterfahren, reagieren plötzlich die Bremsen nicht mehr. Das Auto kommt von der Straße ab und stürzt ins Tal hinunter. Etwas benebelt steigen die drei aus. Da meint der Projektmanager: »Tja, am besten machen wir mal ein Meeting und checken die Lage.« Darauf der Ingenieur: »Ach was, ich hab mein Sackmesser dabei, damit repariere ich die Bremsen.« Kommt der Informatiker und sagt: »Warum so kompliziert, wir schieben die Karre wieder auf die Straße hinauf, steigen ein und schauen, ob es noch einmal passiert.«

Wer Steuern zahlen muss, lässt sich beraten.
Steuerfachgehilfe: »Was haben Sie denn verdient?«
Jurist: »Was hatten Sie an Sonderabschreibungen, Ausgaben, Unterhaltszahlungen ...«
Physiker: »Was sind Steuern?«
BWLer: »Wie viel wollen Sie denn zahlen?«

Der Wissenschaft ist es endlich gelungen, Fachwissen in Tablettenform auf den Markt zu bringen.
Ein Student geht daraufhin in die Apotheke und erkundigt sich nach diesen Wissenspillen.
Der Apotheker zeigt ihm eine Tablette und sagt: »Hier ist eine Pille für Kenntnisse in russischer Literatur.« Der Student nimmt die Pille, um die Wirkungskraft auszuprobieren und weiß sofort alles über Tolstoi, Tschechow und Konsorten.
»Das ist ja toll! Was haben Sie sonst noch?«, fragt der Student.
»Nun, wie wäre es mit Tabletten für Sinologie, Mittelhochdeutsch oder Archäologie?«, fragt der Apotheker.
Der Student nimmt je eine, schluckt sie und weiß nun alles über diese Themen.
Schließlich fragt er: »Haben Sie auch Mathematikpillen?« Der Apotheker stutzt, bittet um Geduld, geht in einen Nebenraum und kehrt mit einer riesengroßen Tablette wieder, die er vor den verdutzten Studenten auf die Theke legt.
»Was? Für Mathe muss ich dieses Riesenteil schlucken???«, fragt der Student erstaunt.
Der Apotheker grinst: »Nun, Mathematik war schon immer schlecht zu komprimieren und vor allem sehr schwer zu schlucken!«

Ein Ingenieur, ein theoretischer und ein Experimentalphysiker wachen nachts auf und merken, dass ihre Häuser brennen. Was tun sie?
Der Ingenieur rennt zum Feuerlöscher, löscht damit den Brand und legt sich wieder schlafen.
Der theoretische Physiker setzt sich an den Schreibtisch, rechnet, nimmt dann ein Glas Wasser und schüttet es so auf das Feuer, dass es erlischt.
Der Experimentalphysiker verbrennt auf der Suche nach einem Thermometer …

Was ist das? Schwimmt im Wasser und schreit F1?
Ein Informatiker, der nicht schwimmen kann.

Ein Philosoph, ein Physiker und ein Mathematiker stehen auf einem Hochhaus. Der Philosoph fängt an, über den Sinn des Lebens zu sinnieren, findet keine zufrieden stellende Lösung und springt in den Tod.
Der Physiker meint, wenn schon der Philosoph keinen Sinn gefunden hat, dann hätte auch er keine Berechtigung mehr zu leben. Somit beschließt auch er, ebenfalls den Freitod zu wählen. Allerdings berechnet er zuerst seinen Sprung sehr genau, nimmt Rücksicht auf die Flugbahn, die Erdanziehungskraft, den Luftdruck …

Schließlich und letztendlich springt er, fällt in einer Bogenflugbahn Richtung Erde, touchiert eine Eiche, fällt in den Pool und überlebt.
Auch der Mathematiker kommt zu dem Schluss, dass es keinen Sinn hat zu leben, und er ist ebenso willig zu springen. Jedoch soll seine Entscheidung effektivere Konsequenzen haben. Er berechnet ebenfalls auf seine ungestüme Weise seinen Sprung sehr genau, nimmt dann etwas Anlauf, hechtet mit einem gewagten Sprung von der Dachkante und fliegt nach oben gen Himmel!
Was ist passiert?
...Vorzeichenfehler ...

Mitten im mathematischen Vortrag erhebt einer der Anwesenden die Hand und sagt: »Ich habe zu dem, was Sie hier erzählen, ein Gegenbeispiel!«
Darauf der Vortragende:
»Egal, ich habe zwei Beweise!«

Die meistgestellten Fragen:
Ingenieur: Wie geht das?
Ökonom: Wie teuer wird das?
Mathematiker: Wie kann man das verbessern?
Physiker: Möchten Sie Ketchup zu Ihren Pommes?

97,3 Prozent aller Statistiken sind frei erfunden!

Ein Physiker, ein Mathematiker und ein Wirtschaftswissenschaftler werden vor die Aufgabe gestellt, die Höhe eines Kirchturms zu ermitteln. Wie machen sie es?

- Der Physiker mit einem Stein und der Stoppuhr.
- Der Mathematiker berechnet die Höhe, indem er die Strahlensätze mit Hilfe seines Daumens anwendet.
- Der Wirtschaftswissenschaftler gibt dem Pfarrer 50 Euro für die Antwort.

… und dann war da noch der Statistiker,
der in einem Fluss ertrank,
der im Durchschnitt
nur zehn Zentimeter
tief war.

»Kommt ein Mann zum Arzt ...«

ARZTWITZE

Treffen sich zwei Psychologen. Fragt der eine: »Weißt du, wie viel Uhr es ist?« Antwortet der andere: »Nein, aber gut, dass wir mal drüber gesprochen haben!«
Die beiden treffen sich eine Woche später wieder. Der eine fragt: »Und, weißt du inzwischen, wie viel Uhr es ist?«
»Nein!«, sagt der andere. »Aber ich kann schon viel besser damit umgehen!«

Ein Ehemann rast mit seinem Auto zum Doktor:
»Kommen Sie schnell, meine Frau hat
wahnsinnig hohes Fieber!«
»Wie hoch denn?«
»Tja, unser Fieberthermometer ist kaputt, aber das
Einkochthermometer steht auf Mirabellen ...«

»Wenn Sie noch eine Zeit lang leben wollen, müssen Sie aufhören zu rauchen!«
»Dazu ist es jetzt zu spät.«
»Zum Aufhören ist es nie zu spät!«
»Na, dann hat es ja noch Zeit …«

»Lesen Sie mal die Zahlen da vor!«
»Welche Zahlen?«
»Na, die an der Tafel da.«
»Welche Tafel?«
»Die an der Wand hängt!«
»Welche Wand?«
»Mein Herr, Sie brauchen keine Brille, Sie brauchen einen Blindenhund.«
»Was soll ich denn mit einem blinden Hund?«

Kommt ein Mann zum Arzt: »Herr Doktor, mir hat ein Hai den Arm abgebissen!«
Darauf der Arzt: »Ja, ja, das machen die.«

Der Urologe fragt einen Patienten: »Brennt es beim Wasserlassen?«
Patient: »Angezündet hab ich es noch nicht …«

Ein Fußballfeld – in der Mitte liegt ein 50-Euro-Schein.
An den vier Eckfahnen stehen ein Chirurg,
ein Anästhesist, ein schneller Internist und ein
langsamer Internist. Wer kriegt die 50 Euro?
Der langsame Internist!
Warum?
Ganz einfach: Der Chirurg bückt sich nicht für
50 Euro, der Anästhesist hat das Spiel nicht verstanden,
einen schnellen Internisten gibt es nicht, folglich
bekommt der langsame Internist die 50 Euro …

»Herr Doktor, letzte Nacht hatte ich einen
schrecklichen Traum. Ich träumte, ich sei ein
Pferd und hätte die ganze Nacht Heu gefressen.«
»Und, was ist daran so schlimm?«
»Als ich aufwachte, fehlte die Hälfte von der Matratze.«

Zwei Männer sitzen nervös im Wartezimmer der Entbindungsstation eines Krankenhauses. Endlich kommt eine Schwester und geht auf einen von ihnen zu.
»Ich gratuliere Ihnen, Sie haben einen Sohn bekommen!«
Darauf erhebt sich der andere und meint:
»Entschuldigen Sie bitte, aber ich war vor ihm hier …«

Es ist Mitternacht in einer Kleinstadt.
Lautes Klopfen an der Haustür weckt den Landarzt.
Schlaftrunken fragt er: »Was gibt's?«
»Was verlangen Sie für einen Krankenbesuch auf einem Bauernhof, ungefähr sieben Kilometer von hier?«
»20 Euro.«
»Okay, dann kommen Sie schnell.«
Der Arzt zieht sich an, greift seine Tasche, holt das Auto aus der Garage und lässt sich von seinem nächtlichen Besucher zu dem abgelegenen Hof lotsen.
»Hier sind die 20 Euro.«
»Und wo ist der Kranke?«
»Es gibt gar keinen. Aber ich konnte beim besten Willen um diese Zeit kein Taxi auftreiben.«

Was sagt ein Schaukelpferd beim Psychiater?
Alle reiten auf mir herum!

Eine junge Frau bringt im Aufzug der Frauenklinik ein Baby zur Welt. Sie schämt sich und fängt an zu weinen. Ein Arzt will sie trösten und sagt: »Ach wissen Sie, das ist ja gar nichts. Letztes Jahr war da eine Frau, die hat ihr Baby am Haupteingang geboren.«
»Ja, das war auch ich …«

Der Arzt sagt zum frisch operierten Patienten:
»Ich muss Sie leider noch einmal aufschneiden,
ich habe meine Gummihandschuhe
in Ihrem Bauch vergessen!«
Darauf der Patient: »Wissen Sie was, hier haben Sie
zehn Euro – kaufen Sie sich ein neues Paar!«

»Herr Doktor, ich leide so an Gedächtnisschwund!«
»Seit wann haben Sie denn das?«
»Was denn?«

Ein Mann wendet sich völlig verzweifelt an den Arzt:
»Herr Doktor, Sie haben mir dieses Röhrchen
mit dem Stärkungsmittel gegeben.«
»Ja und?«
»Ich krieg es nicht auf.«

Ein Mann wankt total betrunken in die Praxis.
Der Arzt schreit ihn wütend an:
»Was fällt Ihnen eigentlich ein, in solch einem
Zustand hierher zu kommen?«
»Ja, aber Herr Doktor, Sie haben doch selbst gesagt, das
nächste Mal brauche ich nicht nüchtern zu kommen!«

Der Augenarzt fragt nach der Untersuchung seinen Patienten:
»Wie haben Sie eigentlich hierher gefunden?«

Ein Mann mit einem Glasauge hat den sehnlichen Wunsch, wieder auf beiden Augen sehen zu können. Der Chirurg macht ihm große Hoffnungen: »Das lässt sich beim heutigen Stand der Medizin durchaus bewerkstelligen. Sie müssen nur noch einen Spender ausfindig machen, der Ihnen ein Auge opfert.«
Auf der Nachhausefahrt wird der Einäugige von einem rasanten Autofahrer überholt. Drei Kurven weiter knallt der schnelle Wagen gegen einen Baum, das Auto ist nur noch ein rauchender Trümmerhaufen. Der Fahrer ist tot. Blitzschnell erkennt der Einäugige seine Chance, zu einem neuen Auge zu kommen. Er zückt sein Taschenmesser, ein Schnitt, dem armen Verunglückten wird das überflüssige Glasauge verpasst – und nichts wie zurück in die Klinik. Dort klappt auch die Transplantation zu aller Zufriedenheit.
Am nächsten Tag wird der Verband entfernt, und glücklich, wieder auf beiden Augen zu sehen, greift der Patient zur Zeitung. Als Erstes liest er die Schlagzeile des Tages: »Polizei steht vor einem Rätsel. Sportwagenfahrer mit zwei Glasaugen tödlich verunglückt …«

»Frau Doktor, mein Mann redet nachts so viel
im Schlaf. Was kann ich dagegen tun?«
»Lassen Sie ihn mal tagsüber zu Wort kommen …«

Frau Müller kommt mit ihrer Tochter zum Arzt.
Der Arzt fragt sie: »Stottert ihre Tochter immer so?«
»Nein, nur wenn sie was sagen will.«

»Herr Doktor, stellen Sie sich vor, ich habe
jeden Morgen um 7 Uhr Stuhlgang!«
»Ja, aber das ist doch sehr gut!«
»Aber ich steh doch erst um halb 8 auf! …«

Ein klappriger alter Opa sitzt beim Arzt auf der Liege
und zieht sich gerade sein Hemd wieder an. Der Arzt
steht am Telefon und sagt:
»Liebling, ich weiß, wo bald eine Wohnung frei wird …«

Der Hausarzt rät einer Patientin: »Gnädige Frau,
Ihr Mann ist sehr krank, er braucht viel Ruhe. Ich habe
ein Beruhigungsmittel aufgeschrieben. Bitte nehmen
Sie alle sechs Stunden zwei Tabletten davon …«

Stürzt ein Mann in die Praxis des Psychiaters hinein: »Herr Doktor, überall Schmetterlinge, lauter Schmetterlinge«, wedelt er mit den Armen. »Doch nicht alle zu mir rüber!«, wedelt der Doktor zurück.

Ein Mann sagt zum Arzt: »Herr Doktor, ich brauche Schlaftabletten für meine Frau.«
»Schon wieder?«
»Sie ist aufgewacht …«

»Herr Doktor, ich glaub, ich hab's an der Galle.«
»Das ist aber bitter!«

»Halten Sie sich strikt an die Diät, Frau Otto – und in ein paar Monaten möchte ich drei Viertel von Ihnen zur Nachuntersuchung wiedersehen …«

Maria kommt total fertig nach Hause und sagt: »Du, die Ärzte haben Opa aufgegeben!«
Darauf er: »Na, hoffentlich an die richtige Adresse …«

Ein Mann klagt beim Arzt über Schlafstörungen. Der Arzt meint: »Da müssen wir zuerst die Ursache beseitigen!« Der Mann darauf: »Ich glaube nicht, dass meine Nachbarn ihr Baby freiwillig hergeben werden.«

Der Chefarzt hört einen Patienten schrecklich fluchen und schimpfen. »Wer ist denn das?«, eilt er ans Bett des Tobenden.
»Ja, meine Güte! Sie sind doch der, dem ich vor drei Stunden den Blinddarm rausgenommen habe. Warum schreien Sie denn so? Habe ich Sie etwa nicht schön operiert?«
»Das ist es ja gerade, Sie, Sie …! Ich sollte doch bloß ein Telegramm bei Ihnen abgeben!«

»Oh mein Gott, Entschuldigung!«
»Danke, Professor genügt!«

Ein berühmter Arzt wird zu einem wohlhabenden Patienten gerufen, kommt aber zu spät. Die Witwe entschuldigt sich:
»Es tut mir Leid, Sie umsonst gerufen zu haben.«
»Umsonst nicht, Gnädigste, nur vergebens …«

Der Arzt erklärt dem Patienten mit besorgter Miene: »Sie müssen unbedingt mit dem Trinken aufhören. Ihre letzte Blutprobe hat sich verflüchtigt, bevor ich sie untersuchen konnte!«

Kommt ein Mann zum Arzt. Arzt: »Ab sofort keinen Alkohol mehr, keine Zigaretten, keine Frauen, keine Parties, keine Reisen, kein Fleisch, und vor allem eins: Sie müssen wieder mehr Freude am Leben finden.«

Ein Arzt stellt mitten in der Nacht fest, dass sein Keller unter Wasser steht. Sofort ruft er einen Klempner an. Der weigert sich allerdings, zu dieser späten Stunde noch zu kommen. Daraufhin wird der Arzt aufgebracht und erklärt, dass er auch mitten in der Nacht kommen muss, wenn er zu einem Notfall gerufen wird. Eine viertel Stunde später ist der Klempner da. Gemeinsam mit dem Arzt betritt er die Kellertreppe, die bereits zur Hälfte unter Wasser steht. Der Klempner öffnet seine Tasche, holt zwei Dichtungsringe heraus, wirft diese ins Wasser und sagt: »Wenn es bis morgen nicht besser ist, rufen Sie wieder an.«

»Steht ein kaputter Trabbi am Straßenrand ...«

AUTOWITZE

Wie wird die Geschwindigkeit eines Trabbi gemessen?
Mit einem Kalender.

Jahrzehntelang galten Atome als die kleinsten Teilchen der Welt. Jetzt entdeckten Forscher ein noch viel kleineres Teilchen. Sie nennen es »Smart«.

Was ist der Unterschied zwischen einem Motorrad und der alten A-Klasse von Mercedes?
Das Motorrad kippt zur Kurveninnenseite hin um.

Wann ist ein Trabbi doppelt so viel wert?
Wenn er vollgetankt ist.

Was ist eine A-Klasse geprüfte Straße?
Tempo-30-Zone ohne Kreisel!

Was hat Daimler Benz mit den Millionen gemacht, die für die Entwicklung der A-Klasse ausgegeben wurden?
Auf die Seite gelegt!

Den größten Autoschmuggel aller Zeiten deckten jetzt Zollbeamte am tschechischen Grenzübergang Szezcin auf. Sie stellten einen Mann, der 500 Smart über die Grenze bringen wollte. Er hatte sie sich in den Kragen eingenäht.

Eine Schokoladenfabrik hat eine neue Spezialität – eine Praline – extra zur Markteinführung der A-Klasse auf den Markt gebracht! Wie die heißt?
Rumkugeln.

Eine A-Klasse wird aus einem Verkaufsraum gestohlen. Darauf der Verkäufer: »Keine Panik! Der kommt nicht weit.«

Im Smartwerk wurde die Produktion des Smart gestoppt, weil die Zulieferer streikten. Besondere Probleme bereiteten die Zulieferer für Achsen und Räder, ... die Firmen Lego und Fischertechnik.

Warum wird die A-Klasse auch »Baby-Benz« genannt?
Ist doch klar: Weil er Stützräder braucht!

Hätte Häkkinen einst einen A-Klasse-Mercedes
gefahren, wäre er Weltmeister geworden!
Er hätte sich auf Schumi kippen können.

Im Gegensatz zur A-Klasse hat der Smart
auf Anhieb den Elchtest bestanden:
Er fährt unter dem Elch durch.

Sie: »Das Auto ist kaputt. Es hat Wasser im Vergaser.«
Er: »Wasser im Vergaser? Das ist doch lächerlich!«
Sie: »Ich sag dir, das Auto hat Wasser im Vergaser!«
Er: »Du weißt doch nicht mal, was ein Vergaser ist!
Ich werde das mal überprüfen. Wo ist das Auto?«
Sie: »Im Pool.«

Wie kann die A-Klasse jetzt kippsicher gemacht werden?
Einfach ein Trabbi-Fahrwerk einbauen.

Was übt ein A-Klasse-Fahrer beim
Erste-Hilfe-Kurs ganz besonders?
Stabile Seitenlage!

Steht ein Trabbi kaputt am Straßenrand. Aus dem Motor qualmt es. Ein freundlicher Porschefahrer fragt: »Soll ich Sie abschleppen?«
Trabbifahrer: »Das wäre nett, aber fahren Sie bitte nicht schneller als 70 bis 80.«
Gesagt, getan. Nach einer Weile kommt ein Ferrari vorbeigerast und hupt. Der Porschefahrer denkt sich, das kann ich mir nicht gefallen lassen und rast los.
Das Rennen: 150 … 200 … 250 …
Mit 300 km/h fetzen sie schließlich an einer Raststätte vorbei. Der Trabbifahrer hupt, blinkt und schreit vor Aufregung wie wild. An der Raststätte sagt ein Golffahrer zu einem anderen:
»Wow, hast du das gesehen? Ein Ferrari mit 300 Sachen. Dahinter ein Porsche mit 300 Sachen und dahinter ein Trabbi, der hupt, blinkt und schreit, aber sie lassen ihn nicht vorbei!«

Noch in diesem Jahr soll der beliebte Kleinwagen »Smart« auch als Cabrio auf den Markt kommen. Der Vorteil: Beim Kauf von zwei Smart kann man sich die Inline-Skates sparen.

Was heißt eigentlich bei der Mercedes-A-Klasse die Abkürzung ESP? Elch-Sicherheits-Paket!

»Weißt du einen Namen für mein Auto?«
»Klar«, antwortete der Freund, »nenn es doch Storch!«
»Wieso denn?«
»Weil es so klappert!«

Wussten Sie schon, dass der Trabbi den zweiten Preis im Windkanalwettbewerb gewonnen hat? Den ersten Preis gewann eine Schrankwand!

Was benötigt man, um ein Auto umzukippen? Einen Entwickler, ein Konstruktionsteam von Mercedes Benz, einen handelsüblichen Elch und einen Testfahrer!

Rückrufaktion bei Smart. Über 50 000 Smartbesitzer wurden vergangene Woche mit ihrem Wagen in die Werkstatt gebeten.
Grund: Das Auto ist zu klein.

Wann erreicht ein Trabant seine Höchstgeschwindigkeit?
Beim Abschleppen.

In Aurich meldete ein junger Mann der Polizei seinen Smart als gestohlen. Das Missverständnis konnte schnell aufgeklärt werden: Der Mann hatte seinen Smart übersehen. Ein Fiat Panda hatte über ihm geparkt.

Ein Mann kommt an eine Tankstelle und sagt zum Tankwart: »Ich hätte gerne ein Duftbäumchen für meinen Trabant.« Der Tankwart schaut auf den Trabant und meint: »Ein fairer Tausch!«

Was passiert, wenn zwei Mercedes zusammenstoßen?
Krieg der Sterne.

Ein Trabbi hat sich in Bayern verfahren und trifft am Ende eines Feldweges auf einen Kuhfladen. Der guckt verstohlen an dem Trabbi hoch und fragt: »Ja, sag amol: Was bist'n du für oaner?«
Darauf der Trabbi: »Ich bin ein Auto!«
Der Kuhfladen: »Wannst du a Auto bist, nachher bin i a Sachertorte!«

Trabbifahrer fahren steuerfrei!
Wenn sie sich anschnallen, gilt ihr Gefährt
als Rucksack.

In einer übersichtlichen Linkskurve bei Oberammergau kam gestern Nachmittag ein Smart ins Trudeln und überschlug sich mehrfach. Lausbuben hatten ihn mit einem Schneeball beworfen.

Ein Trabbibesitzer in der Werkstatt zum Meister:
»Ich will ihn ein bisschen aufmotzen lassen. Schürze, Spoiler, breite Schlappen usw. Was kostet das?«
Der Meister: »4,20 Euro.«
Besitzer: »Sie wollen mich wohl für dumm verkaufen!«
Der Meister: »Wer hat denn angefangen?«

Warum hatte der Trabant die Typbezeichnung ›601‹?
600 mussten warten, einer bekam ihn!

In Deutschland leiden 70 000 Menschen an Platzangst.
Acht davon sind bei »Big Brother«,
der Rest fährt einen Smart.

Ein Fiat Punto und ein Ferrari Testarossa stehen vor einer roten Ampel. Lästert der Ferraripilot: »Na, führst du deinen Blecheimer Gassi? Mein Renner hat wenigstens 600 Pferde unter der Haube!«
Der Mann im Fiat bleibt ungerührt. Es wird grün und der Ferrari zieht ab wie ein Geschoss. Nach fast drei Kilometern erreicht der Fiat eine scharfe Rechtskurve. Deutlich sichtbar ist die Leitplanke durchbrochen und der Ferrari steckt mit der Front in einem Teich. Genüsslich kurbelt der Puntofahrer die Scheibe herunter und ruft nach unten: »Na, gibst du deinen Pferdchen jetzt etwas zu saufen?«

Was haben Mantafahrer und Präsident Bush
gemeinsam?
Sie haben Probleme mit dem Golf.

Was ist ein Trabbi auf einem Berg?
Ein Wunder.

Mantafahrer im Gespräch:
»Ich hab mir gestern ein Lexikon gekauft!«
»Und, hast du es schon eingebaut?«

Wofür steht:

BENZ: Bei Elchtest nicht zuverlässig
BENZ: Bei Elch Notbremse ziehen

BMW: Bring mir Werkzeug
BMW: Bin maßlos wichtig
BMW: Besser Mercedes wählen
BMW: Besser man wandert
BMW: Bei Mercedes weggeworfen

FIAT: Fahrzeug innerhalb allgemeiner Toleranz
FIAT: Ferrari in außergewöhnlicher Tarnung
FIAT: Fehler in allen Teilen
FIAT: Fährt in Autoklasse Trabant

FIESTA: Fiesta ist ein schönes, tolles Auto

FIESTA: Fiasko im engeren Sinne: Totalausfall

FORD: Fahren ohne richtig Dampf
FORD: Fahren ohne richtigen Durchzug

GOLF: Garantiert ohne lachenden Fahrer
GOLF: Ganz ohne Luxus fahren
GOLF: Gerät ohne logische Funktion
GOLF: Gogo ohne Lebensfreude
GOLF: Gerne ohne Leistung fahren

HONDA: Heute ohne nennenswerte Defekte angekommen
HONDA: Habe ohne Nachdenken dich angeschafft
HONDA: Hält ohnehin nur drei Ampeln

KAWASAKI: Kaum auszuhalten, was an Schrott alles käuflich ist
KAWASAKI: Keine Ahnung, was alles so am Klappern ist

LADA: Letzter auf der Autobahn
LADA: Lässt Autofahrer dumm aussehen

MANTA: Mülleimer als notdürftiges Transportmittel ausgebaut

MANTA: Mit Allgemeinbildung nur
teilweise ausgestattet

MAZDA: Mein Auto zieht der Abschleppdienst
MAZDA: Mein Auto zieht dein Auto
MAZDA: Müll auf zwei drehenden Achsen

MERCEDES: Meines Erachtens richtiges Chaos,
erreicht durch eigene Schuld

NISSAN: Neu ist sein Styling aber nicht
NISSAN: Nichts ist schneller Schrott als Nissan

OMEGA: Opel macht endlich geile Autos

OPEL: Ohne Panne ewig laufen
OPEL: Ohne Power ewig Letzter
OPEL: Ohne Planung entwickelte Laube
OPEL: Obligatorische Panne erledigt das Losfahren
OPEL: Ohne Peilung einfach losheizen

SEAT: Suche einen Abenteuer-Trip
SEAT: Sehen, einsteigen, aussteigen, totlachen
SEAT: Sicher eine Art Traktor
SEAT: Spanisches Elend als Transportmittel
SEAT: Serienmäßig eingebaute Austauschteile

SKODA: So kennen Ossis das Auto

SMART: Salto Mortale am Rinnstein – tödlich
SMART: Sachte Mann, Auto rutscht total

SUBARU: Schwache und banale Arbeit
ramponiert Unfallstatistik

VW: Viel Werkstatt
VW: Völlig wertlos

Alle Trabbifahrer kommen in den Himmel!
Ja, aber warum das denn?
Na, sie hatten ja bereits die Hölle auf Erden!

Herr Hubert schiebt seinen Wagen
in die Autowerkstatt.
»Er springt mal wieder nicht an, aber diesmal kann es
unmöglich an den Zündkerzen liegen,
die hab ich erst gestern rausgenommen!«

»Warum sind Aktien wie brennende Streichhölzer? ...«

BANKEN- UND BÖRSENWITZE

»Der Kassiererposten bei unserer Bank wird mit 2 000 Euro monatlich bezahlt.«
»Damit kommt man aber nicht weit.«
»Das ist ja auch nicht beabsichtigt.«

Banker trinken eigentlich nicht so viel Alkohol, wie allgemein behauptet wird. Das Meiste verschütten sie.

Der Direktor einer neuen Bankfiliale sagt auf einer Bilanzpressekonferenz:
»Im letzten Jahr standen wir kurz vor dem Abgrund. In diesem Jahr sind wir zum Glück schon einen Schritt weiter.«

Banker sind Leute, die dir bei Problemen helfen,
die du ohne sie nicht gehabt hättest.

Banklehrling: »Ich würde ja gerne das
Rezept für Erfolg lernen. Ich fürchte nur,
es hängt irgendwie mit Arbeit zusammen.«

Der reiche Bankier geht auf seinen 60. Geburtstag zu. Er schreibt an alle Freunde und Verwandten, er wolle keine Geschenke, sondern wünsche sich von jedem nur ein schönes Foto.
Alle sind begeistert, dass der knorrige alte Herr auf seine alten Tage Familiensinn entwickelt und lassen sich in festlichster Kleidung porträtieren.
Der Jubilar klebt die Bilder in ein Album, das er seinem Pförtner übergibt:
»Wenn eine dieser Personen vorbeikommen sollte, bin ich verreist oder mindestens in einer mehrstündigen Konferenz, auf keinen Fall aber zu sprechen.«

An Crashtagen sollten Sie ganz dicht an den
Wänden von Banken laufen, damit Sie kein
springender Börsianer trifft.

Anlageberater sind nur zu feige, eigenes Geld an der Börse zu verzocken.

Der kleine Klaus verschluckt aus Versehen eine Münze. Sein Vater versucht vergebens, ihm zu helfen. In dem Moment klingelt es. Die Mutter öffnet schnell und ruft: »Kleinen Moment bitte, unser Kind hat eine Münze verschluckt.«
Der Fremde stürzt herein, nimmt sich den Jungen, klopft ihm zwischen die Schulterblätter, greift ihm in den Hals und holt die Münze heraus.
»Vielen Dank, Herr Doktor.«
»Was heißt hier Doktor? Ich komme von Ihrer Kreditbank!«

Aufgeregt kommt die Sekretärin zum Bankdirektor:
»Herr Direktor, der Kassierer ist weg!«
»Überprüfen Sie sofort den Tresor!«
»Hab ich schon gemacht – da ist er auch nicht.«

Der Bankdirektor lobt seinen Lehrling:
»Sie sehen in letzter Zeit schwer überarbeitet aus. Machen Sie ruhig weiter so!«

Der Bankenchef sagt zu einem Angestellten:
»Sie könnten ganz gut mit Ihrem Gehalt
auskommen, wenn Sie sich nach Ihrem
Einkommen kleiden würden.«
»Ich bin aber noch nie ein Anhänger
der Nacktkultur gewesen.«

Warum sind Aktien wie brennende Streichhölzer?
Wer sie als Letzter hält, verbrennt sich die Finger.

An der Wand einer Anlageberatungsfirma:
»Gibt es hier intelligentes Leben?«
Antwort: »Ja, aber ich komme nur einmal im Jahr
zum Stromablesen!«

Aktien bleiben so lange interessant,
bis die tägliche Lotterieziehung eingeführt wird.

Ein Besucher der Börse fragt einen Angestellten:
»Wo sind hier die Toiletten?«
Angestellter: »Die gibt es nicht, hier bescheißt
jeder jeden.«

Sagt der Banker zum Bergsteiger:
»Zwei Eintausender sind mir lieber
als ein Dreitausender!«

Banker sind Menschen mit vollem Terminplan:
Sie haben für jeden Tag einen Eintrag.
Z.B.: Montag, Dienstag, Mittwoch …

Der Anlageberater zu einem älteren,
schwerhörigen Kunden:
»Na, du alte, taube Flasche, heute Morgen
wieder in der Bar gehockt und Sekt gesoffen?«
»Nein, Herr Wagner, in der Stadt gewesen,
Hörgerät gekauft!«

Aktionäre sind dumme und freche Menschen.
Dumm, weil sie Aktien kaufen und frech,
weil sie dann noch Dividenden haben wollen.

Börsianer können nicht mit Geld umgehen.
Darum werden Wertpapiergeschäfte
bargeldlos abgewickelt.

Ein Investor verabschiedet einen Kunden:
»In gewissem Sinne tut es mir Leid, Sie zu verlieren.
Sie waren für mich wie ein Sohn: unverschämt,
besserwisserisch und undankbar.«

Auf der Jahreshauptversammlung:
»Liebe Aktionäre. Sie müssen sich schon
entscheiden! Was wollen Sie denn nun?
Die Bilanz oder die Wahrheit?«

Der Kandidat will sich vor dem Personalchef
nur im besten Licht darstellen:
»Natürlich bin ich so gut, wie ich sage.
Die Banken reißen sich um mich.
Letzten Monat durfte ich bei dreien arbeiten.«

Der Besucher betritt das Büro der Anlagefirma und sagt:
»Kann ich den Chef sprechen?«
»Leider nicht«, erwidert die Sekretärin, »er musste
aufs Gericht.«
»Und wann wird er wiederkommen?«
»Der Stellvertreter meint, vielleicht in ein bis
zwei Jahren.«

Die Aufschrift über dem Eingang einer großen deutschen Börse lautet folgendermaßen: Wer keinen Humor hat, sollte hier nicht arbeiten! Wer aber Verstand hat, auch nicht!

Ein amerikanischer Broker erwacht nach drei Jahren aus dem Koma. Seine ersten Fragen gelten der Wirtschaft.
»Was macht die Konjunktur?«
»Alles in Ordnung.«
»Was macht das Handelsdefizit?«
»Es gibt keines mehr.«
»Was kostet ein Bier?«
»3 000 Yen …«

Börsenprognosen aufzustellen, erinnert oft an den Versuch, eine schwarze Katze in einem schwarzen Raum fangen zu wollen.

Ein Banker geht zum Psychiater:
»Herr Doktor, niemand kann mich leiden.«
»Woran könnte denn das liegen?«
»Das sollen Sie doch raus bekommen, Sie Idiot!«

»Sie arbeiten in der Postabteilung einer großen Bank und stempeln die ganze Woche lang Briefe. Ist das nicht langweilig und ganz ohne Herausforderung?«
»Wieso denn? Wir wechseln schließlich jeden Tag das Datum!«

Die Aufsichtsratssitzung wird von der Sekretärin unterbrochen:
»Verzeihung die Herren, es scheint aber wichtig zu sein. Wer von Ihnen möchte ans Telefon gehen? Eine junge Dame verlangt ihren Dukatenesel.«

Der Wertpapierhändler sagt zu seinem Chef:
»Das Parkett hier nervt. Immer wenn ich darüber gehe, macht es: quietsch … quietsch … quietsch.«
Chef: »Sie sind entlassen!«
»Warum?«
»Wer für mich arbeitet, bei dem macht es: quietschquietschquietsch.«

Die Hausse wird in der Baisse geboren,
sie wächst in der Skepsis, altert im Optimismus und
stirbt in der Euphorie.

Eigentlich sind Banken völlig überflüssig.
Es gibt schon genug andere Katastrophen.

Nach dem großen Börsencrash:
Broker 1: »Hast du dir schon einen Revolver gekauft?«
Broker 2: »Wovon denn?«

Personalchef zum Hauptbuchhalterkandidaten:
»Wenn Sie zu uns wechseln, bieten wir Ihnen
eine Gehaltsaufstockung um ein Drittel.«
»Das reicht nicht, ich will ein Viertel!«

Eine vornehme alte Dame hebt am Bankschalter ihr gesamtes Bargeld ab. Nach zehn Minuten kommt sie wieder und zahlt alles wieder ein.
»Warum haben Sie denn das Geld überhaupt abgehoben?«, will der Kassierer wissen.
»Man wird doch schließlich mal nachzählen dürfen!«

Ein Geschäft war erst dann ein gutes Geschäft,
wenn man dem Finanzamt nachweisen kann,
dass es kein Geschäft war.

Die Putzfrau der Bankfiliale
beschwert sich beim Direktor:
»Sie haben absolut kein Vertrauen zu mir!«
»Aber was wollen Sie denn«, sagt der Direktor,
»ich lasse sogar die Tresorschlüssel herumliegen!«
»Ja, aber keiner passt!«

Ein Banker besucht seinen todkranken Kollegen:
»Ich leide Höllenqualen«, ächzt der und wirft sich von einer Seite auf die andere.
»Was denn, jetzt schon?«

Der Anlageberater ruft einen Kunden an
und teilt ihm vorwurfsvoll mit,
dass sein Geldkonto um
eine Million überzogen ist.
Der Kunde fragt darauf,
welchen Kontostand er am
15. des Vormonats hatte.
Der Anlageberater sieht
nach und antwortet:
»Zwei Millionen Guthaben.«
»Na, sehen Sie«, sagt der Kunde,
»und, habe ich Sie deswegen angerufen?«

Ein Broker will seinen Sohn standesgemäß verheiraten.
Deshalb geht er zu Rothschild.
»Ich hätte da einen fabelhaften Schwiegersohn für Sie.«
»Um meine Tochter reißen sich die besten und erfolgreichsten Junggesellen.«
»Ist darunter auch ein Vizepräsident der Weltbank?«
»Nein, den würde ich natürlich vorziehen.«
Daraufhin fliegt der Vater nach Washington zum Chef der Weltbank.
»Ich hätte einen fabelhaften neuen Vizepräsidenten für Sie.«
»Für diesen Job bewerben sich die besten Banker dieser Welt.«
»Ja, ist unter ihnen aber auch schon ein Schwiegersohn von Rothschild?«

Ein Börsianer erklärt seinem Sohn die Börse.
»Es ist wie auf dem Bauernhof. Du kaufst einen Hahn und ein Huhn, die legen Eier. Die Eier werden zu Hühnern und Hähnen, legen wieder Eier – und schon hast du einen großen, wertvollen Hühnerbestand.«
»So einfach ist das?«
»Ja! Nur: Jetzt kommt ein Unwetter und spült alles weg.«
»Hä?«
»Enten hättest du kaufen müssen!«

Ein Investor ist Bankrott gegangen und steht wegen Konkursbetrugs vor Gericht.
Der Richter sieht ihn streng an.
»Angeklagter, der Alkohol und nichts als der Alkohol ist schuld an Ihrer unglücklichen Lage!«
Darauf er: »Vielen Dank, Herr Vorsitzender, Sie sind der Erste, der nicht mir die Schuld in die Schuhe schiebt.«

Ein Händler läuft einem Makler hinterher und ruft ihn ständig. Als er ihn erreicht hat, fragt er: »Haben Sie mich nicht rufen gehört?«
Makler: »Nein. Sie müssen einen schlechten Ruf haben.«

Früher haben sich die Fürsten Hofnarren gehalten. Heute halten sich die Bankfürsten Chartanalytiker.

Der Buchhalter fragt seinen Chef:
»Warum hängen denn die Handschellen hier an der Wand?«
Chef antwortet: »Ich möchte, dass Sie sich stets über die Karriere Ihres Vorgängers im Klaren sind.«

»Herr Direktor, am Telefon fragt ein Herr nach einem Termin, um Sie nach dem Geheimnis Ihres Erfolgs zu befragen.«
»Hm … Presse oder Polizei?«

Ein ehemaliger Bankmanager kommt in den Himmel und entdeckt ein Zimmer voller Uhren. Manche schlagen langsam, andere dagegen recht schnell.
Auf die Frage nach der unterschiedlichen Geschwindigkeit und dem Sinn des Uhrenzimmers bekommt er folgende Antwort: »Jedes Land auf Erden mit einem Bankwesen hat hier seine Uhr. Je mehr Fehler dort in den Vorstandsetagen gemacht werden, desto schneller dreht sich die Uhr.«
»Wo ist denn die deutsche Uhr?«, fragt der Banker.
»Die hat sich unsere Küche ausgeliehen – als Ventilator.«

Die Frau eines Börsenhändlers wird bei einer Seereise über Bord gespült. Nach langem Warten erreicht ihn folgendes Telegramm:
»Frau auf Hawaii an Land gespült – voller Muscheln und Austern – erbitten Anweisungen.«
Antwort des Händlers: »Muscheln und Austern bestens verkaufen, Köder wieder auslegen.«

Einstein sucht einen neuen Assistenten.
Frage an den ersten: »IQ?«
Antwort: »200.«
Einstein: »Da könnten wir zusammen philosophieren.«
Frage an den zweiten: »IQ?«
Antwort: »100.«
Einstein: »Da können wir zusammen ins Theater.«
Frage an den dritten: »IQ?«
Antwort: »50.«
Einstein: »How is the market?«

Die Frau eines Bankmitarbeiters erzählt stolz
ihren Freundinnen:
»Mein Mann hat jetzt Prokura.«
»Und was sagt der Arzt dazu?«

In der Bank hebt ein Kunde 2 000 Euro
in 50-Euro-Scheinen ab.
Vorsichtshalber zählt er das Geld nach:
»50, 100, 150, 200 … 1 000.«
Bei 1 000 hört er auf.
»Warum zählen Sie denn nicht weiter?«
»Wenn es bis hierher stimmt,
ist der Rest bestimmt auch in Ordnung.«

»Herr Direktor, unser Investmentbanker ist aus dem Fenster gesprungen!«
»Unglaublich, eine Stunde vor Feierabend haut der Kerl schon ab.«

Im Büro des Brokers ist ein schwerer Fehler passiert. Daraufhin meint der Chef vorwurfsvoll zu seinem Devisenhändler:
»Sind nun Sie verrückt oder bin ich es?«
»Aber Chef, ein Mann wie Sie wird doch keine verrückten Mitarbeiter beschäftigen …«

Ein US-Bankier ist beim DDR-Finanzminister eingeladen und sieht im Hof des Ministeriums große Mengen Gold herumliegen. Erstaunt sagt der Amerikaner zum Gastgeber:
»In meiner Heimat ist Gold ein sehr kostbares Gut. Es befindet sich in Fort Knox, ist umgeben mit einer fast unüberwindlichen Betonmauer, von Wachtürmen, Minen und Stacheldraht und wird von Hunden und Soldaten bewacht!«
»Sehen Sie«, antwortet der DDR-Minister, »das ist eben der Unterschied zwischen Ihrem System und unserem. Bei uns ist der Mensch das kostbarste Gut!«

Ein Bankkunde betritt verärgert die Bank:
»Meinen Berater möchte ich sprechen.«
»Der ist leider nicht da.«
»Aber ich habe ihn doch gerade durchs
Fenster gesehen!«
»Kann sein. Aber er hat Sie zuerst gesehen.«

Was man nicht verkaufen kann,
heißt ab dann Investment.

In einer eleganten, altehrwürdigen Privatbank ...
Ein Mann in zerlumpten Klamotten betritt, nach Alkohol stinkend, die Bank und wendet sich an die Beraterin. Die gepflegte Dame schenkt dem Kunden einen arroganten Blick und bedient ihn widerwillig.
Sie: »Guten Tag, was kann ich für Sie tun?«
Er: »Ich will ein idiotisches Konto eröffnen.«
Sie: »Wie bitte? Ich glaube, ich habe Sie nicht richtig verstanden!«
Er: »Was gibt es da zu verstehen. Ich will in Ihrer Drecksbank einfach nur ein blödes Konto eröffnen.«
Sie: »Entschuldigen Sie bitte. Sie sollten wirklich nicht in so einem Ton mit mir reden.«
Er: »Hör zu, Puppe. Ich will nicht mit dir reden, ich will,

verdammt noch mal, nur ein popeliges Konto eröffnen.«
Sie: »Das lasse ich mir nicht bieten, ich hole den Geschäftsführer!«, und eilt davon.
Im Hintergrund sieht man sie mit einem gelackten Schlipsträger sprechen, der daraufhin den ganzen Stolz der 100-jährigen Geschichte des Bankhauses in seine Körperhaltung pumpt und gemessenen Schrittes zum Schalter schreitet.
Manager: »Guten Tag, der Herr. Was gibt es denn hier für ein kleines Problem?«
Er: »Ich habe im Lotto 20 Millionen gewonnen und will dafür ein Konto …«
Manager: »Und diese blöde Kuh hier macht Schwierigkeiten?«

»Sie müssen früher eigentlich ein Wunderkind gewesen sein«, meint der Chef.
»Meinen Sie?«, fragt der neue Broker stolz.
»Ja, Sie haben mit sechs Jahren bestimmt schon genauso viel gewusst wie heute.«

Was ist der Unterschied zwischen einem Kamel und einem Banker?
Das Kamel kann sieben Tage arbeiten, ohne zu saufen …

Ein Journalist fragt einen Kursmakler:
»Warum geht es Ihnen so gut?«
Antwort: »Jeden Tag läuft hier ein Depp vorbei, und den erwisch ich.«

Ein Kunde zum Anlageberater:
»Kennen Sie sich wirklich mit solchen Termingeschäften aus?«
Anlageberater: »Aber natürlich, diese Dinge habe ich schon über 200-mal gemacht.«
Kunde: »Dann bin ich ja beruhigt.«
Anlageberater: »Das können Sie auch sein. Einmal muss es ja klappen.«

Unterhalten sich zwei Broker:
»Mein Gehalt steht in keinem Verhältnis zu meiner Arbeit!«
»Stimmt, aber die Personalabteilung meint, man könne dich doch nicht verhungern lassen.«

Kunde zum Anlageberater: »Ich möchte mein Geld in Steuern anlegen, ich habe gehört, dass die steigen werden …«

»Und wie lernen Sie teilen?«
»Ein Teil ans Finanzamt, ein Teil an die Mitarbeiter, acht Teile nach Luxemburg …«

Unterhalten sich zwei Börsenspekulanten:
»Was machst du mit deinem Jahresgewinn?«
»Ich kaufe mir einen Anzug.«
»Und den Rest?«
»Den stottere ich ab.«

Warum gab es in der DDR so wenige Banküberfälle?
Weil man zwölf Jahre auf das Fluchtauto warten musste.

Chef: »Meine Damen und Herren, der Betriebsrat hat endlich durchgesetzt, dass die Mitarbeiter am Erfolg unserer Bank beteiligt werden. Ich bitte Sie also, 20 Prozent Ihres Gehalts an uns zurückzuüberweisen.«

Warum werden in Banken so selten die Hauptbuchhalter entlassen?
Weil sie immer damit drohen, beim Finanzamt als Prüfer anzufangen.

Was hat die Arbeit bei einer Bank
und der Mafia gemeinsam?
Es geht immer um viel Geld, es geht immer um
fremdes Geld, man läuft immer im Anzug durch
die Gegend, und wer mit den Behörden spricht,
sollte sich in der Firma besser nicht mehr sehen lassen.

Herr Unger will bei der Bank ein neues Konto eröffnen.
Er füllt zusammen mit einem Banker das
Antragsformular aus:
Banker: »Name!«
Unger: »Unger.«
Banker: »Vorname!«
Unger: »Christof.«
Banker: »Geburtstag!«
Unger: »Nächste Woche.«
Banker: »Nein, ich meine Geburtsdatum,
wann sind Sie geboren?«
Unger: »16.03.65.«
Banker: »Beruf!«
Unger: »Tontechniker.«
Banker: »Blöde Fremdwörter.
Ich schreibe einfach: Töpfer!«

»Was ist Beamten-Jogging? ...«

BEAMTENWITZE

Drei Knaben unterhalten sich über die Berufe ihrer Väter: »Mein Papa verdient 1 000 Euro im Monat, er arbeitet in einer Schokoladenfabrik und taucht die Weihnachtsmänner in die Schokolade, die kommen schön braun wieder heraus.«
»Meiner verdient sogar 2 000 Euro, er arbeitet in der Autoindustrie und taucht die Karrosserieteile in die Lackbäder, damit sie schön bunt werden.«
»Mein Papa verdient sogar A 15«, trumpft der dritte auf, »er ist Beamter und taucht gar nichts …«

Wie bringt man einen Beamten
zum Schwitzen?
Indem man ihm den Bleistift auf das
sonnenüberflutete Fensterbrett legt.

Der kürzeste Beamtenwitz:
Geht ein Beamter zur Arbeit …

Was ist ein Beamtenexpander?
Zwei Büroklammern und ein
Gummiring dazwischen …

Wussten Sie schon, dass Tierärzte
Hunde und Katzen neuerdings mit
Beamtenblut einschläfern lassen?

Zwei Kandidaten für den gehobenen Dienst sitzen vor dem Zimmer der Prüfungskommission. Beide sind mächtig aufgeregt. Der erste wird hereingerufen.
Der Vorsitzende erklärt: »Wir stellen Ihnen eine Frage, Sie haben das Recht auf eine Gegenfrage, diese wird von uns beantwortet, und dann erwarten wir Ihre Antwort. Haben Sie das verstanden?«
Kandidat: »Ja.«
Vorsitzender: »Die Frage lautet: Es ist aus Leder und wird an den Füßen getragen. Was ist das?«
Kandidat: »Hat es Schnürsenkel?«
Vorsitzender: »Ja.«

Kandidat: »Dann müssen es ein Paar Schuhe sein.«
Vorsitzender: »Richtig, Sie haben bestanden.«
Der Kandidat geht raus. Der zweite Anwärter stürzt sich nervös auf ihn. »Wie läuft das da drin?«
Erster: »Die stellen dir eine Frage, du stellst eine Gegenfrage, bekommst eine Antwort, und dann musst du die Frage beantworten.«
Zweiter: »Und, was haben die gefragt?«
Erster: »Es ist aus Leder und wird an den Füßen getragen.«
Zweiter: »Und, und was hast du gefragt?«
Erster: »Hat es Schnürsenkel?«
Zweiter: »Und was haben die geantwortet?«
Erster: »Ja.«
Zweiter: »Und, was hast du geantwortet?«
Erster: »Dann sind es ein Paar Schuhe. Damit habe ich bestanden.«
Der zweite Anwärter wird hereingerufen. Der Vorsitzende erklärt auch ihm noch einmal den Ablauf.
Der Kandidat erklärt, dass er alles verstanden habe.
Vorsitzender: »Ihre Frage lautet: Es hängt an der Wand und macht ticktack. Was ist das?«
Kandidat zwei: »Hat es Schnürsenkel?«
Vorsitzender: »Nein.«
Kandidat zwei: »Dann müssen es ein Paar Sandalen sein!«

Was haben Beamte und Frösche gemeinsam?
Sie sitzen den ganzen Tag herum, quaken dummes Zeug und warten auf die Mücken.

Warum dürfen Beamte nicht streiken?
Ja, warum eigentlich nicht,
würde doch eh keiner merken …

Seltene Flüssigkeit mit 14 Buchstaben?
Beamtenschweiß.

Ein Politiker, ein Wissenschaftler und ein Beamter wollen zusammen Schnecken sammeln. Sie treffen sich alle drei am vereinbarten Ort und ziehen dann los. Nach einer halben Stunde kommt der Wissenschaftler mit 162 Schnecken zurück. Noch eine halbe Stunde später kommt der Politiker mit 87 Stück. Nun warten sie noch auf den Beamten. Nach drei Stunden kommt auch dieser endlich wieder. Er hat keine einzige Schnecke dabei. Die beiden anderen wundern sich und fragen ihn, wieso er nichts gesammelt hätte. Darauf der Beamte: »Das ist doch der Wahnsinn mit den Viechern! Ich sehe eine Schnecke, bücke mich danach, und husch, ist sie weg!«

Was tut ein Beamter zuerst, nachdem er hingefallen ist?
Er nimmt die Hände aus der Hosentasche!

Was macht man eigentlich mit toten Beamten?
Man schickt sie zu einer Pharmafirma und macht Schlaftabletten daraus …

Warum haben Beamte keinen Anspruch auf Arbeitslosenunterstützung?
Dafür müssten sie schon mal gearbeitet haben …

»Holger, wach auf, es ist 12 Uhr, wir gehen zum Essen!«, sagt der Beamte zu seinem Kollegen, der am Schreibtisch eingeschlafen ist.
»Ach«, brummt dieser, »geh allein zum Essen, ich arbeite heute durch …«

In einer Behörde wird ein Baby gefunden. Da wird schnell klar, dass dieses nicht von einem Beamten sein kann. Hier hat noch niemand so kooperativ zusammengearbeitet, dass nach nur neun Monaten etwas herauskommt, was Hand und Fuß hat.

Ein leitender Beamter verbringt seinen Urlaub auf einem Bauernhof. Nach drei Tagen Entspannung fängt er an, sich zu langweilen. Er fragt den Bauern, ob dieser nicht Arbeit für ihn hätte. Der Bauer überlegt kurz und sagt dann: »Der Stall könnte mal ausgemistet werden.« Insgeheim denkt er: Ich hoffe, das ist in den 14 Tagen, die der Gast noch im Hause ist, überhaupt möglich. Der Bauer fährt anschließend zum Markt, um seine frischen Erdbeeren zu verkaufen. Als er nach drei Stunden nach Hause kommt, ist der Stall bereits vollständig gemistet. Er denkt, unsere Staatsdiener scheinen ja wirklich belastbar zu sein.

Am nächsten Tag fragt der Gast erneut nach Arbeit. Der Bauer antwortet, er habe seine letzte Kartoffelernte noch im Keller. Der Gast möge diese doch mal sortieren. Die großen in die Verkaufskisten und die kleinen in die Tierfutterkiste.

Am späten Abend kehrt der Bauer nach einer ausgiebigen Sauftour heim. Er denkt sich: Nun will ich doch mal schauen, ob dieser Gast schon mit seiner Arbeit fertig ist. Er geht in den Keller, nichts ist bisher gemacht. Dafür sieht er in der Ecke eine jämmerliche Gestalt mit einer Kartoffel in der Hand, die ständig schluchzt: »Ich bin seit 25 Jahren im Staatsdienst, ich habe immer treu gedient … Warum muss ich jetzt eine Entscheidung treffen?«

Wie sagt man, wenn ein Beamter beerdigt wird?
Er wird umgebettet.

Die Beamten, die man am wenigsten brauchen kann, stehen am weitesten oben.

Wenn der dümmste Beamte des Hauptamtes in die Personalabteilung versetzt wird, steigt in beiden Abteilungen der durchschnittliche Intelligenzquotient.

Ein Beamter wird mit verbrannten Ohren ins Krankenhaus eingeliefert. »Wie ist das passiert?«, fragt der Arzt.
»Ich habe gebügelt«, berichtet der Beamte, »da klingelte das Telefon. Ich war so in Gedanken, da habe ich statt des Hörers das Bügeleisen ans Ohr gepresst.«
»Ja, aber wieso haben Sie sich dann auch das andere Ohr verbrannt?«
»Na, danach musste ich doch den Rettungsarzt anrufen!«

Warum können Beamte nicht tanzen?
Weil es keine Band gibt, die so langsam spielen könnte!

Warum erhalten Beamte jeden Tag um 9 Uhr
vormittags ein Frühstück umsonst?
Damit wenigstens der Magen arbeitet …

POST: Personen ohne sinnvolle Tätigkeit

Im Büro kurz vor 16 Uhr.
Die Beamtin nimmt die Personalien auf.
Da springt der große Zeiger auf die 12.
»So, Herr Meier, und Ihren Vornamen können
Sie mir morgen sagen.«

Was ist Beamtenjogging?
100 Meter in 25 Dienstjahren.

Jeder verstorbene Beamte hinterlässt im Büro
eine Lücke, die ihn voll ersetzt …

Bekommt ein Beamter Besuch in seinem Büro.
Meint der Besucher: »Sie haben aber viele Fliegen hier!«
Der Beamte: »Ja, genau 317 …«

Ein Hypnotiseur erzählt: »Am leichtesten sind Beamte zu hypnotisieren. Man braucht sie nur an ihre Arbeit zu erinnern, schon schlafen sie ein!«

Aufnahmeprüfung für den höheren
Verwaltungsdienst: Ohne Flei. kein Prei.!
Ersetzen Sie die fehlenden Buchstaben!

»Ist Ihre Arbeit eigentlich schwer?«,
wird ein Beamter gefragt.
»Nein«, gesteht er, »aber sie ist doch ein Störfaktor
zwischen Kur, Nachkur, Urlaub, Feiertagen,
Wochenenden, Betriebsausflügen …«

Ein Arbeitsloser geht zum Arbeitsamt, wo er prompt die Adresse einer Firma bekommt, die Arbeitskräfte sucht. Am nächsten Tag erscheint er jedoch wieder auf dem Amt. »Und«, fragt ihn der Beamte, »was war es diesmal? War die Arbeit zu schmutzig, zu schlecht bezahlt?«
»Nein«, sagt der Arbeitslose, »als ich hinkam, hing da ein Schild: ›Arbeitskräfte beiderlei Geschlechts gesucht‹. Jetzt frage ich Sie, wer hat denn das schon?«

Ein Finanzbeamter und ein Bahnbeamter
gehen auf der Straße. Ruft jemand zu den beiden:
»Hallo, du fauler Beamter!«
Wer dreht sich um?
Der Bahnbeamte, der Finanzbeamte ist zu faul.

Vorstellungsgespräche zur Einstellung eines Beamten:
»An welche Position hätten Sie denn gedacht?«
Beamter: »Staatssekretär!«
»Sind Sie verrückt?«
»Nein, ist das Bedingung?«

Ein Beamter sitzt im Büro. Da kommt eine gute Fee und sagt ihm, dass er drei Wünsche frei hat. Da wünscht sich der Beamte, auf einer Insel mit Palmen und Sonnenschein zu liegen. Pling – da liegt er am schönsten Strand der Welt mit Palmen und Sonnenschein. Als er seinen zweiten Wunsch äußert, von knackigen, gut gebauten, einheimischen Mädchen am Strand verwöhnt zu werden, geht – pling – auch dieser Wunsch in Erfüllung. Als Letztes wünscht er sich, nie wieder arbeiten zu müssen, keinen Stress mehr zu haben, nur noch erholsame Ruhe.
Pling – schon sitzt er wieder im Büro …

»Chef, darf ich heute zwei Stunden früher ...?«

BERUFSWITZE

Anruf beim Wasserwerk: »Sie haben bei mir einfach das Wasser abgestellt. Wer ersetzt mir nun den Verdienstausfall?«
»Wer spricht denn da?«
»Weinhändler Müller!«

Der Lehrling rettet seinen Chef vor dem Ertrinken. Sagt der Chef: »Dafür hast du einen Wunsch frei! Was wünschst du dir am meisten?«
Überlegt der Lehrling eine Weile und sagt schließlich: »Erzählen Sie in der Fabrik niemanden, dass ich es war, der Sie gerettet hat ...«

GmbH: Gesellschaft mit bösem Hintergedanken

GmbH: Gesellschaft mit beschränkter Hochachtung

Ein Dachdeckermeister hat einen neuen Gehilfen eingestellt. Da ein Dach im sechsten Stock einer Hauptverkehrsstraße zu decken ist, macht der Meister mit ihm eine Zeichensprache aus, weil man sich sonst kaum verständigen kann.
Alles läuft anfangs nach Plan: Immer wenn der Meister auf dem Dach winkt, schickt der Gehilfe neue Dachpfannen nach oben. Auf einmal zeigt der Meister mit seiner Hand eine eins, danach eine zwei und formt anschließend die Arme über dem Kopf zu einem Dach. Der Geselle hält sich daraufhin erst die Hände seitlich an die Augen (wie Scheuklappen), dann hält er sich die Augen zu, und schließlich hält er seine Hände seitlich, wie zu Hörnern geformt, an den Kopf.
Der Meister begreift nicht, was das soll, und wiederholt sein Ritual. Aber auch der Gehilfe macht die gleichen Handzeichen wie zuvor. Seufzend klettert der Meister vom Dach und schimpft, unten angekommen:
»Was soll denn das? Ich hab doch alles genau erklärt! Ich will in einer Minute zwei Flaschen Bier aufs Dach!«
Sagt der Gehilfe: »Hab ich schon verstanden. Und ich habe gefragt, ob Sie Helles, Dunkles oder Bockbier haben wollen …«

Ratlos steht der neue Lehrling vor dem Reißwolf.
»Kann ich helfen?«, fragt eine freundliche Kollegin.
»Ja, wie funktioniert das Ding hier?«
»Ganz einfach«, sagt sie, nimmt die dicke Mappe
und steckt sie in die Maschine.
»Danke«, lächelt der Lehrling erleichtert,
»und wo kommen die Kopien raus? …«

»Chef, darf ich heute zwei Stunden früher Schluss machen? Meine Frau will mit mir einkaufen gehen.«
»Kommt gar nicht in Frage.«
»Vielen Dank, Chef, ich wusste, Sie würden mich nicht im Stich lassen.«

Der Personalchef interessiert sich besonders für den Familienstand des jungen Mannes. »Ich bin Junggeselle«, antwortet der Bewerber. »Dann ist leider nichts zu machen«, meint der Personalchef, »denn wir stellen nur Leute ein, die es gewohnt sind, sich unterzuordnen!«

Ein Ölscheich in einer Gemäldegalerie:
»Ich bewundere Picasso – niemand hat sein
Öl so teuer verkauft wie er …«

»Na, wie ist deine neue Arbeitsstelle?«
»Wie im Paradies.«
»Ehrlich?«
»Ja, ich kann jeden Tag hinausgeworfen werden ...«

Was ist der Unterschied zwischen einer
Hebamme und einem Chemiker?
Der Chemiker sagt: »H_2O« und die Hebamme:
»Oha, zwei.«

GmbH: Gesellschaft mit beschränkter Hoffnung

Ein Vertreter für Staubsauger klingelt in einer ländlichen Gegend an der Tür eines Bauernhofes. Die Bäuerin macht auf, und der gute Mann schüttet ihr einen Beutel Dreck auf den Teppich und meint dann gönnerhaft:
»Guten Tag, junges Fräulein, mein Name ist Keller, ich vertrete die Firma VORNWEG. Ich verspreche ihnen, wenn unser SAUGBOLD diesen Dreck nicht in zwei Minuten aufgesaugt hat, esse ich den Staub selbst!«
Sagt die Bäuerin: »Na, dann mal guten Appetit! Wir haben hier nämlich keinen Strom!«

Müller fragt seinen Boss: »Chef, darf ich mal eine Woche freihaben?«
Chef: »Wieso denn das?«
Müller: »Na ja, ich heirate morgen, und meine Frau wäre sehr froh, wenn ich sie auf ihrer Hochzeitsreise begleiten könnte.«

Zwei Förster haben sich im Wald verabredet.
Der eine erzählt dem anderen:
»Du, ich habe einen merkwürdigen Hund. Immer wenn ich danebenschieße, wirft er sich auf den Boden, streckt die Füße in die Höhe und lacht.«
»Und was macht er, wenn du triffst?«
»Das weiß ich nicht, ich habe ihn erst seit drei Jahren ...«

Der Boss zum Buchhalter:
»Seit Sie bei uns sind, machen Sie haufenweise Überstunden. Sie haben noch nie um eine Gehaltserhöhung gebeten. Welche krummen Dinger drehen Sie eigentlich?!«

»Warum tut Frau Wagner denn heute gar nichts?«
»Sie vertritt diese Woche den Chef ...«

Der Kunsthändler erklärt in der Galerie ein Bild:
»Ein besonders schönes Stück,
mein Herr – ein alter Holländer.«
»Tatsächlich? Ich hätte es für ein
junges Mädchen gehalten …«

Friseur zum Kunden:
»Möchten Sie die Stirnlocke behalten?«
»Ja, auf jeden Fall!«
»Gut« – schnipp – »dann packe ich sie Ihnen ein …«

Sagt der Chef zum Angestellten:
»Können Sie subtrahieren?«
»Na klar.«
»Prima. Dann ziehen Sie ab …«

GmbH: Geh mir Bier holen

Tagesschau:
Dem Sprecher wird ein Zettel auf den Tisch gelegt.
»Soeben erreicht uns noch eine Meldung: Sie haben
einen Rest Spinat zwischen den Schneidezähnen …«

Der Wirt einer Bar gibt gerne mit seiner enormen Kraft an. So kommt es, dass er einen Preis ausgesetzt hat: Wenn jemand aus einer Orange einen Tropfen Saft mit den Händen herauspresst, die er zuvor ausgequetscht hat, dann kriegt derjenige 500 Euro. Schon viele haben es versucht, Gewichtheber, Bodybuilder und so weiter, aber keiner hat es je geschafft.
Eines Tages kommt ein kleiner, unscheinbarer Mann daher und erkundigt sich nach den Bedingungen des Wettbewerbs. Er kriegt die Regeln erklärt, nimmt die Orange, und, ohne mit der Wimper zu zucken, holt er aus ihr fünf Tropfen raus. Das Publikum um ihn herum, das ihn zuerst ausgelacht hat, applaudiert und johlt, und der Wirt zahlt den Mann zähneknirschend aus. Aber nicht, ohne ihn zu fragen, woher er denn solche Kräfte besitze:
»Na ja, ich arbeite beim Finanzamt …«

Der Chef zu einem seiner Angestellten:
»Heute will ich mir mal etwas Gutes tun und Geschäft und Vergnügen miteinander verbinden. Herr Lehmann, Sie sind entlassen!«

»Betrachten Sie mich nicht als Ihren Chef, sondern als guten Freund, der immer Recht hat …«

Ein Mann fährt mit einem total verbeulten Auto an der Tankstelle vor und sagt: »Waschen, bitte!«
Fragt der Tankwart: »Soll ich ihn auch bügeln?«

Helmut hat sich ein Bein gebrochen. Als er nach acht Wochen wieder geheilt in der Firma erscheint, fragt ein Kollege: »Kannst du wieder richtig laufen?«
»Besser als früher.«
»Na, dann würde ich dir beim nächsten Unfall eine Gehirnerschütterung empfehlen.«

Zwei Hellseher unterhalten sich: »Einen furchtbar kalten Winter werden wir dieses Jahr haben.«
»Ja, er erinnert mich an den Winter 2034 …«

Treffen sich zwei Ingenieure nach dem Studium wieder. Meint der eine: »Mann, siehst du schlecht aus! Was ist denn los?«
Antwortet der andere: »Schlepp du mal von morgens 7 Uhr bis abends 18 Uhr zentnerschwere Säcke aus einem LKW in den fünften Stock!«
»Oh, das ist hart. Seit wann machst du das denn?«
»Nächsten Montag fange ich an …«

Ein Abend am See. Der Bootsverleiher möchte Feierabend machen und ruft mit dem Megafon auf den See: »Es ist 18 Uhr, bitte alle Boote zurückbringen!«
Eine Viertelstunde vergeht, und alle Boote sind da, bis auf eines. Der Bootsverleiher holt wieder sein Megafon heraus und ruft: »Boot 89, bitte kommen Sie herein, ich möchte Feierabend machen!«
Es vergeht wieder eine Viertelstunde ohne Reaktion. Da greift der Bootsverleiher wieder zum Megafon und zu seinem Fernglas, um nachzusehen, was sich am See abspielt.
Dann schreit er: »Boot 68, haben Sie Probleme?«

Chef zum verspäteten Mitarbeiter:
»Sie kommen diese Woche schon zum vierten Mal zu spät! Was schließen Sie daraus?«
»Es ist Donnerstag?«

Verzweifelt und aufgeregt stürzt ein Mann ins Finanzamt:
»Ich möchte sofort denjenigen sprechen, der meine Steuererklärung bearbeitet hat!«
»Sind Sie denn geladen?«
»Und wiiiiiiiiie!«

Ein junger, noch unbekannter Autor legt dem Hauptabteilungsleiter »Fernsehspiel«, ein supermodernes Stück, vor. Der Hauptabteilungsleiter blättert im Manuskript und stutzt, als er das Personenverzeichnis liest. Da stehen nämlich: Adam und Eva, Kleopatra, Wilhelm II., Julius Cäsar, Columbus, Maria Stuart, Karl Marx …
Der geplagte Fernsehmann erschaudert sofort, und er fragt entsetzt: »In welcher Zeit soll denn das Stück eigentlich spielen?«
Der junge Autor streicht sich selbstgefällig das Jackett glatt: »In der Hauptsendezeit natürlich!«

Im Kaufhaus:
»Ich möchte gerne bei Ihnen eine komplette Jagdausrüstung kaufen!«
»Gerne, mein Herr, Oberbekleidung im zweiten Stock, Waffen und Munition im vierten Stock, und Wild und Geflügel finden Sie in reichhaltiger Auswahl in unserer Lebensmittelabteilung …«

»Gibt es denn in Ihrem
Saftladen auch Hundekuchen?«
»Aber gewiss, soll ich ihn einpacken
oder fressen Sie ihn gleich hier?«

Völlig aufgelöst trifft auf einem Kongress der Gastredner ein. In der Eile hat er seine Zahnprothese zu Hause vergessen und befürchtet jetzt, sich vor der gesamten Versammlung zu blamieren. »Ich kann so nicht auftreten!«, sagt er aufgeregt. Da meint einer der anwesenden Gäste: »Warten Sie mal einen Augenblick, ich arbeite hier im Hause, ich kann Ihr Problem lösen …« Nach ein paar Minuten ist er zurück mit einer Tasche voller Zahnprothesen, er lässt den Mann einige ausprobieren, bis er tatsächlich eine findet, die perfekt passt. Nach dem Auftritt bedankt sich der Gastredner bei seinem »Retter«. »Sagen Sie mal, könnten Sie mich als Patient aufnehmen, ich suche schon lange nach einem richtig guten Zahnarzt.« »Wieso Zahnarzt? Ich bin Bestatter …«

Zwei Kollegen unterhalten sich. »Na, warst du schon beim Chef wegen der Gehaltserhöhung?«
»Hmm.«
»Und wie hat er reagiert?«
»Wie ein Lamm.«
»Tatsächlich? Was hat er gesagt?«
»Nääh …«

In einem mittelständischen Unternehmen werden fünf Kannibalen als Programmierer angestellt. Bei der Begrüßung der Kannibalen sagt der Chef: »Ihr könnt jetzt hier arbeiten, verdient gutes Geld und dürft zum Essen in unsere Kantine gehen. Lasst aber die anderen Mitarbeiter in Ruhe!«
Die Kannibalen geloben, keine Kollegen zu belästigen.
Nach vier Wochen kommt der Chef wieder und sagt: »Ihr arbeitet sehr gut. Nur fehlt uns jetzt eine Putzfrau. Wisst Ihr, was aus der geworden ist?«
Die Kannibalen schwören, mit der Sache nichts zu tun zu haben. Als der Chef wieder weg ist, fragt der Anführer der Kannibalen die anderen: »Wer von euch Affen hat die Putzfrau gefressen?«
Meldet sich hinten der Jüngste ganz kleinlaut: »Ich war es.«
Sagt der Boss: »Du Idiot, wir ernähren uns seit vier Wochen von Teamleitern, Abteilungsleitern und Projektmanagern, damit keiner etwas merkt, und du Depp musst die Putzfrau fressen …«

Der Angestellte zum Chef: »Sie haben mir doch mehr Gehalt versprochen, wenn Sie mit mir zufrieden sind …«
»Ja, schon!«, entgegnet der Chef. »Aber wie kann ich mit jemandem zufrieden sein, der mehr Geld haben will?«

In der Bahnhofsvorhalle fragt ein Kunde am Fahrkartenschalter einen Fahrkartenverkäufer: »Gibt es eine billigere Klasse als die 2. Klasse?« Der Beamte: »Ja, aber dafür brauchen Sie ein Fell und eine Schnauze!«

Kürzlich bei der Bundesbahn:
»Herr Schaffner, wie lange hält dieser Zug?«
»Bei guter Pflege sicher 20 bis 30 Jahre ...«

Ein Manager kommt von einer Asienreise zurück und hängt in seinem Arbeitszimmer ein chinesisches Amulett auf. Seine Sekretärin fragt ihn etwas verwundert, ob er an so etwas glaube. »Natürlich nicht. Aber es soll auch wirken, wenn man nicht daran glaubt ...«

Krank liegt der Lehrling im Bett. Ein Mädchen will ihn besuchen. »Der Junge hat Grippe«, sagt die ältere Dame, die die Tür öffnet.
Darauf das Mädchen: »Ich bin seine Schwester.«
»Das ist aber nett«, sagt die Frau, »dass ich Sie kennen lerne. Ich bin seine Mutter.«

Bei der Abschlussprüfung wird der
zukünftige Schrankenwärter gefragt:
»Von links kommt der planmäßige D-Zug. Von rechts
ein Güterzug. Die Strecke ist eingleisig, was machen
Sie?« Nach kurzem Überlegen meint der Kandidat:
»Ich hole meinen Schwager.«
»Warum denn das?«
»Na ja – der hat so etwas noch nicht gesehen …«

Treffen sich zwei Bauern auf der Wiese.
Sagt der eine: »Du, ich habe jetzt eine super
Versicherung gegen Feuer und Hagel.«
Sagt der andere: »Feuer ist ja schön und gut,
aber wie machst du jetzt Hagel?«

»Was machen Ihre Söhne?«
»Der jüngste geht noch zur Schule, der zweite
ist Praktikant in einer Bank, der dritte ist Kassierer
und der vierte schon in Hawaii …«

Der Personalchef sagt zum Bewerber:
»Sie fangen Montag an. Bezahlt wird nach Leistung.«
Bewerber: »Tut mir Leid, davon kann ich nicht leben.«

Der Bankdirektor sucht eine neue Sekretärin. Eine hübsche junge Dame kommt in die engere Auswahl für den Posten. Der Direktor möchte selbst mit ihr sprechen.
»Haben Sie bereits eine gewisse Vorstellung von Ihren Aufgaben hier?«, fragt er skeptisch.
»Nein, noch nicht«, meint sie ehrlich, »aber Geld habe ich schon immer gemocht …«

Der Chef erzählt einen Witz, und alle Angestellten biegen sich vor lachen – nur eine Sekretärin nicht.
»Sagen Sie mal, haben Sie überhaupt keinen Sinn für Humor?«, fragt deshalb ein Kollege neben ihr.
»Doch, schon, aber ich habe bereits gekündigt …«

Der Immobilienmakler erklärt: »Ich will ehrlich zu Ihnen sein, dieses Haus hat auch Nachteile. Im Norden befindet sich eine Mülldeponie, im Osten ist die Kläranlage, im Süden ist eine Stinktierzucht, und im Westen liegt die Fischfabrik.«
»Mein Gott, und welche Vorteile hat das für dieses Haus?«
»Sie wissen immer, aus welcher Richtung der Wind kommt …«

Der Abteilungsleiter fragt seine junge Mitarbeiterin: »Was machen Sie denn am Sonntag?«
»Ach, eigentlich gar nichts«, antwortet sie gespannt.
»Dann möchte ich Ihnen nur sagen, dass heute erst Freitag ist.«

Anna sagt im Supermarkt an der Kasse:
»Sie haben sich gestern beim Herausgeben um 20 Euro geirrt.«
»Das kann jeder sagen!«, gibt die Kassiererin unfreundlich zurück. »Das hätten Sie gleich sagen müssen. Jetzt ist es zu spät!«
»Na gut, dann behalte ich das Geld eben …«

»Wir können Sie nicht einstellen. Leider haben wir keine Arbeit für Sie.«
»Och, das würde mir eigentlich nichts ausmachen …«

»Ich glaube«, sagt der Chef zu Schneider, »von all den Angestellten, die ich habe, sind Sie am meisten auf den Beinen.«
»So, finden Sie?«
»Ja, Sie machen den größten Bogen um die Arbeit.«

An der Grenze fährt ein Mann mit dem Fahrrad vor, auf dem Gepäckträger einen Sack.
Zöllner: »Haben Sie etwas zu verzollen?«
Mann: »Nein.«
Zöllner: »Und was haben Sie in dem Sack?«
Mann: »Sand.«
Bei der Kontrolle stellt sich heraus: tatsächlich Sand. Das geht so eine ganze Woche lang. Am achten Tag wird es dem Zöllner doch verdächtig:
Zöllner: »Was haben Sie in dem Sack?«
Mann: »Nur Sand.«
Zöllner: »Hmm, mal sehen …«
Der Sand wird diesmal gesiebt – Ergebnis: nur Sand. Der Mann kommt weiterhin jeden Tag zur Grenze. Zwei Wochen später wird es dem Grenzer zu bunt, und er schickt den Sand ins Labor – Ergebnis: nur Sand. Nach einem weiteren Monat der ›Sandtransporte‹ hält es der Zöllner nicht mehr aus und fragt den Mann:
»Also, ich gebe es Ihnen schriftlich, dass ich nichts verrate, aber Sie schmuggeln doch etwas. Sagen Sie mir bitte, was!«
Der Mann: »Fahrräder …«

»Wovon leben Sie denn?« – »Vom Speck.«
»Ach, Metzger?« – »Nein, Miederfabrikant …«

Die hübsche, junge Sekretärin ist mit ihrem Chef verreist. Kaum sind beide im Hotelzimmer, klingelt das Telefon. Der Portier meldet ein Gespräch aus München an.
»Wer ist denn dran?«, fragt die Sekretärin.
Darauf der Portier: »Sie selbst, gnädige Frau …«

Zwei Freundinnen treffen sich im Café:
»Oh, ich fürchte, du bist in was getreten.«
»Ich weiß, das sind die Hinterlassenschaften von so ’nem Pudel im Park.«
»Willst du es denn nicht abwischen?«
»Noch nicht – mein aufgeblasener Yuppieboss kommt mich gleich in seinem neuen Coupé abholen …«

Marktfrau: »Leider habe ich nur noch sechs Hühner zur Auswahl hier.«
Kundin: »Das macht nix. Suchen Sie mir die drei ältesten aus.«
Die Marktfrau unterdrückt ein Schmunzeln und kommt dem Wunsch der Kundin nach:
»Darf ich die Hühner gleich einpacken?«
Kundin: »Nein, danke. Ich nehme die anderen drei …«

Der Chef erläutert dem Bewerber beim
Einstellungsgespräch: »Wir legen großen Wert auf
Sauberkeit. Haben Sie Ihre Schuhe auf der
Matte vor der Tür abgetreten?«
Bewerber: »Natürlich.«
Chef: »Wir legen auch viel Wert auf Ehrlichkeit.
Draußen liegt keine Matte.«

Warum arbeiten Maurer nur sechs Monate im Jahr?
Weil in den anderen sechs Monaten
das Bier gefroren ist …

»Sag mal, wie war denn eure Betriebsfeier?«
»Zuerst etwas steif, aber nachdem der Chef in die Standuhr kletterte, um ein Taxi zu bestellen, kam tolle Stimmung auf.«

Bei Hochwasser klettern zwei Bauern immer
auf das Scheunendach. Sie schauen aufs Wasser
und sehen, wie eine Mütze vorbeschwimmt.
Der eine: »Der Besitzer ist bestimmt ertrunken.«
»Nee«, sagt der andere, »das ist Egon,
der mäht bei jedem Wetter …«

In einem Heißluftballon bemerkt ein Mann, dass er die Orientierung verloren hat. Er reduziert seine Höhe und sieht schließlich einen Mann am Boden. Er lässt den Ballon noch weiter sinken und ruft: »Entschuldigung, können Sie mir helfen? Ich versprach meinem Freund, ihn vor einer halben Stunde zu treffen, aber ich weiß nicht, wo ich mich befinde.«

Der Mann am Boden sagt: »Ja. Sie befinden sich in einem Heißluftballon. Ihre Position ist 40 Grad 22 Minuten nördliche Breite und 58 Grad 16 Minuten westliche Länge.«

»Sie müssen Ingenieur sein«, sagt der Ballonfahrer erstaunt.

»Bin ich«, antwortet der Mann. »Wie haben Sie das gewusst?«

»Sehen Sie«, sagt der Ballonfahrer, »alles, was Sie mir gesagt haben, ist technisch korrekt, aber ich habe keine Ahnung, was ich mit Ihren Informationen anfangen soll, und ich weiß immer noch nicht, wo ich bin.«

Der Ingenieur sagt hierauf: »Sie müssen ein Manager sein.«

»Bin ich«, antwortet der Ballonfahrer, »wie haben Sie das erraten?«

»Sehen Sie«, sagt der Ingenieur, »Sie wissen nicht, wo Sie sind oder wohin Sie gehen. Sie haben ein Versprechen gegeben, von dem Sie keine Ahnung haben, wie Sie es einhalten können, und Sie erwarten, dass ich Ihnen dieses Problem löse. Tatsache ist: Sie befinden sich in exakt derselben Position, in der Sie waren, bevor wir uns getroffen haben, aber irgendwie ist jetzt alles meine Schuld ...«

Ein Professor erzählt einer Studentin:
»Ich habe jetzt ein Mittel gefunden
gegen Vergesslichkeit!«
Fragt die: »Ja, was nehmen Sie denn da?«
»Ähhh, wie heißt doch gleich diese Blume
mit den Dornen ...?«
»Rose!«
»Genau! Rosi, wie hieß das Mittelchen doch gleich?«

Eine Kundin im Supermarkt:
»Ein Hähnchen, bitte!«
Der Metzger holt sein letztes aus der Kühltruhe.
»Macht 3 Euro.«
»Ach, hätten Sie nicht ein größeres?«
Der Metzger geht nach hinten und klopft das
Hähnchen breit und zieht es länger.
»Dieses kostet 4,20 Euro, recht so?«
»Ja prima, ich nehme dann die beiden ...«

In einer Kneipe prahlen zwei Vertreter um die Wette:

»Ich verkaufe schon seit 10 Jahren
Kühlschränke an die Eskimos!«

»Na und? Ich verkaufe seit 20 Jahren
Kuckucksuhren an die Amerikaner!«

»Toll ... Das kann doch jeder!«

»Na ja, ich verkaufe pro Uhr noch
zwei Säcke Vogelfutter ...«

Gib immer 100 Prozent bei der Arbeit:
12 Prozent am Montag.
23 Prozent am Dienstag.
40 Prozent am Mittwoch.
20 Prozent am Donnerstag.
5 Prozent am Freitag ...

In der Grundlagenforschungsabteilung
einer großen Firma:

»Jetzt haben wir 270 Millionen Euro und
70 Jahre Arbeit in dieses Projekt gesteckt, weißt du
eigentlich noch, was wir herausfinden wollten?«

»2 000 Blondinen sind zu einer Quizshow eingeladen ...«

BLONDINENWITZE

In zehn Jahren gibt es in Deutschland einen Aufstand!
Warum?
Dann haben die Blondinen die Witze begriffen,
die man über sie machte.

Hast du von der Blondine gehört, die jede Nacht aufstand, um zu sehen, wohin die Sonne geht?
Es ist ihr schließlich gedämmert.

Eine Blondine in Amerika. Auf dem Weg nach Hollywood sieht sie ein Schild, auf dem steht: »Hollywood left«. Sie denkt: »Schade«, und kehrt um. Dabei sieht sie ein Schild, auf dem steht: »Clean restrooms 6 miles«.
Auf den sechs Meilen reinigt sie 19 Toiletten.

2 000 Blondinen sind zu einer Quizshow eingeladen. Nach einer Auszählung darf eine nach vorne zum Quizmaster.
Dieser fragt sie: »Wie viel ist drei mal vier?«
Die Blondine überlegt und antwortet schließlich zögernd: »Sieben.«
Darauf der Quizmaster: »Oh, das ist leider falsch.«
Die anderen Blondinen rufen darauf: »Gebt ihr noch ’ne Chance, gebt ihr noch ’ne Chance!«
Der Quizmaster lässt sich erweichen. Und stellt wieder eine Frage: »Wie viel ist zwei mal vier?«
Die Blondine überlegt und überlegt, und der Quizmaster denkt schon: Also, diesmal hat sie es bestimmt richtig, als die Blondine sagt: »Sechs.«
Darauf der Quizmaster: »Oh, das ist leider schon wieder falsch.«
Die anderen Blondinen wieder: »Gebt ihr noch ’ne Chance, gebt ihr noch ’ne Chance!«
Der Quizmaster lässt sich noch einmal erweichen, sagt aber, das dies wirklich die letzte Chance ist, und stellt noch eine weitere Frage: »Wie viel ist drei mal drei?«
Die Blondine überlegt und überlegt, sie überlegt wirklich lange und sagt schließlich: »Neun.«
Darauf die anderen Blondinen: »Gebt ihr noch ’ne Chance, gebt ihr noch ’ne Chance …«

Was erhält man, wenn man einer Blondine
einen Cent für ihre Gedanken bietet?
Wechselgeld.

Was ist passiert, wenn eine Blondine in
den Straßengraben gefahren ist?
Sie hat versucht, den Blinker auszuschalten.

Was sieht man, wenn man einer Blondine
tief in die Augen sieht?
Die Rückwand des Kopfes.

Was ist der Unterschied zwischen einer Blondine
und einem Supermarktwagen?
Der Supermarktwagen hat einen eigenen Willen.

Was ist eine Blondine auf dem Gymnasium?
Ein Besucher.

Warum fahren Blondinen VW?
Weil sie Toyota nicht buchstabieren können.

Warum stehlen die amerikanischen Blondinen
immer die Polizeiautos?
Sie sehen »911« und denken, es sind Porsche.

Was kann passieren,
wenn eine Blondine in die Luft schießt?
Dass es daneben geht.

Zwei Blondinen gingen durch einen Wald.
Die eine sieht nach unten und sagt:
»Schau dir die Rehspuren an.«
Sagt die andere: »Nein, das sind Wolfspuren!«
»Nein, Rehspuren!«
Als sie eine Stunde diskutiert hatten,
wurden sie vom Zug überfahren.

Warum wechseln Blondinen die
Windeln ihres Babys nur jeden Monat?
Weil draufsteht: Bis 20 Pfund.

Warum tun Blondinen die Worte der Leute weh?
Weil die Leute mit Wörterbüchern nach ihnen werfen.

Und dann ist da noch der Blonde, dessen Frau Zwillinge bekam. Er stellte seine Frau zur Rede und wollte wissen, wer der andere Mann war.

Eine Brünette, eine Rothaarige und eine Blondine sind alleine auf einer Insel gestrandet. Es sind 20 Kilometer bis zum nächstgrößeren Festland, wo es Wasser und etwas zu essen gibt.
Die Brünette blickt über das Wasser und meint: »Das schaff ich!« und schwimmt los. Nach fünf Kilometern wird sie müde, nach zehn Kilometern zu müde und ertrinkt.
Die Rothaarige überlegt sich, dass es besser ist, es auch zu versuchen, bevor sie hier verhungert. Außerdem ist sie ausdauernder als die Brünette. Also schwimmt auch sie los. Nach zehn Kilometern wird sie aber auch müde, nach 15 Kilometern zu müde und ertrinkt.
Auch die Blondine, von Haus aus Leistungssportlerin, wagt es und schwimmt los. 5 Kilometer, 10 Kilometer, 15 Kilometer. Nach 19 Kilometern wird sie müde und dreht um.

Warum essen Blondinen keine Bananen?
Sie können den Reißverschluss nicht finden.

Ein Polizist erwischt eine Blondine als
Geisterfahrerin auf der Autobahn.
»Wussten Sie nicht, wohin Sie fuhren?«
»Nein, aber wohin es auch ging,
es muss scheußlich dort sein,
weil die anderen alle wieder zurückfuhren.«

Zwei Blondinen versuchen, die Fahrertür ihres Mercedes mit einem Kleiderbügel zu öffnen.
Blondine 1: »Ich glaub, ich kriege die Tür so nicht auf.«
Blondine 2: »Ja, aber beeil dich trotzdem. Es fängt an zu regnen, und das Verdeck ist noch auf.«

Was macht eine Blondine vor einer Glaswand?
Drüberklettern, um zu sehen, was dahinter ist.

Zwei Blondinen fahren auf einer Straße an einem Feld vorbei. Mitten auf dem Feld sehen sie eine Blondine in einem Ruderboot, die rudert.
Fahrerin: »Das sind die Blondinen, denen wir unseren schlechten Ruf zu verdanken haben.«
Beifahrerin: »Ich weiß. Ich bin so sauer auf die. Wenn ich schwimmen könnte, würde ich sie glatt ersäufen.«

Was sagt die Blondine, als sie über die unbezahlbare
Ming-Vase stolpert?
»Ist in Ordnung, Vati. Ich bin nicht verletzt.«

Warum gehen Blondinen immer auf Zehenspitzen
an Medizinschränken vorbei?
Sie wollen die Schlaftabletten nicht aufwecken.

Eine Blondine bestellt eine Pizza. Der Ober fragt,
ob er sie in sechs oder in zwölf Stücke aufteilen soll.
»Sechs, bitte. Ich könnte niemals zwölf verdrücken.«

Was tun Blondinen, wenn sie hören, dass 90 Prozent
aller Unfälle in einer Wohnung stattfinden?
Umziehen.

Aus einer Waschanlage kommen direkt nacheinander
zwei gleich aussehende Autos. Eine Blondine springt
in den ersten Wagen und lässt einen völlig perplexen
jungen Mann zurück. Nach einer Viertelstunde
fängt sie an, zu überlegen, wer denn wohl
ihr Autotelefon geklaut haben könnte.

Warum sollte man seiner blonden Freundin niemals sagen, dass man Tontauben schießen geht?
Sie antwortet, dass das keinen Zweck hat, weil sie nicht weiß, wie man die Biester kocht.

Was bedeutet es, wenn sich eine Blondine Ohropax in die Ohren steckt?
Hohlraumversiegelung.

Eine Brünette, eine Rothaarige und eine Blonde sind als blinde Passagiere an Bord eines Luxusdampfers und verstecken sich im Laderaum.
Als der Kapitän seine Inspektionsrunde dreht, versteckt sich jede in einem alten Sack.
Der Kapitän denkt sich, komisch, diese Frachtstücke kenne ich gar nicht und haut mit dem Fuß gegen den ersten Sack. Drinnen sitzt die Brünette und schreit: »Wau, wau.«
Aha, denkt sich der Kapitän, ist nur ein Hund, und haut mit dem Fuß auf den zweiten Sack. Drinnen sitzt die Rothaarige und schreit: »Miau, miau.«
Aha, denkt sich der Kapitän, ist nur eine Katze, und haut mit dem Fuß auf den dritten Sack.
Daraufhin die Blondine. »Kartoffel, Kartoffel.«

Erzähler: »Warum zog die Blondine nach L.A.?«
Blondine: »Weiß nicht. Warum?«
Erzähler: »Es ist einfacher, zu buchstabieren.«
Blondine: »Einfacher als was?«

Warum können Blondinen die »Elf« nicht schreiben?
Sie wissen nicht, welche »Eins« zuerst kommt.

Was macht eine Blondine, wenn sie ihre Hände an die Ohren presst? Sie versucht, einen Gedanken festzuhalten.

Zwei Blondinen spazieren am Strand entlang und finden dort zwei Bomben.
Die eine: »Du, wir müssen sofort zur Polizei!«
Die andere: »Und wenn eine explodiert?«
Die eine: »Dann sagen wir einfach, dass wir nur eine gefunden haben!«

Wie kommt eine Blondine an Aprikosenmarmelade?
Sie schält einen Krapfen.

Wie versucht eine Blondine
einen Vogel umzubringen?
Sie wirft ihn vom Balkon!

Und wie bringt sie einen Fisch um?
Durch Ersäufen.

Wie heißt die neue Zeitschrift für Blondinen?
Für Ihr.

Was ist ein Keller voller Blonder?
Ein Bierkeller.

Woher weiß man, dass ein Fax von einer
Blondine abgeschickt wurde?
Es ist eine Briefmarke drauf.

Warum können Blondinen
keine Fahrstuhlführerinnen werden?
Sie kennen die Strecke nicht
und würden sich verfahren.

Wie heißt es, wenn eine Blonde sich schminkt?
Naive Malerei.

Wie kann man eine Blondine konfus machen?
Gar nicht, sie sind so geboren.

Ein Architekt unterhält sich mit einer Frau, wie sie die Räume in ihrem neuen Haus gestrichen haben möchte. Im ersten Raum sagt sie, sie hätte gerne ein helles Blau. Der Architekt schreibt das auf seinen Block, geht zum Fenster, reißt es auf und schreit: »Das Grüne nach oben!«
Den zweiten Raum hätte die Frau gerne in einem weichen Gelb gestrichen. Der Architekt schreibt das wieder auf, geht wieder zum Fenster, reißt es wieder auf und schreit wieder: »Das Grüne nach oben!«
Das dritte Zimmer soll in einem warmen Rosa gestrichen werden. Auch hier nimmt der Architekt seinen Block, schreibt auf, geht schon wieder zum Fenster, reißt es auf und schreit: »Das Grüne nach oben!« Die gute Frau ist schon etwas durcheinander und fragt ihn schließlich: »Wieso rufen Sie dauernd: ›Das Grüne nach oben‹?«
»Entschuldigen Sie bitte«, antwortet er, »aber ich hab da draußen eine Truppe Blondinen, die legen gerade Ihren Rasen …«

Eine Blondine hat die Blondinenwitze satt und färbt ihre Haare schwarz. Danach geht sie zu einem Schäfer und sagt: »Wenn ich die Anzahl deiner Schafe erraten kann, darf ich dann eins behalten?«
Der Schäfer schaut sich seine riesige Herde an und sagt: »Gut, abgemacht.«
Die Frau überschaut die Herde und sagt: »498 Schafe.«
Darauf der Schäfer verdutzt: »Ja, das stimmt … Na gut, abgemacht ist abgemacht, such dir eins aus!«
Die Frau sucht sich eins aus und will gehen, aber der Schäfer ruft sie zurück und sagt: »Sag mal, wenn ich deine Originalhaarfarbe erraten kann, bekomme ich dann meinen Schäferhund wieder?«

Warum haben Blondinen keine Kaffeepause?
Es dauert zu lange, sie wieder einzuarbeiten.

Wie kann man eine Blondine in den Wahnsinn treiben?
Man schickt sie in ein rundes Zimmer und sagt zu ihr: »In der Ecke liegt ein Tausender.«

Wie bringt man eine Blondine zum Blinzeln?
Die Taschenlampe ein- und ausschalten.

Wie erkennt man, dass eine Blondine am Computer saß? Durch Tipp-Ex auf dem Bildschirm. Und wie erkennt man, dass eine zweite Blondine am Computer saß? Auf dem Tipp-Ex wurde geschrieben.

Woher weiß man, dass Rapunzel blond gewesen sein muss? Nun, alle anderen wären zur Tür hinausgegangen oder hätten den Schlüssel runtergeworfen …

Drei Blondinen gehen durch den Wald
und treffen eine Fee.
Diese sagt: »Jeder von euch hat einen Wunsch frei.«
Die erste wünscht sich, auszusehen wie
Verona Feldbusch, und sofort sieht sie auch so aus.
Die zweite wünscht sich eine tolle Lockenpracht,
und plötzlich hat sie die schönsten Haare,
die man sich vorstellen kann.
Und die dritte wünscht sich noch dümmer zu sein –
und plötzlich ist sie ein Fußballstar.

Warum ist die Badewanne einer Blondine
mit Stacheldraht umgeben?
Damit sie nicht so weit rausschwimmt!

Hast du schon von der
blonden Fallschirmspringerin gehört?
Sie hat die Erde verfehlt!

Woran erkennt man, dass eine Blondine
den Garten angelegt hat?
Die Büsche sind größer als der Rest des Grundstücks.

Was haben intelligente Blondinen
und Dinosaurier gemeinsam?
Beide sind bereits ausgestorben.

»Stubenkontrolle bei der Bundeswehr ...«

BUNDESWEHRWITZE

Der Spieß kommandiert: »Vor der Kirche treffen sich alle hinter der Kirche und nach der Kirche vor der Kirche! Verstanden?«

Einen Panzerfahrer beim Bund überkommt ein menschliches Bedürfnis. Also fährt er seinen Panzer an den Straßenrand, sieht sich um, weit und breit kein Mensch …
Auf einmal klopft jemand von hinten auf seine Schulter.
Da stehen zwei Polizisten und sagen:
»Du stehst im Halteverbot!«
Dreht sich der Panzerfahrer um und meint in aller Gemütsruhe: »Na, dann schleppt mich halt ab …«

NATO: Nutzlose Ansammlung trotteliger Offiziere

Die neuen Rekruten bekommen neue Kleidung. Für einen kleinen Dicken wird nichts Passendes gefunden. Alles kneift und klemmt. Brüllt der Spieß: »Mann, wie sehen Sie denn aus?« »Was denn«, sagt der, »braucht ihr einen Killer oder einen Dressman?«

Der Verteidigungsminister ist angekündigt.
Alles überschlägt sich. Alle Wege werden gefegt, der Bordstein wird weiß gestrichen, der Rasen grün, ebenso die neuen Lafetten. Nur ganz oben an die Raketenspitze kommt man nicht heran.
Was nun?
Der Spieß hat den rettenden Einfall: »Schmeißen wir doch einfach den Farbeimer hoch, die Brühe läuft dann allein herunter.«
Gesagt, getan ... Aber der Eimer bleibt leider oben.
Da ist der Verteidigungsminister auch schon da.
Guckt in alle Ecken und nickt befriedigt. Bis er die Rakete mit dem Eimer auf der Lafette entdeckt:
»Was ist denn das?«
Alles druckst herum. Bis auf den Gefreiten Meier:
»Das ist doch der neue Neutronenreflektor, Herr Minister.«Antwortet der: »Weiß ich selber, aber warum ist das Ding nicht gestrichen?!«

Was ist der Unterschied zwischen dem Eiffelturm und der Bundeswehr?
Beim Eiffelturm sind die größten Nieten unten …

Stubenkontrolle bei der Bundeswehr. Der Unteroffizier fährt mit dem Finger über den Schrank und bläst dem Soldaten den abgewischten Staub ins Gesicht:
»Und – sehen Sie mich noch?!«
Soldat: »Nein, aber ich erkenne Sie am Mundgeruch …«

»Lesen Sie mal laut vor, was dort drüben auf der Tafel steht«, befiehlt der Arzt bei der Musterung des möglichen zukünftigen Rekruten.
»Was für eine Tafel? Ich sehe keine!«
»Sehr schön«, antwortet der Doktor. »Es ist nämlich auch keine da. Tauglich.«

Freundlich schlägt der General bei der Truppeninspektion dem Rekruten auf die Schulter:
»Wie geht's uns denn, mein Sohn?«
Der strahlt und freut sich:
»Toll, Vati, dass du dich endlich meldest. Mutti sucht dich schon seit Jahren …«

Alle Soldaten riechen nach Wasser.
... die vom Heer nach Grundwasser.
... die von der Marine nach Seewasser.
... und die von der Luftwaffe nach Rasierwasser.

»Herr Leutnant, wissen Sie eigentlich,
wie man einen Idioten neugierig macht?«
»Nein – wie denn?«
»Ich erzähle es Ihnen morgen!«

Wozu haben die neuen Spaten der Luftwaffe
kleine rote Knöpfe?
Wenn man draufdrückt, springt einer vom Heer raus
und fragt: »Wie lang, wie breit, wie tief?«

Feldwebel: »Wer von Ihnen ist musikalisch?«
»Ich.«
»Gut, Sie tragen das Klavier ins Kasino ...«

»Eine Gewehrkugel durchschlägt sogar dickes Holz«,
belehrt der Unteroffizier die Rekruten,
»also Vorsicht, Leute – immer schön den Kopf weg ...«

Der Sanitäter sagt zum Panzerfahrer:
»Wissen Sie eigentlich, was das kleinste Bauteil des Leopard II ist? Das würde mich echt mal interessieren.«
Panzerfahrer: »Das ist wohl da so ein Dichtring in der Einspritzpumpe.«
Sanitäter: »Falsch, das Gehirn des Panzerkommandanten.«

Vor dem Munitionsdepot zum wachhabenden Soldaten:
»Sag mal, wie kannst du hier rauchen. Ein Funke, und die ganze Munition fliegt in die Luft!«
»Sind das meine Granaten?«

Bei der Bundeswehr sitzen doch alle im selben Boot … das Heer rudert, die Marine steuert und die Luftwaffe fährt Wasserski!

Munitionsausgabe bei der Bundeswehr.
Der Offizier warnt: »Vorsicht, Jungs. Bei der Gelegenheit sind neulich zehn Mann in die Luft geflogen.«
Antworten die Rekruten: »Kann uns nicht passieren. Wir sind nur acht!«

Der neue Oberst inspiziert das ihm eben übergebene Regiment und die Kasernenräume. Als er vom Stabsarzt durch die Revierkrankenstuben geleitet wird, sieht er einen Schwerverletzten: »Äh, was fehlt dem Kerl?«

»Typhus, Herr Oberst.«

»Typhus? Äh, ja. Scheußliche Krankheit, selbst schon gehabt. Entweder man krepiert oder wird blödsinnig ...«

Der Feldwebel macht dem Oberst Meldung: »Kompanie vollzählig versammelt zum Mathematikunterricht.«

»Aha, rühren ... So meine Herren,
dann will ich Ihnen mal auf den Zahn fühlen:
Wie viel ist drei mal vier, Sie da!«
»Zwölf, Herr Oberst!«
»Gut, gut! – Wat sinse denn von Beruf?«
»Mathematiklehrer, Herr Oberst!«
»Wat se nich sagen. Dann müssen Sie ja auch schwierije
Aufjaben können. Wie viel ist sieben mal sieben, na?«
»49, Herr Oberst!«
»Wie haben se det jemacht?«
»Ich habe gerechnet: zehn mal sieben ist 70,
dreimal sieben ist 21, 70 weniger 21 ist 49.«
»Ganz gut. Aber damit se nich denken, ich bin dumm,
ich habe gerechnet: fünf mal zehn ist 50,
weniger eins ist 49 ... Weitermachen!«

Ein kurzsichtiger Feldwebel: »Stillgestanden! Das gilt auch für den Kleinen da hinten mit der roten Mütze.«
Zaghafter Einwand: »Aber, Herr Feldwebel, das ist doch ein Hydrant!«
Feldwebel: »Egal, hier haben auch Akademiker zu gehorchen!«

Ein Polizist klingelt mit besorgtem Gesichtsausdruck an der Haustür von Schneiders.
»Guten Tag, Frau Schneider, stimmt es, dass Ihr Mann Amateurfunker ist?«
»Ja, das stimmt. Ist das etwa verboten?«
»Nein, eigentlich nicht. Aber eben ist die gesamte NATO-Flotte ausgelaufen.«

Ein 19-jähriger Chemnitzer kommt zur Bundeswehr und mit der Truppe nach Bosnien. Er schreibt nach Hause: »Das Essen ist einwandfrei, wir sind auf der Stube mit sechs Ossis und vier Wessis, und wir kommen gut miteinander aus.«
Die Mutter schreibt zurück: »Schön, dass es dir gut geht und ihr ordentlich zu essen habt. Besonders freut mich, dass ihr schon vier Gefangene habt …«

Die Ausbilder von Marine, Heer, Pionieren und Luftwaffe geben damit an, was sie für mutige Rekruten haben. Sagt der vom Heer zu einem seiner Rekruten: »Sie rennen jetzt dort gegen die Mauer, bis sie umfällt!«
Der Rekrut sagt: »Jawohl, Herr Feldwebel!«, und tut's. Er sieht auch hinterher entsprechend aus.
»Sehen Sie, das ist Mut!«, sagt der Feldwebel.
Sagt der von der Marine: »Sie nehmen ein Enterbeil, steigen auf die Fahnenstange da und hacken sie unter sich ab.«
Der Matrose sagt: »Jawohl, Herr Bootsmann!«, und tut's. (Plumps) Na ja …
»Sehen Sie, das ist Mut!«, sagt der Bootsmann.
Sagt der von den Pionieren: »Sie springen von dieser Brücke da in den reißenden Fluss und holen vom Grund einen 100 Kilo schweren Felsbrocken!«
Der Rekrut sagt: »Jawohl, Herr Feldwebel!«, und tut's. Versucht's wenigstens.
»Sehen Sie, das ist Mut!«, sagt der Feldwebel.
Sagt der von der Luftwaffe: »Sie haben ja keine Ahnung, was Mut ist.« Zu seinem Rekruten: »Sie gehen jetzt in die Kantine und holen mir eine Schachtel Zigaretten!«
Zeigt ihm der Rekrut den Stinkefinger und sagt: »Geh doch selber, du Trottel!«
»Sehen Sie, das ist Mut!«, sagt der Luftwaffenfeldwebel.

»Klagt Bill Gates beim Psychiater …«

COMPUTERWITZE

UNIX ist das Betriebssystem der Zukunft.
Und das schon seit 30 Jahren.

Computerkunde: »Ich suche noch ein spannendes Grafik-Adventure, das mich so richtig fordert.«
Verkäufer: »Haben Sie es schon mal mit Windows XP probiert? …«

Ein Beweis für Programmierer: Jedes Programm
lässt sich um mindestens eine Anweisung kürzen.
Jedes Programm hat mindestens einen Fehler.
Durch Induktion können wir schließen:
Jedes Programm ist reduzierbar auf
eine Anweisung, die nicht funktioniert …

Bei einem PC-Kunden funktioniert das Einlesen der Software nicht, telefonisch erhält er vom Berater eines Computergeschäftes folgende Installationsanweisung:
Berater: »Legen Sie bitte die 1. CD ein, und schicken Sie den Befehl ›[..]‹ ab.«
Kunde: »Das habe ich gemacht. Jetzt steht da: ›2. CD in F einlegen‹.«
Berater: »Dann machen Sie das mal, und drücken Sie RETURN.«
Kunde: »Jetzt steht hier so 'ne komische Fehlermeldung!«
Berater: »Das kann eigentlich nicht sein. Nehmen Sie doch bitte noch mal die CD aus dem Laufwerk.«
Kunde: »Welche von den beiden?«

EDV: Ende der Vernunft

Ein Linux-Entwickler besucht ein Windows-Seminar. Danach kommt Bill Gates auf ihn zu und fragt ihn, was ihm an Windows am besten gefallen hätte. Seine Antwort: »Dass ihr damit arbeiten müsst ...«

ISDN: Ich sehe da nix

Sagt ein Windows-User zum anderen:
»Sag mal, spielst du eigentlich viel?«
»Nö, bei mir gewinnt immer Windows ...«

In einem Streitgespräch zwischen mehreren Computeranwendern wurde versucht, zu klären, ob der Computer »männlich« oder »weiblich« sei.
Die Frauen votierten für »männlich«, weil:

- Man muss ihn erst anmachen, um seine Aufmerksamkeit zu erregen. Er hat jede Menge Wissen, ist aber trotzdem planlos.
- Er sollte einem helfen, Probleme zu lösen, die halbe Zeit aber ist er selbst das Problem.
- Sobald man sich einen zulegt, kommt man drauf, dass, wenn man ein bisschen gewartet hätte, ein besserer zu haben gewesen wäre.

Die Männer stimmten aus folgenden Gründen für »weiblich«:

- Nicht einmal der Erfinder versteht ihre innere Logik.
- Die Sprache, mit der sie sich untereinander verständigen, ist für niemand sonst verständlich.
- Sogar die kleinsten Fehler werden im Langzeitgedächtnis zur späteren Verwendung abgespeichert.
- Sobald man einen hat, geht fast das ganze Geld für Zubehör drauf.

IBM: Immer blöde Meldungen

Assembler ist eine Methode, Programme, die zu langsam laufen, so umzuschreiben, dass sie überhaupt nicht mehr laufen …

»Das neue Windows XP kann einfach alles, dank 64 Bit. Wenn ich 64 Bit getrunken habe, glaube ich auch immer, dass ich alles kann.«

Fragt Eric seinen Freund Thomas: »Sag mal, gestern habe ich deinen Vater gesehen, wie er sein Notebook ins Wasser geschmissen hat. Was sollte denn das?« Sagt Hansi: »So genau weiß ich das auch nicht, aber vielleicht wollte er surfen.«

»Hast du schon gehört: Ein Bug im Mozilla-Browser erlaubt es jedem, übers Internet deine Festplatte zu lesen.«
»Weiß ich, deshalb bleibe ich ja auch bei Mozilla.«
»???«
»Na, wenn's ein Microsoft-Bug wäre, dann dürfte jeder meine Festplatte auch noch beschreiben …«

Amerikanische Wissenschaftler haben einen Supercomputer entwickelt, der angeblich alles wissen soll!
Ein Kaufinteressent möchte ihn natürlich vor dem Kauf testen und stellt eine Testfrage: »Wo ist mein Bruder zurzeit?«, will er vom Computer wissen.
Die Wissenschaftler geben die Frage ein, der Computer rechnet, dann druckt er aus: »Ihr Bruder sitzt in der Maschine LH474 nach Dehli! Er will dort mit der Firma Singh einen Vertrag in Höhe von zwei Millionen Dollar abschließen über die Lieferung von …« (weitere ausführliche Informationen folgen).
Der Käufer ist begeistert, möchte aber noch einen Test haben und will wissen:
»Wo ist mein Vater zurzeit?«
Wieder rechnet der Computer und druckt aus:
»Ihr Vater sitzt am Mississippi und angelt!«
»Ha!«, schreit der Käufer: »Wusste ich es doch, dass er nicht alles weiß! Mein Vater ist seit fünf Jahren tot!«
Die Wissenschaftler sind bestürzt, überlegen und geben dann die Frage noch mal zur Kontrolle ein.
Der Computer rechnet länger und druckt: »Tot ist der Gatte Ihrer Mutter! Ihr Vater sitzt am Mississippi und angelt!«

EDV: Ewig drohen Verzögerungen

Bei der Microsoft Hotline:
Anrufer: »Seit ich die Windows XP-Beta installiert habe, stürzt Office laufend ab.«
Hotline: »Wir hatten hier das gleiche Problem.«
Anrufer: »Und was haben Sie gemacht?«
Hotline: »Wir haben die Beta ein zweites Mal installiert.«
Anrufer: »Gut, dann versuche ich das jetzt auch.«
Eine Stunde später …
Anrufer: »Jetzt läuft bei mir gar nichts mehr!«
Hotline: »Bei uns auch nicht …«

IBM: Ist bestimmt Müll

Je größer eine Festplatte ist,
desto schneller ist sie voll …

Kundendienst: »Guten Tag, hier PC-Doctor
Heribert Schneider?«
Kunde: »Ich habe eben Windows installiert.«
Kundendienst: »Und?«
Kunde: »Ich hab ein Problem.«
Kundendienst: »Das sagten Sie schon …«

Wissenschaftler wollten wissen, ob Computerstrahlung schädlich ist. Sie sperrten drei Ratten mit einem angeschalteten Computer in einen Käfig, gaben Futter und Wasser zu und ließen das Ganze für eine Woche so stehen.
Und, sind die Ratten krank geworden?
Nein, aber sie haben drei neue UNIX-Versionen programmiert!

Frage: Ich installiere gerade Windows, was soll ich drücken?
Antwort: Am besten beide Daumen …

SAP: Sanduhr-Anzeige-Programm

ISDN: Immer streikt das Netzteil

Klagt Bill Gates beim Psychiater:
»Langsam, Doktor, bekomme ich Paranoia. Ich glaube, alle Menschen hassen mich.«
»Das kann nicht sein, Bill. Es kann Sie ja nicht jeder kennen …«

UNIX ist ein benutzerfreundliches Betriebssystem. Es ist in der Wahl seiner Freunde jedoch sehr wählerisch.

Ein Vater lässt sich vom Sohn (14 Jahre, picklig, Brille, sitzt von morgens bis abends am Computer) über Betriebssysteme aufklären:

Vater: »Sag mal, mein Sohn, wie ist das mit diesen vielen Betriebssystemen?«

Sohn: »Also stell dir einen riesigen Flughafen vor. Eine Concorde startet – und stürzt neben dem Flughafen ab. Das ist Windows. Dann rollt ein Airbus an, es wird daran herumgewerkelt und repariert, dann hebt er ab, dreht eine Runde und muss auf dem Flughafen notlanden. Das ist OS/2. Und dann hebt ein uraltes Ding ab, mit vielleicht zwei oder drei Passagieren, es ist extrem langsam, kommt aber am Zielflughafen an. Das ist DOS.«

Vater: »Und – was ist dann UNIX?«

Sohn: »Ich sag doch – stell dir einen riesigen Flughafen vor …«

Was haben ein Revolver und Windows gemeinsam?
Ungeladen sind sie beide völlig harmlos …

IBM: Industrieller Büro-Müll

Die amerikanische Post hat die Verdienste Bill Gates gewürdigt, sein Konterfei ziert eine Briefmarke.
Im täglichen Betrieb zeigte sich jedoch, dass diese Briefmarke nicht auf den Briefen hielt.
Die eingesetzte Untersuchungskommission kam nach wenigen Monaten zu folgendem Ergebnis:

- Die Briefmarke ist völlig korrekt.
- Der Kleber ist ebenfalls nicht zu beanstanden.
- Die Kunden spucken nur auf die falsche Seite …

Wenn Baumeister Gebäude so bauten, wie Programmierer Programme machen, dann würde der erste Specht, der vorbeikäme, die Zivilisation zerstören …

Wie wechseln 100 Windows-Anwender
eine kaputte Glühbirne?
Einer schraubt und 99 klicken die
Fehlermeldungen weg …

Computerkunde: »Ich möchte das neue OS/2 v2.0 kaufen.«
Verkäufer: »Ach, haben Sie die alte Version schon zu Ende gespielt?«

Mit Computern hat man Zeit, Dinge zu tun, die man ohne sie nicht tun müsste …

Zwei Studenten im UNIX-Rechenzentrum.
Der eine klickt wie wild auf die linke Maustaste, total verschwitzt und fluchend. Der andere:
»Das ist nicht Windows, sondern UNIX.
UNIX kann man nicht überreden …«

SAP: Schön altes Programm

Der Kunde reklamiert nach der Testphase sein CD-ROM-Laufwerk.
Kunde: »Das 40-fach-CD-ROM-Laufwerk, das Sie mir letzte Woche angedreht haben, ist ja wohl der totale Flop.«
Verkäufer: »Waren Sie nicht damit zufrieden, hat es Ihren Ansprüchen nicht genügt, möchten Sie eventuell ein größeres?«
Kunde: »Passen da denn mehr rein?«
Verkäufer: »Wieso mehr? Es läuft schneller!«
Kunde: »Also in das 40-fach-Laufwerk, das Sie mir angedreht haben, passen maximal 2 CD-ROM rein.«

ISDN: Ich sehe deine Nummer

Ein Mann bewirbt sich bei einem größeren Unternehmen. Wie alle anderen Bewerber muss er einen Testfragebogen ausfüllen. Als er ihn dem Personalchef gibt, sagt der: »Ihr Test wird von einem Hochleistungscomputer ausgewertet. Das Ergebnis liegt in vier bis sechs Wochen vor …«

Frage: »Was bedeutet ›booten‹?«
Antwort: »Lass es mich so erklären: Es gibt Programme, die ziehen dir die Schuhe aus. Danach musst du neu booten …«

Auf einer Wetterstation muss die tägliche Niederschlagshöhe von Hand in den Computer eingegeben werden.
Irgendwann einmal vertippt sich dabei einer, statt 8,54 cm gibt er 8,54 m ein. Die Programmierer haben aber anscheinend für diesen Fall vorgesorgt, denn der Computer gibt folgende Fehlermeldung aus: »Baue ein Boot! Nimm von jeder Tierart zwei, ein männliches und ein weibliches …«

Ein Apotheker bekommt mit den Rechnungen für
Arzneimittel auch Bestellformulare geliefert.
Als er zwei Mal keine bekommt, legt er
einer Bestellung folgende Mitteilung bei:
»Ich habe Verständigungsschwierigkeiten
mit Ihrem Computer. Wenn Sie keine
Bestellformulare mehr versenden, lassen Sie es mich
wissen – vorausgesetzt, dass Sie noch Menschen
aus Fleisch und Blut beschäftigen.«
Mit der nächsten Lieferung kommt die Antwort:
»Beiliegend sechs Bestellformulare. Entschuldigen
Sie das Versehen. Wir beschäftigen übrigens
noch Menschen, aber das ist eben das Problem.
Gezeichnet, IBM 402.«

IBM: Ich bezahle mehr

Sie brauchen einen Computer nicht einzuschalten,
um festzustellen, ob Windows installiert ist.
Sehen Sie einfach nach, ob die Aufschrift auf
der Reset-Taste noch lesbar ist …

ISDN: Ist so was denn nötig?

»Erich Honecker fliegt in einem sowjetischen Raumschiff ...«

DDR-WITZE

Eine Rentnerin wendet sich in Ost-Berlin an einen Volkspolizisten.
»Entschuldigen Sie bitte, wo ist denn das Kaufhaus ›Prinzip‹?«
Der wundert sich und meint: »So ein Kaufhaus gibt es hier gar nicht.«
Darauf sie: »Das muss es aber geben. Unser Staatsratsvorsitzender Erich Honecker hat doch gesagt, dass es im Prinzip alles zu kaufen gibt ...«

Frage: »Kann man aus einer Banane einen Kompass machen?«
Antwort: »Klar, abends die Banane auf die Berliner Mauer legen, da wo am nächsten Tag abgebissen wurde, ist Osten ...«

Die Lehrerin fragt die Schüler, mit welchem Bild man die DDR beschreiben könnte.
»Ich stelle mir vor«, meldet sich ein Schüler, »die DDR ist wie ein Baum. Fest verwurzelt im sozialistischen Staatenverband gedeiht er, wächst und wird stärker.«
»Ich stelle mir vor«, meldet sich ein zweiter Schüler, »die DDR ist ein riesiger Traktor mit einem riesigen Pflug daran. Unermüdlich fährt der Traktor vorwärts, und überall, wo er den Ackerboden aufgebrochen hat, blüht und gedeiht es.«
»Ich stelle mir vor«, meldet sich Fritzchen, »die DDR ist ein stolzes Schiff. Das Schiff trotzt jedem Sturm und jeder See, und die Leute stehen an Deck …«
»Ein sehr schönes Bild, Fritzchen«, sagt die Lehrerin.
»Halt, ich bin noch nicht fertig. … und die Leute stehen an Deck und kotzen und kotzen und kotzen.«

In Dresden wurde eine Frau verhaftet. Sie hatte ihre Handtücher im Westwind getrocknet.

Übrigens ist der Trabbi ein echter Fortschritt im Automobilbau:
Bei einem Unfall haben Fußgänger jetzt erstmals die Möglichkeit, zurückzuschlagen …

Zwei kleine Jungen stehen auf westlicher und östlicher Seite an der Grenze. Der im Westen isst eine Banane. Der aus dem Osten guckt ein wenig traurig.
Der aus dem Westen: »Ätsch, ich habe eine Banane!«
Der aus dem Osten: »Ätsch, wir haben den Sozialismus!«
Der aus dem Westen: »Ätsch, wir haben auch bald den Sozialismus!«
Der aus dem Osten: »Hahaha, dann habt ihr aber keine Bananen mehr ...«

Erich Honecker war zum ersten Mal in Westdeutschland auf Staatsbesuch. Fiebernd warteten seine Parteifreunde auf seine Rückkehr: »Genosse Staatsratsvorsitzender! Wie ist es denn nun in der Bundesrepublik?«
»Wie bei uns! Für Westmark bekommst du alles ...«

Was macht man, wenn man eine Schlange sieht?
Erst einmal hinten anstellen ...

Können Sie die geographischen Besonderheiten der DDR erläutern?
Ein Flachland mit Engpässen.

Ost-Berlin – Ein Passant geht auf dem Alexanderplatz spazieren. Es ist August und ein herrliches Sommerwetter. Die Sonne scheint, und es sind 30 Grad! Plötzlich sieht der Passant Walter Ulbricht mit einem Regenschirm vorbeigehen. Der Mann spricht ihn an:
»Genosse Staatsratsvorsitzender, sagen Sie: Es ist der herrlichste Sonnenschein. Warum laufen Sie denn mit einem Regenschirm hier spazieren?«
Darauf Walter Ulbricht: »Genosse! Hier in Berlin regnet es vielleicht nicht, aber in Moskau …«

Zwei ehemalige Direktoren begegnen sich in einer Gefängniszelle.

»Wo warst du Direktor?«
»Ich war Zirkusdirektor!«
»Und warum bist du hier?«
»Ich habe im vergangenen Oktober ein Transparent am Zirkus anbringen lassen.«
»Und was stand drauf?«
»35 Jahre DDR – 35 Jahre volkseigener Zirkus! Und du?«
»Ich war Direktor einer Textilfabrik und hab auch ein Transparent anbringen lassen.«
»Und was stand drauf?«
»Jeder zweite Genosse ein Spinner!«

Ein treues SED-Parteimitglied kehrt von einer Dienstreise aus der Bundesrepublik zurück. Sein Vorsitzender: »Na Genosse, haben Sie den faulenden und sterbenden Kapitalismus gesehen?« »Ja.« – »Und was halten Sie davon?« Mit verklärtem Gesichtsausdruck: »Schöner Tod …«

Was ist der Unterschied zwischen Marx und Murks? Marx ist die Theorie!

Zeitungsmeldung im Neuen Deutschland: »Letzte Nacht frecher Einbruch im Innenministerium!« Honecker ruft seinen Polizeichef an: »Wurde etwas Wichtiges gestohlen?« – »Halb so wild. Nur die Wahlergebnisse für die nächsten 30 Jahre …«

Honecker reist in Moskau von einem Staatsbesuch aus der Sowjetunion ab. Nach dem Abflug schaut Tschernenkow noch lange dem Flugzeug nach. Da tippt ihm ein Begleiter auf die Schulter und sagt: »Genosse Tschernenkow, jetzt ist er doch weg.« Darauf Tschernenkow: »Er ist ja ein Unsympath, aber küssen kann er …«

Damals in der DDR:
Auch in diesem Jahr findet wieder das Festival des politischen Witzes statt. Erster Preis: Zehn Jahre Winterurlaub in Sibirien …

Warum stand der Mensch im Sozialismus im Mittelpunkt?
Damit er von allen Seiten gleichmäßig ausgebeutet werden konnte …

Honecker und Mielke unterhalten sich über ihre Hobbys. Honecker: »Ich sammle alle Witze, die über mich im Umlauf sind.«
Mielke: »Mensch Erich, da haben wir ja fast das gleiche Hobby. Ich sammle nämlich alle, die sie in Umlauf bringen …«

Ein Trabbi bleibt auf einer sechsspurigen New Yorker Kreuzung stehen. Der Fahrer steigt aus und schaut in den Motorraum.
Plötzlich schalten sich rundum Lautsprecher ein: »Der Mann mit dem Rucksack bitte sofort die Kreuzung verlassen!«

Ein Betrunkener spricht in einer Kneipe einen Unbekannten an: »Kennst du den Unterschied zwischen meinem Bier und Honecker?«

Der Unbekannte verneint.

»Mein Bier ist flüssig, und Honecker ist überflüssig.«

Sagt der Fremde: »Ich habe auch mal eine Frage. Kennen Sie den Unterschied zwischen Ihrem Bier und Ihnen selbst?«

»Nein.«

»Ihr Bier bleibt hier, und Sie kommen mit ...«

Nach drei Jahren Gefängnis ist der Typ wieder draußen und geht in seine Stammkneipe. Dort hockt derselbe Stasi-Typ von damals und will ihn gleich noch mal provozieren: »Ach, hallo. Wie geht's? Kennen Sie eigentlich den Unterschied zwischen Honecker und einem Esel?«

»Oh nein! Ich mache ab sofort keinerlei Unterschiede mehr ...«

Was ist dort, wo ein Genosse ist?
Ein Weg.
Was ist dort, wo zwei Genossen sind?
Eine Straße.
Was ist dort, wo alle Genossen sind?
Der Intershop ...

Die Namen der wichtigsten Staaten auf der Erde
beginnen immer mit dem Buchstaben U.
Zum Beispiel USA, UdSSR und
Unsere Deutsche Demokratische Republik.

Der sowjetische Parteichef fliegt wegen ständiger Differenzen zwischen Peking und Moskau nach Peking zu Mao, um diese endlich zu beseitigen. Und tatsächlich kann man alle Probleme lösen.
»Genosse Mao! Weil unser Gipfeltreffen so gut gelaufen ist, haben Sie drei Wünsche frei!«
»Hmmm! Wir bräuchten 10 000 Autos!«
»Die werdet Ihr bekommen, Genosse Mao!«
»Und dann bräuchten wir noch 100 000 Fahrräder!«
»Kein Problem, Genosse Mao! Die liefern wir euch natürlich umgehend!«
»Ach ja, und 100 000 Sack Reis noch!«
»Genosse Mao, das geht leider nicht! Meines Wissens wird in der DDR nämlich kein Reis angebaut …«

Was wäre passiert, wenn man statt
Kennedy Ulbricht erschossen hätte?
Schwer zu sagen, aber Onassis hätte die
Witwe bestimmt nicht geheiratet.

Alle kennen die sieben Weltwunder, aber die sieben Wunder der DDR sind weniger bekannt:
Wunder 1: In der DDR gab es keine Arbeitslosigkeit!
Wunder 2: Obwohl keiner arbeitslos war, hat nur die Hälfte gearbeitet.
Wunder 3: Obwohl nur die Hälfte gearbeitet hat, wurde das Plan-Soll immer erfüllt.
Wunder 4: Obwohl das Plan-Soll immer erfüllt wurde, gab es nichts zu kaufen.
Wunder 5: Obwohl es nichts zu kaufen gab, waren alle glücklich und zufrieden.
Wunder 6: Obwohl alle zufrieden waren, gab es regelmäßig Demonstrationen.
Wunder 7: Obwohl regelmäßig demonstriert wurde, wurde immer mit 99,9 Prozent die alte Regierung wiedergewählt.

Fragt ein altes Mütterchen beim Staatsrat der DDR nach: »Wurde der Sozialismus von Wissenschaftlern oder Kommunisten erfunden?«
Antwort: »Von Kommunisten.«
Darauf das Mütterchen: »Das habe ich mir gedacht. Wissenschaftler hätten es sicher erst an Mäusen ausprobiert …«

Erich Honecker fliegt in einem sowjetischen Raumschiff. Irgendwas geht schief, das Raumschiff droht abzustürzen und zu verglühen. Da sieht Erich durchs Fenster eine gute Fee, die zu ihm sagt: »Ich kann dich retten. Aber zuerst musst du laut ausrufen: Es lebe der Kapitalismus!«

Erich lehnt dieses Ansinnen natürlich brüsk ab.

»Lieber sterbe ich!«

»Na gut, wie du willst.«

Etwas später, das Raumschiff ist völlig außer Kontrolle, kommt die Fee noch einmal und wiederholt ihr Angebot. Erich ist fest entschlossen, seinen Idealen treu zu bleiben, und fordert sie auf zu verschwinden. Noch eine Weile später, das Raumschiff beginnt schon zu glühen, Erich steht der Schweiß auf der Stirn, kommt die Fee ein drittes Mal vorbei. Da hält es Erich nicht mehr aus.

»Was helfen mir meine Ideale? Also gut, ich tu's«, und schreit laut hinaus:

»Es lebe der Kapitalismus!«

Da stößt ihn jemand unsanft in die Rippen: »Genosse Vorsitzender, wenn du schon auf der Parteiversammlung schläfst, dann tu es wenigstens leise!«

Welche beiden Systeme sind miteinander unvereinbar? Das sozialistische System und das Nervensystem.

Was ist passiert, wenn ein Trabbi
bei Grün noch an der Ampel steht?
Der Mercedes hinter ihm hat die
Lüftung eingeschaltet …

Ein hoher Parteifunktionär besucht eine LPG.
Der LPG-Vorsitzende – treuer Sozialist – verkündet voller Stolz:
»Genosse Parteisekretär! Seit 20 Jahren bauen wir nun schon Weizen in unserer LPG an, und es kam noch nie vor, dass wir Mehltau hatten!«
Darauf der Parteifunktionär: »Genosse! Ich lobe mir deinen Einsatz für die sozialistische Landwirtschaft! Natürlich bin ich mir bewusst, dass es auch in unserem Staat hier und da Engpässe bei der Versorgung gibt, aber ich werde mich persönlich darum kümmern, dass Ihr in Zukunft welchen bekommt …«

Anfang der sechziger Jahre:
Ein Hammerwerfer aus der DDR wirft
bei der Leichtatlethik-Weltmeisterschaft
Weltrekord. Auf die Frage, was denn seine
nächsten Pläne seien, antwortet er:
»Jetzt kommt die Sichel dran …«

Ein Scheich hat gehört, dass in der DDR ein Auto gebaut wird, das so toll sein muss, dass man 20 Jahre auf die Lieferung warten muss. Das konnte er noch nicht mal von seinem Rolls Royce behaupten.
Natürlich musste der Scheich ein solches Auto haben und hat sofort einen Brief an das entsprechende Kombinat aufsetzen lassen.
Als der Brief in der DDR ankommt, ist man natürlich geschmeichelt. Selbstverständlich will man ein so hohes Tier wie einen Scheich nicht 20 Jahre auf ein Auto warten lassen. Der nächste Trabbi, der hergestellt wird, wird sofort eingezogen und in das Emirat geschickt.
Eine Woche später kommt das Dankschreiben vom Scheich: »Liebe Genossen, ich freue mich auf unsere begonnenen Handelsbeziehungen. Noch viel mehr freue ich mich aber, endlich den ersehnten Trabant 601 zu bekommen. In der Zwischenzeit danke ich Ihnen, dass Sie mir vorerst das schöne Pappmodell davon geschickt haben …«

Warum war es dem DDR-Bürger strengstens verboten, zusammen mit Bürgern aus der BRD Alkohol zu trinken?
Weil sonst alle beide genau die gleiche Fahne gehabt hätten!

Zwei in der Kneipe unterhalten sich. Meint der eine:
»Pass auf, ich kenne einen Witz:
Geht Honecker mit einem Seil in den Wald ...«
Der andere: »Und weiter?«
»Darf ich nicht erzählen, fängt aber gut an, oder?«

Leonid Breschnew schenkt Erich Honecker in Moskau einen Anzug. Der passt wie angegossen. Aber als Honecker ihn dann in Berlin anzieht, sind Ärmel und Hosenbeine zu kurz.
»Da kannst du mal sehen«, sagt seine Ehefrau Margot, »wie klein du immer in Moskau bist ...«

Warum hat die DDR Karl May rehabilitiert?
Durch Old Shatterhand soll die Bevölkerung lernen, die roten Brüder in der UdSSR zu lieben ...

Olaf aus Erfurt schreibt nach Hamburg: »Lieber Onkel Heinz! Vielen Dank für dein Paket, ich habe die Pistole und die Munition im Garten vergraben.«
14 Tage später schreibt der junge Olaf wieder: »Lieber Onkel Heinz! Du kannst jetzt den Blumensamen schicken, mein Garten wurde umgegraben ...«

ROBOTRON:
»Unsere Lösung – Ihr Problem!«
»Rechnen Sie mit dem Schlimmsten – Rechnen Sie mit ROBOTRON!«
»Unsere Mikroelektronik ist einfach nicht kleinzukriegen!«
»Unsere Mikroelektronik ist die größte!«

Zwei Soldaten des Bundesgrenzschutzes laufen an der innerdeutschen Grenze Patrouille. Plötzlich entdecken sie jemanden, der sich an einem Baum direkt am Grenzzaun erhängt hat.
»Au weia, das gibt wieder einen Papierkram …«, sagt der eine. Nach einigem Überlegen kommt dem anderen eine Idee: »Komm, wir hängen ihn auf die andere Seite!«
Gesagt, getan. Sie hängen die Leiche auf die andere Seite des Zaunes und gehen weiter.
Eine halbe Stunde später kommen zwei DDR-Grenzer an die Stelle. Da stößt der eine den anderen an und meint: »Nu gugge do, do hängt er ja schon wieda …«

Der Trabbi ist sogar im Marxismus verankert!
Wie sagt schon »Das Kapital«:
»Es gibt Gebrauchswerte ohne Wert.«

Ein SED-Genosse geht zu seinem Parteisekretär und möchte aus der Partei austreten. Nach den Gründen befragt, sagt er: »Es gibt zwei Gründe, einen kleinen und einen großen. Der kleine ist, dass ich Angst davor habe, was mit uns gemacht wird, wenn es mal andersherum kommt.«
Darauf der Parteisekretär: »Da kann ich dich beruhigen, es kommt nicht andersherum.«
»Genau das ist der wesentlichere Grund …«

Ein Ami, ein Russe und ein DDR-Bürger fliegen um die Welt. Über der Sowjetunion erzählt der Russe: »Die SU ist ein schönes Land. Der Arbeiter verdient 1 000 Rubel. 200 braucht er zum Leben und 800 für Wodka.«
Über der USA erzählt der Ami: »Die USA ist ein schönes Land. Der Arbeiter verdient 1 000 Dollar. 700 braucht er zum Leben. Die weißen Punkte da unten sind die Wochenendhäuser.«
Über der DDR erzählt der Deutsche: »Die DDR ist ein schönes Land. Der Arbeiter verdient 1 000 Mark. 1 000 braucht er zum Leben. Die weißen Punkte da unten sind die Wochenendhäuser.«
Fragen die beiden anderen: »Wovon erbaut ihr denn die?«
Darauf der Deutsche: »Ja, das möcht ich ooch ma wiss'n.«

Das Jahr 1971. DDR-Staatsoberhaupt Walter Ulbricht ist schon weitgehend entmachtet, fährt aber noch einmal nach Moskau und besucht den damaligen sowjetischen Ministerpräsidenten. Im Gespräch fragt er ihn: »Sag mal, Genosse, wo ist eigentlich das Grab deines Vorgängers Chruschtschow?«
»Chruschtschow, Chruschtschow? – Kenn ich nicht!«
Wenig später besucht Ulbricht den sowjetischen Staatspräsident Podgorny: »Sag mal, wo ist eigentlich das Grab von Chruschtschow?«
»Chruschtschow, Chruschtschow? Kenn ich nicht!«
Schließlich will Ulbricht zu Parteichef Breschnew, der aber telefonisch gewarnt wird: »Der Ulbricht wird dich nach dem Grab von Chruschtschow fragen!«
Breschnew ruft deshalb in Berlin bei Erich Honecker an: »Hör mal, Genosse Honecker, hier ist der Ulbricht und fragt alle nach dem Grab von Chruschtschow, was soll denn das?«
Antwortet Honecker: »Wer? Ulbricht, Ulbricht? – Kenn ich nicht ...«

Stasi-Beamter auf der Straße:
»Wie beurteilen Sie die politische Lage?«
Passant: »Ich denke ...«
Stasi-Beamter: »Das genügt – Sie sind verhaftet!«

Im Gefängnis unterhalten sich zwei Insassen.
Fragt der eine: »Weshalb bist du hier?«
»Ich bin Fahrradhändler und habe Erich Honecker den Rücktritt angeboten. Und was hast du angestellt?«
»Ich habe Erich Honecker durch ein Fernrohr beobachtet.«
»Da ist doch aber nichts Schlimmes dabei!«
Sagt der andere: »Ja, schon, aber bei mir hing da noch ein Gewehr unten dran …«

Es war einmal in der DDR …
Familie Müller hat einen Papagei, der immer »Die Saukommunisten! Die proletarischen Schweine! Nieder mit der SED!« krächzt.
Eines Tages kommt eine SED-Lokalgröße die Wohnung der Familie besuchen. Die Hausfrau putzt die Wohnung blitzblank, aber was tut man mit dem Papagei. Der landet im Tiefkühler. Der SED-Mann kommt, begutachtet die Wohnung, lobt die Familie und geht.
Drei Stunden danach denkt die Hausfrau an den Papagei und nimmt ihn aus dem Tiefkühler.
Da krächzt er nur noch »Liebe Kommunisten! Nieder mit dem Kapitalismus!«, und die Hausfrau fragt ihn, weshalb er sich so geändert hat.
»Drei Stunden Sibirien sind genug!«

Im Hafen von Rostock geht Erich Honecker spazieren.
Er sieht drei Schiffe vor Anker liegen.
Dann geht er zum ersten und fragt einen Matrosen:
»Na, Genosse, wohin geht die Reise?«
»Wir bringen Düngemittel nach Mosambik und kommen mit einer Ladung Kaffee zurück!«
»Gut, Genosse! Weitermachen!«
Beim zweiten Schiff die gleiche Frage:
»Na, Genosse, wohin geht die Reise?«
»Wir haben Fahrräder geladen, die wir zu Genosse Fidel Castro bringen. Zurück kommen wir mit einer Ladung Bananen!«
»Gut, Genosse! Weitermachen!«
Letztendlich beim dritten Schiff:
»Na, Genosse, wohin geht die Reise?«
»Wir bringen Kaffee und Bananen nach Leningrad!«
»Und womit kommt Ihr zurück?«
»Na, wie immer – mit der Eisenbahn …«

Walter Ulbricht und Mao Tse-tung unterhalten sich über Innenpolitik. »Und wie viele politische Feinde haben Sie in der Volksrepublik China?«, fragt Walter Ulbricht.
»Es werden so ungefähr 17 Millionen sein«, antwortet Mao Tse-tung.
Ulbricht: »Ja, das ist ungefähr wie bei uns …«

Kurz vor der Wende ging eine Meldung durch die Presse: »Honecker auf der Flucht nach Westen erschossen!«
Das dazugehörige Gerücht besagte:
Nicht von hinten …

Die DDR-Regierung lässt die Einstellung ihrer Bevölkerung zu Partei und Staat durch eine Meinungsumfrage prüfen. Auf die Frage, »Wie stehen Sie zum real existierenden Sozialismus in der DDR?«, schreibt ein Mann: »Wie zu meiner Frau!«
Er wird zur Stasi bestellt, die von ihm wissen will, wie er das wohl gemeint habe.
»Ganz einfach, Genossen, ich bin jetzt fast 40 Jahre verheiratet, und da hat man sich an vieles gewöhnt. Aber Spaß macht es schon lange nicht mehr …«

Walter Ulbricht kommt in eine Kleinstadt. Ein Kraftwerk blieb von Kriegsschäden unversehrt. Der Hauptingenieur führt ihn in das Kesselhaus. »Sehen Sie, Genosse Ulbricht: Dieser alte Kessel ist schon 80 Jahre in Betrieb und noch kein Fünkchen Kesselstein.«
Darauf Ulbricht zu seinem Begleiter: »Hier helfen wir. Bitte aufschreiben – Kesselstein besorgen!«

Fritzchen sitzt in der Schule und spielt im Unterricht mit seinem Radiergummi. Plötzlich rollt dieser unter den Tisch, und Fritzchen fängt an zu suchen.
Da fragt die Lehrerin die Klasse: »Wenn ihr am Grab von Erich Honecker stehen würdet, was würdet ihr sagen?«
1. Schüler: »Er war ein großer Volksführer.«
2. Schüler: »Er wurde von seinen Volk geliebt und verehrt.«
Lehrerin: »Und Fritzchen, was würdest du sagen?«
In dem Moment sieht Fritzchen seinen Radiergummi und ruft: »Da liegt ja das blöde Stück und macht keinen Mucks!«

Unterhalten sich ein Amerikaner, ein Russe und ein DDR-Bürger darüber, wer wohl die größten Wälder habe. Der Ami prahlt: »Bei uns in Amerika gibt es Wälder, wenn man da morgens reingeht, kommt man vor dem Abend nicht wieder raus!«
Darauf der Russe: »Lächerlich! Wenn du bei uns in Sibirien in den Wald gehst, kommst du erst nach einer Woche am anderen Ende heraus!«
»Alles Kinderkram!«, lächelt der Ostdeutsche. »Bei uns sind die Russen '45 in die Wälder rein und sind immer noch nicht wieder raus …«

»Die Hebamme fragt den werdenden Vater ...«

FAMILIENWITZE

Die 18-jährige Manuela hat per Zeitungsanzeige einen Freizeitpartner gesucht und auch einige Zuschriften erhalten. »Wie schön, mein Kind!«, freut sich die Mutter. »Ja, das finde ich auch toll, Mama!«, lächelt die Tochter. »Sogar Vati hat mir geschrieben.«

Opa besucht seine beiden Enkelsöhne. Er findet sie in ihrem Zimmer. Der eine liest ein Buch über die Geschichte des Flugzeugs. Opa fragt ihn: »Was willst du denn einmal werden, wenn du erwachsen bist?«
»Pilot, Großvater.«
»Und was willst du einmal werden?«, fragt er den anderen Enkelsohn.
Dieser schaut von der neuesten Ausgabe des »Playboy« auf und sagt: »Nur erwachsen, Großvater!«

Die Hebamme fragt den werdenden Vater:
»Spielen Sie gerne Skat?«
»Ja!«, bestätigt der junge Mann.
»Dann werden Sie sich über vier Buben riesig freuen …«

Die Tochter kommt in den Semesterferien nach Hause.
Sagt der Vater: »Ein ganzes Jahr bist du nun schon
auf der Universität und noch nicht verlobt.
Sag mal, was tust du eigentlich die ganze Zeit?«

»Soeben höre ich, dass Tante Marta gestorben ist.
Sie wurde im Schlaf überrascht.«
»Schrecklich – sie weiß also noch gar nichts davon.«

Tante Frieda kommt zu Besuch.
Stirnrunzelnd sieht sie den schmutzigen
Jüngsten an und fragt streng: »Wascht ihr euch nicht?«
Sagt der: »Nein, wozu?
Wir erkennen uns ja an der Stimme.«

»Wo nistet der Kuckuck am liebsten?«
»Bei uns zu Hause hinter den Möbeln, Herr Lehrer.«

Die 80-jährigen Freunde wollen ihren Skatpartner überraschen: »Wir haben eine gute und eine schlechte Nachricht für dich. Die gute: Nachher kommen ein paar Striptease-Tänzerinnen vorbei.«
»Toll! Und die schlechte?«
»Sie sind in unserem Alter.«

Was er später einmal werden wolle, fragt der Onkel seinen Neffen. »Tierarzt«, meint Jan selbstbewusst.
»Na, dann hast du dir ja viel vorgenommen«, meint der Onkel.
»Nö, Onkel«, erwidert der Junge, »ich nehme nämlich nur die kleinen Tiere!«

Sabine bettelt ihre Mutter: »Mutti, erzähl mir doch bitte ein Märchen.«
Darauf die genervte Mutter: »Warte, bis Vati nach Hause kommt, dann erzählt er uns beiden eins!«

»Steffi, möchtest du lieber ein Brüderchen oder ein Schwesterchen?«
»Och, wenn es nicht zu schwer für dich ist, Mutti, möchte ich am liebsten ein Pony.«

»Liebe Mutti«, schreibt der Sohn aus dem Allgäu, »das Skilaufen macht viel Spaß. Leider war ich heute nicht in Form und habe ein Bein gebrochen. Zum Glück aber kein eigenes!«

»Irgendwas kann an der Geschichte mit den Störchen nicht stimmen«, wundert sich Fritzchen. »Die Störche ziehen doch im Herbst weg, und ich bin im Dezember geboren!«

Nach einem lautstarken Streit zwischen seinen Eltern nimmt Klein Peter seinen Vater tröstend zur Seite und meint: »Wir beide könnten das schönste Leben haben, wenn du deine Frau nie kennen gelernt hättest!«

Der Weinhändler steht vor Gericht wegen Panscherei.
»Herr Richter, ich bin unschuldig! Das Wasser haben meine Kinder in den Wein geschüttet!«
Die Kinder werden als Zeugen aufgerufen.
»Habt ihr das Wasser in den Wein geschüttet?«
»Ja, beim Spielen.«
»Was habt ihr denn gespielt?«
»Weinhändler …«

Die Mutter hat Maria zum zehnten Mal ins Bett geschickt. Mühsam beherrscht sagt sie: »Wenn ich noch einmal das Wort Mami höre, dann knallt's!«
Fünf Minuten später piepst es aus dem Zimmer: »Frau Müller, könnte ich bitte etwas zu trinken haben?«

»Vati, was wird aus einem Fußballstar, wenn er nicht mehr gut sehen kann?«, will Bernd wissen.
»Dann wird er Schiedsrichter!«, knurrt der Vater.

Bei Lehmanns klingelt es an der Tür. »Guten Tag, wir sammeln für das städtische Altersheim.«
»Mami, Mami, da sind zwei Frauen, die sammeln für das Altersheim!«
»Na gut, dann gib ihnen doch Opa mit!«

Ein leidgeprüfter Familienvater reist mit seiner Frau und drei Töchtern nach Paris. An der Rezeption eines feinen Hotels fragt der Empfangschef: »Wo ist Ihre Bagage?«
»Bereits auf dem Zimmer. Sie machen sich nur noch frisch!«

Zwei alte Freunde treffen sich nach langer Zeit wieder:
»Erinnerst du dich noch an die Frieda?
Sie ist jetzt meine Frau.«
»Aber die hatte doch einen Buckel, krumme Beine und eine Glatze!«
»Macht nichts, es ist gut fürs Geschäft.«
»Und habt ihr Kinder?«
»Ja, acht Stück, und alle haben einen Buckel, krumme Beine und eine Glatze.«
»Ach, du lieber Himmel!«
»Macht nichts, es ist gut fürs Geschäft!«
»Ja, was hast du denn für ein Geschäft?«
»Eine Geisterbahn.«

Der stolze Vater zur Tochter: »Der Storch hat dir ein Brüderchen gebracht. Willst du es mal sehen?«
»Den Bruder nicht, aber den Storch.«

Der stolze Vater prahlt beim Kaffee, wie toll sein einjähriger Sohn schon sprechen kann.
»Bubi, sag mal Rhinozeros!«
Der Kleine kommt zum Tisch gekrabbelt, zieht sich an der Tischkante hoch, schaut skeptisch in die Runde und fragt: »Zu wem?«

Der Vater sagt zu seinem cleveren Sprössling: »Mäxchen, dein Lehrer macht sich große Sorgen wegen deiner schlechten Noten!«
»Ach Papi, was gehen uns denn die Sorgen anderer Leute an?«

Die junge Ehefrau ist in Tränen aufgelöst: »Mein Paul hat gesagt, ich solle mich zum Teufel scheren!«
Darauf die Mutter:
»Und da kommst du ausgerechnet zu mir?«

Bei Familie Peter ist Nachwuchs angekommen. Alles dreht sich um den kleinen Erdenbürger. Eines Tages sagt die Wohnungsnachbarin zu Frau Peter: »Ihr Mann ist ja wirklich sehr erkältet. Warum geht er denn nicht zum Arzt?«
Frau Peter antwortet sehr verlegen:
»Eigentlich wollte er ja – aber unser Baby freut sich jedes Mal so, wenn er niest.«

»Ich bin mächtig stolz auf dich, mein Sohn! Es gehört viel Mut dazu, mir so ein Zeugnis vorzulegen!«

Die Tochter sitzt am Wohnzimmertisch und
versucht ein Kreuzworträtsel zu lösen.
Plötzlich stockt sie und fragt den Vater:
»Vati, Lebensende mit drei Buchstaben?«
Vater: »Ehe.«

Die kleine Susi fragt ihre Eltern: »Mama, sag mal,
warum hast du Papa eigentlich geheiratet?«
»Siehst du, Heinz«, sagt die Mama,
»nicht mal das Kind versteht es.«

Mutter und Tochter blättern in alten Fotoalben der Familie. »Mutti, wer ist denn der dünne Mann mit der Brille?«
»Das ist dein Vater.«
»Ach ja, und wer ist dann der Dicke, der bei uns wohnt?«

Markus starrt begeistert in den Spiegel
und ruft seiner Mutter zu:
»Stell dir vor, ich bekomme keine Pickel mehr!«
»Warum denn nicht?«
»Kein Platz mehr!«

Mutter zur Tochter: »Als ich so alt war wie du,
hatte ich ein Poesiealbum!«
»Ach Mutti, wie altmodisch. Ich habe meine Freunde
in einer Datei im Computer!«

Susanne entdeckt an den Schläfen ihres Vaters
die ersten weißen Haare:
»Papa, du fängst schon an zu schimmeln!«

Claudia wird von ihrem großen Bruder wieder einmal furchtbar gehänselt. Beschwert sie sich bei der Mutter: »Du, Mutti, musst du denn auch alles nehmen, was der Storch dir bringt?«

Vater zum Sohn: »Bringst du bitte den Müll hinunter?
Du hast die jüngeren Beine!«
»Aber Papa, wollen wir nicht erst
die alten aufbrauchen?!«

Vater: »Seit du auf der Welt bist,
hast du mir noch keine einzige Freude bereitet.«
Sohn: »Aber vorher, was?«

Die Großmutter zur Enkelin:
»Isabelle, du darfst dir zu Weihnachten ein schönes Buch von mir wünschen!«
»Dann wünsche ich mir dein Sparbuch!«

Der kleine Sebastian kommt von der Schule heim und berichtet strahlend seiner Mutter: »Heute hast du mir echt tolles Pausenbrot eingepackt, Mami, ich konnte es für drei Euro verkaufen!«

Die Mutter fragt ihre 18-jährige Tochter:
»Ist dein neuer Freund auch sparsam?«
»Ja, Mutti, wenn ich bei ihm bin, macht er sofort das Licht aus!«

Drei Kinder unterhalten sich, und jedes will etwas mehr angeben. Das erste: »Wir sind zu Hause drei Kinder, und jedes hat sein eigenes Besteck!« Darauf das zweite: »Na und? Wir sind fünf Kinder zu Hause, und jedes hat sein eigenes Zimmer!« Schließlich das dritte Kind: »Ist doch gar nichts. Wir sind acht Kinder zu Hause, und jedes hat seinen eigenen Papi!«

»Ein paar Ganoven drucken Banknoten …«

GAUNERWITZE

»Wie konnte der Häftling nur ausbrechen?«, fährt der Gefängnisdirektor einen Wärter an.
»Er hatte den Schlüssel.«
»Etwa gestohlen?«
»Nein, beim Skat gewonnen!«

Ein paar Ganoven drucken Banknoten. Einer von ihnen wird schließlich mit einem 150-Euro-Schein zur Bank geschickt, um ihn einzuwechseln. Man will schließlich wissen, wie echt der Schein aussieht. Als er zurückkommt, fragen die anderen: »Na, wie ist es gegangen, haben sie ihn wirklich gewechselt?«
»Kein Problem, sie haben mir zwei Sechziger und einen Dreißiger herausgegeben.«

Schon von weitem fällt das Grab mit den drei gleichen Grabsteinen auf. Beim Näherkommen ist auf dem linken Stein zu lesen:

Hier ruht der Hütchenspieler Max Schmitz

– oder hier – oder hier …

Sagt der Gefängniswärter: »Morgen muss die Zelle blitzblank sein, da kommt der Justizminister!« Daraufhin ein Gefangener: »Höchste Zeit, dass sie den erwischt haben …«

Herr Schmid nimmt seinen künftigen Schwiegersohn genauer unter die Lupe und ins Verhör:

»Rauchen Sie, junger Mann?«

»Nein.«

»Trinken Sie ab und zu einen über den Durst.«

»Auf keinen Fall!«

»Schauen Sie anderen Frauen hinterher?«

»Niemals.«

»Sie scheinen ja wirklich eine weiße Weste zu haben. Kommen Sie, einen Fehler müssen doch auch Sie haben?«

»Ja. Ich lüge!«

Ein Mann spaziert durch den Wald. Da kommt plötzlich der Räuber hinter einem Baum hervor.
Der Räuber sagt: »Geld oder Leben!«
Der Mann antwortet: »Ich habe aber gar kein Geld.«
Da sagt der Räuber: »Dann gib mir deine Armbanduhr.«
Und der Mann antwortet: »Ich habe auch keine Armbanduhr.«
Da springt ihm der Räuber auf den Rücken und sagt: »Dann trägst du mich halt ein Stück …«

Frage an den Gefängnisaufseher: »Glauben Sie, dass Sie auch mit den schwierigen Häftlingen zurechtkommen werden?«
»Ganz bestimmt«, meint der Neue, »wer Ärger macht, fliegt raus!«

Wieder einmal kommt der Einbrecher hinter Schloss und Riegel. Wieder einmal muss er zur Begrüßung zum Gefängnisdirektor. Fragt ihn dieser missbilligend: »Wie kommt denn das nur, dass Sie schon wieder hier sind?«
Sagt der Einbrecher mit Resignation in der Stimme: »Geburtsfehler! Finger zu lang, Beine zu kurz …«

Es klingelt. Ein Vater von drei Töchtern nimmt den Telefonhörer ab und hört die süßlichen Worte eines jungen Mannes: »Bist du es, mein Fischlein?«
»Nein«, grollt der leidgeprüfte Vater, »hier ist der Besitzer des ganzen Teichs!«

Ein Penner findet auf der Straße einen herrenlosen 20-Euro-Schein. Als er über eine Brücke geht, flattert ihm der Schein aus der Hand und fällt ins Wasser. Schwermütig blickt er seinem kurzen Glück hinterher:
»Versaufen wollte ich dich ja schon – aber nicht so!«

Schwer beladen – mit zwei Geldsäcken – hauen zwei Bankräuber ab. Die Polizei hinterher.
»Siehst du«, sagt einer der beiden, »kaum hast du Geld, schon fangen die Sorgen an.«

Wird Ede vom Richter gefragt: »Wie konnten Sie denn nur das Fahrrad vor dem Friedhof stehlen?«
Er antwortet: »Herr Richter, das stand so traurig da, und da dachte ich, sein Besitzer ist gestorben, und ich hab mich seiner angenommen.«

»Bei einer Party im Kreise des Adels ...«

GESCHICHTSWITZE

Auf einem Galadinner wird der Bundeskanzler von der Ehefrau eines Botschafters darauf angesprochen, wie schwierig die deutsche Sprache für einen Ausländer sei. So gäbe es zu viele Wörter für ein und dieselbe Bedeutung, beispielsweise »senden« und »schicken«.
Der Bundespräsident darauf: »Gnädige Frau, da ist sehr wohl ein Unterschied. Ihr Herr Gemahl ist zum Beispiel ein Gesandter, aber ist er auch ein Geschickter?«
Daraufhin die Gesandtengattin: »Und wie steht es mit ›vergebens‹ und ›umsonst‹?«
Wieder lächelt der Politiker. »Auch da muss ich Ihnen widersprechen. Nehmen Sie nur unseren Oppositionsführer: Während ich umsonst in die Schule gegangen bin, war bei ihm der Schulbesuch vergebens.«

1970 veröffentlichte eine US-Seifenfirma in der saudiarabischen Presse eine Anzeige, mit der für ein neues Seifenpulver geworben werden sollte. Links sah man einen Haufen schmutziger Wäsche, in der Mitte das Waschpulver, rechts einen Haufen strahlend weißer Wäsche. Da Araber von rechts nach links lesen, hatte die Anzeige keinen Erfolg …

Beethoven war so taub, dass er sein ganzes Leben lang dachte, er malt. Was van Gogh dazu veranlasste, sich das Ohr abzuschneiden …

Zwei amerikanische Agenten haben einen Anschlag auf Boris Jelzin verübt. Ihre Namen: Johnny Walker und Jim Beam …

Bei einer Party im Kreise des Adels wird ordentlich geprahlt: »Also, wir können unseren Stammbaum bis zu Karl dem Großen zurückverfolgen. Wie alt ist eigentlich Ihre Familie?«
»Keine Ahnung, die Unterlagen sind bei der großen Sintflut leider alle verloren gegangen …«

Während des Zweiten Weltkrieges:
Cäsar, Friedrich der Große und Napoleon im Olymp beim Gespräch über Hitlers Kriegsführung.
Gaius Julius Cäsar: »Wenn ich diese Panzer gehabt hätte, hätte ich ganz Germanien erobert!«
Darauf Friedrich der Große: »Wenn ich die Flugzeuge gehabt hätte, ganz Europa wäre mein gewesen!«
Meint Napoleon: »Mit dieser Propagandamaschinerie wüsste man heute noch nicht, dass ich die Völkerschlacht bei Leipzig verloren habe ...«

Letzter Musikwunsch eines Passagiers auf der Titanic:
»Spielt doch endlich mal was mit mehr Tiefgang ...«

Kohl liegt im Krankenhaus und bekommt folgendes Telegramm: »Wünschen gute Genesung mit 228 gegen 37 Stimmen. Die Fraktion!«

Im Geschichtsmuseum:
»In diesem Behälter wird die Asche einer ägyptischen Königin aufbewahrt.«
Staunt eine ältere Besucherin:
»So viel hat die geraucht?«

Vor langer, langer Zeit, als noch mächtige Galeeren die Meere beherrschten …
Ein Kapitän und seine Leute werden mit ihrem Frachter von einem Piratenschiff bedroht. Die Mannschaft droht, in Panik zu verfallen, aber der Kapitän wendet sich seelenruhig an seinen ersten Maat: »Bring mir mein rotes Hemd!« Der erste Maat folgt dem Befehl, und nachdem der Kapitän es angelegt hat, führt er seine Männer in den Kampf gegen die Piraten. Obwohl einige eigene Verluste hingenommen werden müssen, werden die Angreifer vernichtend geschlagen. Etwas später am selben Tag meldet der Ausguck zwei Piratenschiffe, die sich auf Abfangkurs befinden. Die Mannschaft, die sich gerade vom ersten Überfall erholt hat, zuckt furchterfüllt zusammen, aber ihr Kapitän, ruhig wie immer, wendet sich wieder an seinen ersten Maat: »Bring mir mein rotes Hemd!«
Und wieder entbrennt ein heftiger Kampf mit den Piraten, und wieder werden sie zurückgeschlagen, obwohl dieses Mal mehr Verluste hingenommen werden müssen. Am Abend dieses schweren Tages sitzt die erschöpfte Crew mit ihrem Kapitän an Deck und lässt die Ereignisse Revue passieren. Einer der Matrosen fragt den Kapitän: »Sir, warum rufen Sie immer nach ihrem roten Hemd, bevor Sie kämpfen?«
Der Kapitän sieht dem Matrosen tief in die Augen und sagt: »Wenn ich im Kampf verwundet werde, kann man

die Wunde wegen des roten Hemdes nicht sehen, also sinkt die Moral nicht und alle kämpfen mutig weiter!«
Die Männer sitzen schweigend und bewundern die Weisheit und Voraussicht ihres mutigen Kapitäns.
Der Morgen dämmert, und der Ausguck verkündet, dass weitere Piratenschiffe, zehn an der Zahl, sich nähern – bereit zum Entern! Es wird still an Deck, und alle sehen hoffnungsvoll zum Kapitän, ihrem Führer, warten, dass er seinen üblichen Befehl gibt. Der Kapitän, ruhig wie immer, wendet sich an seinen ersten Maat und meint: »Bring mir meine braunen Hosen ...«

In der Eremitage in St. Petersburg hängt ein Bild mit dem Titel »Lenin in Polen«. Die meisten sehen nur flüchtig drauf und gehen weiter. Nur einer bleibt stehen und stutzt. Es schaut das Bild lange an und fragt schließlich einen Aufseher: »Wieso heißt das Bild ›Lenin in Polen‹, da ist Lenin doch gar nicht drauf?«
Der Aufseher: »Das stimmt. Aber sagen Sie, was sehen Sie auf dem Bild?«
Darauf der Besucher: »Ich sehe eine Frau, es scheint sich um die Krupskaja, die Geliebte Lenins, zu handeln und einen jungen Mann. Aber das ist doch nicht Lenin!«
»Da haben Sie Recht«, räumt der Aufseher ein, »der junge Mann ist der Chauffeur. Lenin ist ja in Polen ...«

Erscheint eine Fee dem Bauern.
Er habe drei Wünsche frei.
Der Bauer denkt kurz nach und sagt:
»Ich will ein Prinz sein!«
Im nächsten Augenblick steht er in Galauniform da.
»Ich will ein schönes Schloss haben!«
Kaum hat er es ausgesprochen, steht er in einem
reich ausgeschmückten Saal seines neuen Schlosses.
Sein dritter Wunsch:
»Ich möchte eine schöne Frau an meiner Seite!«
Es geht die Tür auf, eine Prinzessin kommt
in den Saal und sagt:
»Komm, Franz Ferdinand, wir müssen los,
sonst kommen wir zu spät nach Sarajevo …«

»Mäxchen schreibt an den lieben Gott …«

KINDERWITZE

»Fritzchen, was ist dein Lieblingstier?«
»Schwein, geschlachtet, paniert,
mit Pommes und Ketchup!«

»Lissi, eigentlich könntest du deine schmutzige Puppe auch mal waschen.«
»Nein, Mama«, wehrt die Kleine entschieden ab, »die soll es besser haben als ich …«

Bernd geht über den Schulhof und fragt
Moni: »Willst du mit mir gehen?«
Moni antwortet:
»Fällt dir denn nichts Besseres ein?«
»Doch, aber die wollte nicht …«

Zwei Väter kommen bei einem Treffen auf ihre Söhne zu sprechen. Sie sind der Ansicht, dass beide Kinder nicht gerade Geistesgrößen seien. Nun fängt der Streit an, welcher der Jungen nun dümmer sei.
»Also, pass auf«, sagt der eine Vater zu seinem Sohn, »ich gebe dir jetzt mal 50 Cent. Du holst dafür in der Kneipe um die Ecke 20 Pils.«
Der Knabe zieht von dannen.
Sagt der andere Vater zu seinem Sohn: »Pass auf, du gehst jetzt auch mal in die Kneipe um die Ecke und schaust, ob ich dort an der Theke sitze.«
Daraufhin macht dieser sich ebenfalls in Richtung Kneipe auf den Weg.
Dort treffen sich die beiden.
Meint der eine: »Mann, hab ich einen dummen Vater. Verlangt der doch tatsächlich, ich soll für 50 Cent 20 Pils holen. Dabei müsste ihm doch klar sein, dass ich gar nicht so viele auf einmal tragen kann.«
Sagt der andere: »Mein Vater ist auch nicht viel besser. Schickt der mich hierher, um nachzusehen, ob er an der Theke sitzt. Dabei hätte er doch genauso gut mit dem Handy anrufen können …«

Karlchen fragt seine Mutter: »Mama, darf ich ins
Freibad? Heute wird der Einer geöffnet!«
Die Mutter antwortet: »Ja, mein Schatz!«
Abends kommt er mit einem
linken gebrochenen Arm nach Hause.
Am nächsten Tag fragt Karlchen wieder: »Mama,
darf ich ins Freibad? Heute wird der Dreier geöffnet!«
Die Mutter sagt: »Ja, mein Schatz!«
Am Abend kommt Karlchen mit einem
rechten gebrochenen Arm zurück.
Am nächsten Tag fragt Karlchen wieder seine Mutter:
»Mama, darf ich ins Freibad?
Heute wird der Fünfer geöffnet!«
Die Mutter sagt: »Ja, mein Schatz!«
Am Abend kommt Karlchen mit
zwei gebrochenen Beinen nach Hause.
Am nächsten Tag sagt er zu seiner Mutter: »Mama, darf
ich ins Freibad? Heute wird das Wasser eingelassen!«

Oliver fährt freihändig Fahrrad,
als ihn ein Polizist stoppt.
»Wie heißt du denn?«
»Oliver Groß.«
»Und dein Alter?«
»Richard Groß!«

Fritzchen geht mit seiner Oma in den großen
Supermarkt einkaufen, da sagt er zu ihr:
»Oma, darf ich einen Handstand machen?«
»Nein, Fritzchen. Dann sieht man doch
deine Unterhose.«
Oma geht durch den Laden, und als sie wiederkommt,
ruft Fritzchen:
»Oma, Oma, ich habe einen Handstand gemacht!«
»Aber Fritzchen, dann sieht man doch
deine Unterhose!«
»Nö, Oma, die hab ich vorher ausgezogen!«

Klein Olli guckt sich den neuen Pelzmantel
seiner Mutter an und seufzt:
»Wie muss das arme Vieh gelitten haben,
ehe du diesen Mantel bekommen konntest!«
Meint die Mutter ärgerlich:
»Ich verbiete dir, so von deinem Vater zu reden …«

»Papa, wenn du mir Geld gibst, erzähle ich dir,
was der Postbote immer zu Mami sagt!«
»Hier sind 10 Euro. Also los!«
»Guten Morgen, Frau Bäcker,
hier ist Ihre Post …«

Ein Mann kommt zu Kläuschen aufs Land und fragt ihn: »Hallo Kläuschen, sind deine Eltern zufällig zu Hause?«
Kläuschen: »Nein, die sind vom Trecker überfahrn …«
Mann: »Wirklich? Das ist ja schrecklich! Sind vielleicht deine Geschwister zu Hause?«
Kläuschen: »Vom Trecker überfahrn …«
Mann: »Oh, mein Gott! Das ist ja ganz furchtbar! Sind vielleicht deine Großeltern oder deine Onkel oder Tanten oder sonst irgendjemand von deinen lieben Verwandten zuhause?«
Kläuschen: »Nein! Alle vom Trecker überfahrn …«
Mann: »Was machst du denn dann den ganzen, langen Tag so allein?«
Kläuschen: »Trecker fahrn!«

Mäxchen schreibt an den lieben Gott eine Postkarte:
»Bitte schick mir 100 Euro!«
Auf der Poststation will man sich einen Scherz machen
und schickt die Karte ans Finanzministerium weiter.
Der Finanzminister ist von dem frommen
Kinderwunsch gerührt und schickt Mäxchen
einen Brief mit 5 Euro.
Empört antwortet Mäxchen:
»Das ist doch mal wieder typisch: Sogar von Kindern
nehmt ihr 95 Prozent Steuern!«

Fritzchen und Peterchen spielen bei Peterchen zu Hause Wilhelm Tell. Fritzchen steht mit einem Apfel auf dem Kopf an der Wand, Peterchen zielt – doch er schießt daneben und trifft Fritzchens rechtes Auge. Peterchen zielt nochmals – doch er schießt erneut daneben und trifft Fritzchens linkes Auge.
Da sagt Fritzchen: »Ich muss jetzt nach Hause gehen!«
Peterchen: »Du Spielverderber! Nur weil ich danebengetroffen habe?«
Fritzchen: »Nein – meine Mama hat gesagt, ich soll heimkommen, wenn es dunkel ist …«

Damit sein Sohn einschläft, liest der Vater abends am Bett Märchen vor. Eine halbe Stunde später öffnet die Mutter leise die Tür und fragt: »Ist er endlich eingeschlafen?«
Antwortet der Sohn: »Ja, endlich …«

Fritzchen kommt zur Tante und sagt:
»Vielen Dank für das schöne Geburtstagsgeschenk!«
»Aber«, meint die Tante, »das ist doch nicht der Rede wert.«
»Ja, das finde ich ja auch«, antwortet Fritzchen, »aber Mutti meint, ich müsse mich trotzdem bedanken.«

Pauli klagt: »Immer wenn ich eine Freundin mit nach Hause bringe, gefällt sie meiner Mutter nicht.«
»Na, dann bring doch eine mit nach Hause, die deiner Mutter ähnlich sieht!«
»Auch schon probiert, aber die gefällt meinem Vater nicht!«

In einer Straßenbahn in Berlin. Ein Mann mit einer unförmigen Nase sitzt auf einer hinteren Bank, daneben eine Mutti, und beiden gegenüber der siebenjährige Sohn. Der Kleine starrt unentwegt auf die Nase, die Mutti schwebt in tausend Ängsten. Sie legt heimlich den Finger auf den Mund, da sagt der Kleine: »Nee, Mutti, ick sach nischt, ick kieck'se mir nur an ...«

Ein kleiner Junge darf ins Flugzeug-Cockpit.
Er setzt sich hin und schaut zu.
Die Zeit vergeht.
Der Kapitän rückt sich seine Sonnenbrille zurecht.
Die Zeit vergeht.
Zehn Minuten später fragt der Kapitän den kleinen Jungen: »Na Kleiner, willst du auch mal Pilot werden?«
Der Junge antwortet: »Nee, ich nicht, aber mein Bruder – die faule Sau ...«

Der Chef muss einen seiner Angestellten zu Hause anrufen. Er wählt die Nummer des Mitarbeiters und wird am anderen Ende von einer flüsternden Kinderstimme begrüßt: »Hallo?«

Der Chef fragt: »Ist dein Vater zu Hause?«

»Ja«, antwortet die Flüsterstimme.

»Kann ich mit ihm sprechen?«

»Nein«, erwidert zu seiner Überraschung das Kind.

Verwirrt fragt der Mann weiter: »Ist deine Mutter da?«

»Ja«, kommt die Antwort.

»Und, kann ich mit ihr sprechen?«

Wiederum flüstert das Kind: »Nein.«

Der Anrufer überlegt, dass es unwahrscheinlich sei, dass ein so kleines Kind allein in der Wohnung zurückgelassen wird. Um das Gespräch in Gang zu halten, fragt er: »Ist noch jemand anderes da?«

»Ja«, antwortet das Kind, »ein Polizist.«

Ein bisschen besorgt fragt der Mann: »Kann ich denn mit dem sprechen?«

»Nein«, flüstert das Kind, »er ist beschäftigt.«

»Beschäftigt? Womit?«

»Er unterhält sich mit Mami und Papi und dem Feuerwehrmann.«

Nunmehr wirklich besorgt und, durch das Telefon ein Geräusch wie von einem Hubschrauber hörend, fragt der Chef: »Was ist das denn nun für ein Geräusch?«

»Ein Hubschrauber«, antwortet das Kind im Flüsterton.
Alarmiert fragt der Chef: »Und was macht der Hubschrauber???«
»Er ist gerade gelandet, und jetzt steigt ein Suchteam aus.«
»Und was will das Suchteam?«
Immer noch flüsternd, antwortet das Kind: »Sie suchen nach mir …«

Malermeister Pinsel fragt genervt seinen Sohn: »Wann ist Mutter denn endlich fertig mit dem Schminken?«
Darauf der Kleine: »Mit dem Unterputz ist sie schon fertig, sie macht gerade den ersten Anstrich.«

Am Tisch stellt der Sohn dem Vater diverse Fragen:
»Papa, warum …?«
Immer antwortet der Vater: »Weiß ich nicht, mein Sohn.«
Nach einiger Zeit sagt die Mutter zum Sohn:
»Frag Papi doch nicht immer solches Zeug!«
Daraufhin der Vater:
»Lass ihn doch, sonst lernt er ja nix …«

Das Punk-Girl fragt im Secondhandshop
die Verkäuferin:
»Kann ich die Klamotten umtauschen,
falls sie meinen Eltern gefallen sollten?«

Eine Mutter geht mit ihrer kleinen Tochter spazieren.
Schließlich kommen sie an einem Haus vorbei,
das über und über mit Weinreben umrankt ist.
Als die Kleine das sieht, sagt sie:
»Oh, sieh mal, Mami, ein ganz verweintes Haus …«

Die Mutter wundert sich, was das Baby wohl haben mag. Es weint ausdauernd und ohne Pause. Da fragt das Brüderchen: »Hast du denn keine Gebrauchsanweisung dazubekommen?«

Mama näht für die fünfjährige Anna
ein Jäckchen aus Kaninchenfellen.
»Ist die Jacke jetzt fertig?«, fragt Anna.
»Nein, es muss noch Futter hinein«, antwortet die Mama.
Anna grinst: »Mama, jetzt willst du mich
aber veräppeln. Die Kaninchen fressen
doch gar nichts mehr …«

»Zu Weihnachten wünsche ich mir ein richtiges Gewehr«, sagt der siebenjährige Sohn zu seinem Vater. »Ich hör wohl nicht recht!«, ruft dieser entsetzt, »das kommt gar nicht in Frage.« »Ich wünsch mir aber eins«, mault der Sohn, »eins, mit dem ich richtig schießen kann.« »Jetzt hörst du aber auf damit, ich will kein Wort mehr davon hören!«, schreit der Vater wütend. »Habe ich hier was zu sagen oder du?« »Natürlich du, Papi, aber wenn ich ein richtiges Gewehr hätte …«

Sagt der Sohn zum Vater:
»Hier hast du deine Steuererklärung – sie ist fertig. Und wie weit bist du mit meinen Hausaufgaben?«

Klein Hansi, der Sohn des Revierförsters und gerade mal vier Jahre alt, ist unterwegs auf den Dachboden. Dort angekommen, sieht er den Laufstall, in dem er einen Teil seiner Babyzeit zugebracht hat. Er stürmt ins untere Stockwerk Richtung Küche und ruft: »Mami, wir kriegen bald eine neues Baby!« Mutti ganz erstaunt: »Wie kommst du denn darauf?« Der Kleine: »Na, die Falle ist schon aufgestellt …«

»Ich glaube, Sven misstraut uns.«
»Wie kommst du denn darauf?«
»Er hat für seine 5 Euro Taschengeld ein Nummernkonto in der Schweiz angelegt!«

Die Mutti erklärt der kleinen Tochter, dass eine Krankheit immer die schwächsten Stellen des Körpers befällt. Darauf die Kleine: »Jetzt weiß ich, warum der Vati immer so oft Kopfschmerzen hat …«

»Mama, warum droht der Mann da vorne der Dame auf der Bühne mit dem Stock?«
»Er droht nicht, er dirigiert.«
»Und warum schreit sie dann so?«

»Aber Junge, wo bist du denn schon wieder die ganze Zeit gewesen?«
»Ich habe Briefträger gespielt und den ganzen Häuserblock mit Post versorgt.«
»Ach so … ja, aber? Woher hattest du denn die vielen Briefe?«
»Aus deinem Nachttisch … die mit den rosa Schleifchen …«

Die kleine Martha liegt mit Fieber im Bett
und muss schwitzen. Plötzlich ruft sie:
»Mutti, komm mal schnell her!
Ich regne am ganzen Körper!«

Andi zu seinem Freund Tobias:
»Mein Vater ist ein richtiger Angsthase!«
Tobias: »Warum denn das?«
Andi: »Immer wenn Mami nicht da ist,
schläft er bei der Nachbarin!«

Die schwangere Schwester meint zu ihrem
kleinen Bruder: »Freu dich, bald wirst du Onkel!«
Beleidigt erwidert der Kleine: »Ich wollte aber
Pilot werden …«

Frau Hunke hat Drillinge bekommen.
Der sechsjährige Bruder wird gefragt,
wie denn die drei Kleinen heißen sollen.
Unsicher sagt er:
»Wenn ich Papa am Telefon richtig verstanden
habe, denn heißen sie so ähnlich wie
Himmel, Arsch und Wolkenbruch …«

Der Pfarrer besucht den Kindergarten im Ort.
Er fragt ein kleines Mädchen:
»Weißt du, wer ich bin?«
»Na klar, du bist der Nachrichtensprecher
aus der Kirche …«

Beim Mittagessen sagt Hanna zu ihrer Mutter:
»Jetzt habe ich die Möhren genau
18-mal gekaut, Mama!«
»Das ist sehr brav«, sagt die Mutter.
Hanna zieht ein Gesicht und fragt dann weinerlich:
»Und was soll ich jetzt damit machen?«

Im Stadtpark stehen zwei Babywagen nebeneinander.
Sagt das kleine Mädchen in dem einen:
»Bist du ein Junge oder ein Mädchen?«
Sagt das andere Kind: »Weiß nicht.«
Sagt das kleine Mädchen: »Heb doch mal
die Decke hoch … Weiter, ich seh noch nix …
Aha, du bist ein Junge!«
Fragt der kleine Junge:
»Und woran siehst du das?«
Antwortet das kleine Mädchen:
»Du hast hellblaue Strampelhosen an …«

Die 18-jährige Leonie hat ein Baby bekommen. Beim Wickeln meint die Hebamme:
»Wie klug es schon dreinschaut.«
»Kein Wunder«, sagt Leonie, »es ist ja auch neun Monate lang mit aufs Gymnasium gegangen …«

Familie Bauer ist in eine neue Wohnung eingezogen. Stolz erklärt die Kleinste:
»Ich hab ein eigenes Zimmer, mein Bruder hat eines und meine Schwester hat auch eines. Nur der Vati, der muss wieder bei der Mutti schlafen …«

Der feste Freund der großen Schwester ist Ostern zum Mittagessen eingeladen worden. Nach dem Essen sagt er artig:
»Mein großes Kompliment. So gut habe ich lange nicht mehr gegessen!«
Da meint der kleine Bruder lakonisch:
»Wir auch nicht …«

»Papa, ich habe zwei Fragen an dich. Erstens, kann ich mehr Taschengeld haben und zweitens, warum nicht?«

Die Mutter schimpft: »Wenn du dich weiterhin so benimmst, geben wir dich in ein Internat, damit du gute Manieren lernst.«
Sagt der Sohn: »Kann ich die denn nicht zu Hause lernen?«

»Was ist eigentlich ein Pilz?«, fragt Annika ihren Papa.
»Ein Pilz«, erklärt der Vater, »braucht viel zu trinken, hat unten einen Fuß und oben eine glänzende Platte«.
»Oh, genau wie du, Vati«, ruft das Kind verzückt aus.

»Heinz, kennst du den Ärmelkanal?«
»Aber Papa, wir sind doch nicht verkabelt!«

»Du hast ja eine wundervolle und sehr wertvolle Uhr, mein Junge«, sagt ein Herr zu einem Buben.
»Gehört die Uhr denn wirklich dir?«
»Nein, sie gehört meinem Vater, ich darf sie nur spazieren tragen, solange der Gerichtsvollzieher bei uns im Haus ist.«

»In einer New Yorker Bar ...«

LÄNDERWITZE

Fremdenführung in Bern:
Ein Amerikaner nörgelt ständig, dass in seiner Heimat
alles höher, breiter, länger und schöner sei.
»Das Empire State Building wurde in drei Wochen
gebaut«, brüstet er sich schließlich, deutet auf das
Berner Münster und fragt:
»Wie lange war denn die Bauzeit hier?«
Der Fremdenführer sieht sich den Amerikaner
lange an. Dann sagt er bedächtig:
»Jetzt, wo Sie es sagen: Das war gestern noch nicht da!«

Ein Schotte fährt mit der Fähre nach Frankreich. Als die Fähre anlegt, steigt gerade ein Taucher aus dem Hafenbecken. Der Schotte sieht das und sagt: »Mann, wenn ich gewusst hätte, dass man da auch laufen kann ...«

Paule ist ein richtig flotter Typ. Tagsüber beschäftigt er sich in Berlin als Fremdenführer, abends hilft er mit seiner Berliner Schnauze als Discjockey aus.
Eines Tages fragt ihn ein Freund:
»Sag ma, Paule, meinste nicht, dass es langsam an der Zeit ist, zu heiraten?«
»Watt denn, watt denn? Heiraten? Weeßte, ik hab zwee dufte Schwestern, die sich um mich kümmern, mehr will ik nich.«
»Aber Paule, zwee Schwestern ersetzen doch keene Ehefrau!«
»Wieso denn? Sind doch nich meine Schwestern …«

Warum packen die Ostfriesen ihr Radio ein, wenn sie über das Meer schwimmen?
Weil sie die Mittelwelle suchen!

Nach fünf Jahren kehrt ein Schotte in seine Heimat zurück. Am Flughafen von Edinburgh sucht er erfolglos nach seinen Brüdern, bis ihn zwei Männer mit langen Bärten ansprechen: »Erkennst du uns nicht?«
»Ich hätte euch fast nicht erkannt. Warum habt ihr denn so lange Bärte?«
»Na du hast doch damals den Rasierer mitgenommen!«

Warum essen Ostfriesen immer so viele Bohnen?
Damit sie auch mal einen Ton von sich geben können.

Ein schwerhöriger Schotte sitzt im Wartezimmer des Augenarztes: »Können Sie die Zahlen lesen?«
»Zahlen? Ich zahle hier nichts!«

Ein texanisches Ehepaar besichtigt Schloss Neuschwanstein. Der Fremdenführer erklärt: »In diesem Raum speiste König Ludwig II., in diesem schlief er. Und hier badete er täglich.«
Sagt der Texaner halblaut zu seiner Frau: »Wieso denn täglich?«
Zischt diese: »Pssst, sei still. Du hast doch vorhin gehört, dass dieser König verrückt war.«

Warum nehmen Ostfriesen immer ein Messer mit, wenn sie mit dem Auto fahren?
Damit sie die Kurven besser schneiden können!

Woran merkt man, dass man nach Ostfriesland kommt?
Die Kühe werden schöner als die Mädchen.

»Eigentlich«, sagt der Schotte unschlüssig, »möchte ich diese Mütze gar nicht kaufen, die Sie mir gezeigt haben, sondern die gleiche, die ich aufhabe. Sie stammt auch aus Ihrem Geschäft.«
»Unmöglich«, sagt der Verkäufer, »meinen Laden gibt es erst seit 50 Jahren.«

Ein Gauner ist aus dem Gefängnis ausgebrochen. Zum Glück gibt es Fotos, die den Mann von allen vier Seiten zeigen. Das BKA schickt Kopien davon an alle Polizeidienststellen im ganzen Bundesgebiet. Schon am nächsten Tag kommt ein Telegramm aus Ostfriesland: »Fotos erhalten. Alle vier bei Fluchtversuch festgenommen!«

In einer New Yorker Bar – Larry, der Barkeeper, hat schlechte Laune: »Was möchten Sie trinken?«
»Machen Sie mir bitte einen Manhattan.«
Larry mixt schnell den Manhattan zusammen und schmeißt ein Stückchen Petersilie obendrauf.
»Was soll das denn sein?«, fragt der Gast verwundert.
»Ihr Manhattan!«
»Nein, ich meine das Grünzeug hier.«
»Das ist der Central-Park!«

»Stell dir das mal vor«, erzählt ein Schotte seinem Freund traurig, »gestern ist doch tatsächlich unser Fußballclub aufgelöst worden,
dabei besteht er nun seit fast 50 Jahren.«
»Wieso, gab es Ärger?«, will der andere wissen.
»Eigentlich nicht. Wir haben nur unseren Ball verloren.«

Ein Mann will in einer Bank in Zürich Geld deponieren.
»Wie viel wollen Sie denn einzahlen?«, fragt der Kassierer.
Flüstert der Mann: »Drei Millionen.«
»Sie können ruhig lauter sprechen«, sagt der Bankangestellte, »in der Schweiz ist Armut keine Schande …«

»Was kostet die Fahrt zum Hauptbahnhof?«, fragt ein Schotte den Taxichauffeur.
»Zwei Pfund, Sir.«
»Und das Gepäck?«
»Das ist natürlich frei.«
»Okay«, sagt der Schotte, »dann fahren Sie schon mal mit dem Gepäck los. Ich komme zu Fuß nach.«

Ein Städter kommt nach Ostfriesland. Es ist heiß, und er schwitzt. Eine Ostfriesin schenkt ihm viel Buttermilch ein. »Ah, das tut gut«, ruft der Städter, »vielen Dank, liebe Frau!«
»Ach, nichts zu danken, die Buttermilch kriegen sonst eigentlich nur unsere Schweine …«

Drei Harzer spielen in der Kneipe Karten. Plötzlich sagt der eine: »Hier stinkt's.« Brummelt der zweite: »Das sind die Hunde unterm Tisch.« Der dritte schaut nach und sagt: »Da sind gar keine Hunde unterm Tisch.« Darauf wieder der zweite: »Die werden schon noch kommen.«

Das Rezept für Tomatensuppe aus einem schottischen Kochbuch: »Man erhitze Wasser und schütte es in rote Teller.«

Warum fliegen die Raben immer in Kreisen über Ostfriesland? Weil sie sich mit einem Flügel die Nase zuhalten müssen!

Weshalb ist es in Österreich derzeit so warm?
Na, weil das Land momentan so gut isoliert ist!

Es ist ja allgemein bekannt, dass Ostfriesen nicht bis Drei zählen können. Wenn einem Ostfriesen drei Leute entgegenkommen, sagt er: »Da kommen zwei, die bringen einen mit …«

Der Schotte hat seinen französischen Freund zum Essen eingeladen. Auf dem Tisch steht ein kleiner Teller mit Käse. »Bei uns gibt es Käse immer zum Schluss der Mahlzeit«, sagt der Franzose. »Bei uns auch!«, erwidert der Schotte.

Warum essen Ostfriesen keine Brezeln?
Weil sie den Knoten nicht aufkriegen.

Der Schotte testet im Laden alle Käsesorten. Schließlich entscheidet er sich für einen Gouda. Fragt der Verkäufer: »Wie viel darf es denn sein?« Der Schotte: »Nur ein kleines Würfelchen. Es ist für eine Mausefalle!«

Der Schotte möchte wegen starker Schmerzen im Rücken einen Facharzt aufsuchen. Ein Freund warnt ihn: »Die erste Behandlung ist sehr teuer, aber für jede weitere verlangt er nur noch die Hälfte. Der Schotte bedankt sich bei seinem Freund und geht in die Praxis des Facharztes mit den Worten: »Guten Tag, da bin ich schon wieder!«

Warum hängen Ostfriesinnen
ihre Ohrringe an die Wand?
Auch Wände haben Ohren.

Der Schotte rechnet: »Es hilft nichts, der Hofhund muss weg. Ab morgen muss ich selber bellen.«

Der traditionell schottische Heiratstermin ist der 29. Februar, denn dann brauchen die Eheleute später nur alle vier Jahre ihren Hochzeitstag feiern.

Warum haben die Ostfriesen so tiefe Stirnfalten?
Damit sie ihre Mütze bei Wind
festschrauben können!

Die schottische Nationalmannschaft hat ein Spiel gewonnen. Der Trainer kommt in die Kabine und sagt: »Jungs, ihr wart großartig. Ihr habt euch eine Erfrischung redlich verdient. Los, Jack, mach doch mal das Fenster auf!«

Warum ist denn Ostfriesland so flach?
Damit die Ostfriesen schon am Mittwoch sehen können, wer am Sonntag zu Besuch kommt!

Warum sind in Österreich die Straßenmarkierungen gelb?
Wären sie weiß, würden besorgte Autofahrer auch im Sommer den Schneeräumdienst anrufen …

Warum nehmen Polizisten in Ostfriesland immer eine lange Schere mit zur Verbrecherjagd?
Damit sie dem Gangster den Weg abschneiden können!

Warum können Ostfriesen keine Eiswürfel machen?
Die Frau, die das Rezept hatte, ist letztes Jahr gestorben.

Ein Burgenländer kommt zum Arzt und sagt:
»Herr Doktor, ich habe drei tierische Eigenschaften! Am Morgen, wenn ich aufstehe, singe ich wie eine Lerche! Mittags habe ich einen Hunger wie ein Bär! Und am Abend bin ich todmüde wie ein Hund! Was soll ich bloß machen?«
Sagt der Arzt zu ihm: »Ziehen Sie sich aus!«
Der Burgenländer tut es. Der Arzt schaut ihn an und sagt: »Ich muss Ihnen leider sagen, Sie haben noch eine vierte tierische Eigenschaft!«
»Was?«, fragt der Burgenländer.
»Sie sind schmutzig wie ein Schwein«, antwortet der Arzt entsetzt.

Ein Schotte besucht seinen langjährigen Freund. Der ist gerade damit beschäftigt, seine Tapeten von der Wand zu lösen.
Fragt der Freund: »Tapezierst du neu?«
Die Antwort: »Nein, wir ziehen um!«

Zwei Schotten treffen sich nach langer Zeit mal wieder.
Fragt der eine: »Was macht dein Studium?«
»Ich musste aufhören. Mein Vater hat einen kaputten Fernseher, und jetzt muss ich Fernsehtechniker werden.«

Zwei Ostfriesen sitzen in einer ziemlich überfüllten Bar. Plötzlich kommen sie auf die Idee, die Gäste zu zählen. Aber wie sollen sie das anstellen?
Der eine macht folgenden Vorschlag:
»Ich geh raus vor die Tür, und du bleibst hier und schmeißt die Gäste nacheinander raus. Ich zähl sie dann.«
Gesagt, getan. Der eine steht vor der Tür, sieht den ersten Gast rausfliegen und ruft laut:

»Eins!«
Und schon kommt der nächste:
»Zwei!«
Plötzlich ruft sein Freund:
»Du kannst aufhören zu zählen! Jetzt flieg ich …«

Warum fliegen die Vögel über Ostfriesland auf dem Rücken?
Damit sie das Elend nicht sehen.

Auf dem Tagesplan eines Touristen steht natürlich auch der See Loch Ness in Schottland. Er hofft, das Ungeheuer Nessie zu sehen. Schließlich fragt er den Fremdenführer: »Wann taucht das Ungeheuer denn immer auf?«
»Gewöhnlich nach fünf Whiskeys.«

Was ist der Unterschied zwischen Englisch, Irisch und Schottisch?
Wenn man in England bei einer Einladung um mehr Zucker zum Tee bittet, so angelt die Hausfrau ein besonders kleines Stückchen aus der Dose.
In Irland reicht sie die Zuckerdose und bittet, sich zu bedienen.
Sagt man in Schottland, der Tee sei nicht süß genug, so sagt die Hausfrau leise, aber bestimmt: »Sie haben sicher nicht umgerührt.«

Warum legen Ostfriesen ihre Zeitung in das Gefrierfach?
Damit die Nachrichten nicht altern.

Weshalb trinken Österreicher die Milch immer in dem Geschäft, in dem sie sie gekauft haben?
Weil auf der Packung steht: Hier öffnen!

Warum sitzen die Ostfriesen immer mit Spitzhacke und Schaufel vorm Fernseher?
Wenn der Kanal mal ausfallen sollte, können sie sofort einen neuen graben.

Ein Schotte sucht ein billiges Hotelzimmer.
Als er den Portier fragt, sagt dieser: »Bis zum zweiten Stock kostet ein Zimmer 80 Euro, beim Dritten 70 Euro und beim letzten kostet es 50 Euro.
Der Schotte darauf: »Vielen Dank, aber das Hotel ist mir zu niedrig!«

Woran erkennt man ein österreichisches Flugzeug im Winter?
An den Schneeketten um die Triebwerke!

Schützenfest in Oberbayern.
Abseits vom ganzen Trubel steht der Toni.
»Was bist du denn so traurig?«, fragt ihn seine Braut Zenzi.
»Ja, siehst des net?«, beschwert er sich. »Immer wenn gerauft wird, fangen's mit dem reichen Loisl an. Und mit mir armem Teufel will keiner raufen …«

Ein burgenländischer Student wird bei der Prüfung gefragt:
»Was macht das Wasser bei 90 Grad Celsius?«
»Einen rechten Winkel, Herr Professor!«

Warum nehmen die Ostfriesen immer ein
Gewehr mit in den Garten?
Na, falls die Löwenmäulchen angreifen.

Ein deutscher Tourist macht Urlaub im Burgenland. Als er vom Campingplatz in die Stadt fahren will, wird er plötzlich von einem am Straßenrand stehenden Polizisten angehalten.
»Das macht 100 Euro Bußgeld«, sagt der Polizist. »Sie sind viel zu schnell gefahren!«
»Mann, wie wollen Sie das denn überhaupt feststellen?«, fragt der Tourist. »Sie haben doch gar kein Radargerät!«
»Hugo!«, ruft der Polizist. »Hugo, komm mal raus!«
Aus dem Gebüsch am Straßenrand erscheint ein zweiter Polizist.
»Sag, Hugo, wie schnell ist der Kerl gefahren?«
Hugo macht eine schnelle Kopfbewegung von rechts nach links: »Sssssssst.«
»Und wie schnell hätte er fahren dürfen?«
»Ssst!«

Warum sind in Ostfriesland die Straßen so kurvig?
Damit die betrunkenen Ostfriesen
besser den Weg nach Hause finden.

Ein Schwabe kommt in ein Reisebüro in Stuttgart:
»Im Schaufenster haben Sie eine Werbung, wonach
Sie eine Luxuskreuzfahrt für 89 Euro anbieten.
Gilt das Angebot noch?«
Der Verkäufer bejaht, der Schwabe zahlt.
Daraufhin kommen zwei Männer, führen den
Schwaben nach draußen und stecken ihn in ein Fass.
Das Fass werfen sie in den Neckar.
Wenig später kommt ein Bayer in das Reisebüro.
Auch er fragt nach der Reise, bezahlt und wird
mitsamt dem Fass in den Neckar geworfen.
Nach einer Weile stoßen die beiden Fässer zusammen.
Meint der Bayer: »Entschuldigen Sie,
können Sie mir sagen, ob auf dieser Kreuzfahrt
auch Essen serviert wird?«
Antwortet der Schwabe: »Ich glaube nicht,
jedenfalls gab es letztes Jahr keines …«

Ein schottischer Lehrer erklärt im Chemieunterricht
die Wirkung von Säuren.
»Hier in diese Säure werfe ich ein Geldstück.
Wird es sich auflösen?«
»Nein«, rufen die Schüler einstimmig.
»Sehr gut! Und warum nicht?«
»Weil Sie es dann nicht hineinwerfen würden.«

Als der Allgäuer Bauer abends noch einmal vors Haus geht, sieht er den Knecht mit einer Lampe in der Hand aus seiner Kammer treten.
»Wohin gehst du denn mit der Lampe?«,
fragt der Bauer.
»Zu meinem Dirndl«, sagt der Knecht.
»Diese Jugend heutzutage«, schüttelt der Bauer den Kopf. »Als ich früher zu meinem Madl gegangen bin, habe ich keine Lampe mitgenommen.«
Der Knecht grinst: »Das habe ich mir schon gedacht, als ich Ihre Frau zum ersten Mal gesehen habe …«

Warum operieren die ostfriesischen Chirurgen immer barfuß?
Sie brauchen die Socken für die Narkose.

Wann sagt ein Chinese: »Guten Tag?«
Wenn er Deutsch gelernt hat.

Ein deutscher Urlaubsgast fragt den Bergbauern:
»Wie heißt denn der Berg da drüben?«
Bauer: »Wölcherna denn?«
Gast: »Danke schön …«

Wie kam es, dass die Ostfriesen an einem einzigen Tag ihre ganze U-Bootflotte verloren haben?
Es war »Tag der offenen Tür«.

Was machen die Ostfriesen an den langen Winterabenden? Sie lachen über die Witze, die sie im Sommer gehört haben!

Was tun Österreicher gegen Ameisen?
Sie tragen sie auf das Nachbargrundstück und verbinden ihnen die Augen, dass sie nicht mehr zurückfinden!

Herbert erzählt seinem Nachbarn:
»Endlich habe ich von meinem Brieffreund aus Schottland ein Foto bekommen.«
Nachbar: »Na, wie sieht er denn aus?«
Herbert: »Weiß ich noch nicht, ich muss den Film erst entwickeln lassen!«

Wieso nehmen die Ostfriesen eine Leiter mit zum Tanken?
Weil die Preise immer höher werden!

Welche Abzeichen gibt es im ostfriesischen Militär?
Drei Sterne – kann lesen, schreiben und rechnen.
Zwei Streifen – kann telefonieren und lesen.
Ein Haken – kennt jemanden, der lesen kann.

Wieso sägen Ostfriesen bei ihren Betten die Beine ab?
Damit sie tiefer schlafen!

Am Abend vor einer wichtigen Reise von Italien nach Indien entdeckt der Kapitän in einer Hafenbar einen seiner Matrosen. Und zwar völlig betrunken.
Der Kapitän brüllt ihn an: »Hören Sie auf zu trinken! 10 000 Italiener sterben jedes Jahr am Alkohol!«
Sagt der Matrose: »Mir egal, ich bin Spanier.«

Ein Schotte kommt mit einer Ampulle zum Arzt, um sie untersuchen zu lassen. Eine Woche später erfährt er das Ergebnis: »Alles in Ordnung«, sagt der Arzt. »Sie sind vollkommen gesund.«
Fröhlich geht der Schotte heim und ruft seiner Frau zu: »Mary, weder du noch ich, weder die Kinder noch Onkel George, noch unser Hund haben irgendeine Krankheit!«

»Ach, du hast deiner Freundin tatsächlich eine Schachtel Weinbrandbohnen geschenkt?«, fragt ein Schotte seinen Freund.
»Nur die Bohnen, nur die Bohnen. Den Weinbrand habe ich abgezapft, damit feiern wir Silvester!«

Ein Österreicher wird gefragt:
»Wissen Sie eigentlich, was ein Vakuum ist?«
»Ich habe es zwar im Kopf. Aber im Moment fällt es mir nicht ein.«

Ein Indianer tauscht per Rauchzeichen mit seiner Geliebten Zärtlichkeiten aus. Zur gleichen Zeit beginnt in der nahe gelegenen Stadt ein großes Gebäude zu brennen. Der Indianer betrachtet fasziniert die große Rauchwolke und sagt dann: »Ich wollte, das wäre mir eingefallen!«

»Hast du deine neuen Schuhe an?«, fragt der alte Schotte seinen Sohn.
»Ja, Daddy.«
»Dann mach gefälligst größere Schritte.«

Ein Österreicher spricht auf einem Schiff mit dem ersten Offizier und deutet auf die Bullaugen: »Unglaublich, was alles in die Wandschränke passt.«

Ein Mann betritt ein Café:
»Hallo Leute, kennt ihr schon den neuesten Burgenländerwitz? Also ...«
Bevor er weitererzählen kann, erhebt sich ein bärenstarker Typ und sagt mit drohender Stimme: »Also ... ich bin der burgenländische Schwergewichtsmeister im Boxen, der drahtige Typ da am Tisch ist der Karatemeister von Eisenstadt, neben ihm sitzen der Bürgermeister, der Landeshauptmann und der Polizeichef ... Wollen Sie noch immer einen Burgenländerwitz erzählen?!«
»Eigentlich ist mir die Lust vergangen«, sagt der Neuankömmling, »fünfmal denselben Witz zu erklären, ist auch blöd ...«

Am Bahnhof von Zürich. Ein Tourist fragt den Schaffner: »Wo kann ich eine Fahrkarte kaufen?«
»Das heißt hier nicht Fahrkarte, sondern Billett!«
»Na gut, wo kann ich ein Billett kaufen?«
»Am Fahrkartenschalter ...«

Der Ostfriese kommt ins Papiergeschäft.
»Was darf es denn sein?«
»Ich hätte gerne einen Briefumschlag, aber gefüttert, er geht nach Alaska!«

Bevor die Grenzen innerhalb der EU fielen …
Ein Österreicher will über die deutsch-österreichische Grenze fahren.
Da hält ihn der Mann am Zoll an und verkündet: »Sie sind der erste Autofahrer, der nicht die Geschwindigkeit überschreitet! Dafür bekommen Sie 2000 Euro!«
Daraufhin der Österreicher: »Toll! Von dem Geld kann ich gleich meinen Führerschein machen!«
Meldet sich der Beifahrer: »Glauben Sie ihm nichts! Er erzählt immer so viel Mist, wenn er betrunken ist.«
Schallt es vom Rücksitz: »Ich hab euch doch gesagt, dass der Trick mit dem gestohlenen Wagen nicht klappt!«
Schließlich öffnet sich der Kofferraum: »Sind wir schon über der Grenze?«

Warum hat die österreichische Fahne die Farben rot – weiß – rot?
Damit sie nicht verkehrt herum aufgehängt werden kann.

Was ist der Unterschied zwischen
Holland und Deutschland?
Die Deutschen haben die netteren Nachbarn …

Der Schotte zu seinem Sohn: »Du hast ja
einen neuen Kamm gekauft!«
Der Sohn: »Musste ich. Ein Zahn war ausgebrochen!«
Schimpft der Vater: »Deswegen kauft
man doch nicht gleich einen neuen Kamm!«
Der Sohn: »Es war aber der letzte Zahn!«

Wieso fangen die Burgenländer bei der Autoreparatur
immer in der Mitte an?
Weil sie sich hinten und vorne nicht auskennen!

Ein Schweizer, ein Schwabe und ein Berliner
sitzen in einem Zugabteil.
Der Schweizer wendet sich an den Berliner
mit der freundlichen Frage:
»Sind Sie scho in Züri gsi?«
Da der Berliner mit dem letzten Wort nichts
anfangen kann, greift der Schwabe hilfreich ein:
»Er moint: gwää!«

Aufgeregt kommt Frau McNeill zu ihrem Mann in die Küche. »Stell dir vor, im Wohnzimmer sitzt unsere Tochter auf dem Schoß vom jungen McGregor, und das Licht hat er auch ausgemacht!«
»Der Junge gefällt mir«, brummt McNeill, »spart Licht und benutzt nur einen Stuhl!«

Ein junger Schotte ist als Blutspender tätig. Eine Patientin, bei der drei Blutübertragungen nötig waren, gibt ihm nach der ersten Transfusion zehn Pfund, nach der zweiten nur noch fünf und nach der dritten sagte sie nur noch »Danke schön!«
Da hatte sie schon zu viel schottisches Blut in sich.

Was bekommt jemand, der dreimal durch die Führerscheinprüfung fällt?
Erstens: ein gelbes Nummernschild
Zweitens: einen Wohnwagen, damit er nicht schneller als 30 km/h fahren kann
Drittens: einen NL-Aufkleber (Never Learned)

Wie nennt man einen intelligenten Menschen in Österreich? Tourist …

Neulich bei der Jagd:
Zwei Österreicher pirschen durch die Fluren.
Plötzlich schwebt ein Drachenflieger über sie hinweg.
Darauf der eine: »Karl! Ein Adler, ein Adler –
komm schieß!«
Karl legt an. Schuss!
Der andere: »Hast ihn getroffen?«
»Nein.«
»Schieß noch einmal!«
Schuss!
»Hast ihn getroffen?«
»Nein, aber die Beute hat er fallen lassen ...«

Der Wirt sagt zu Dieter: »Ihrem Dialekt nach sind Sie Rheinländer.«
Dieter: »Und Ihren Frikadellen nach sind Sie Bäcker.«

Ein alter italienischer Winzer liegt schwer krank im
Bett und lässt seine Söhne um sich versammeln.
»Ich verrate euch mein größtes Geheimnis –
Vino kann man aus Weintrauben herstellen«,
sagt er mit schwacher Stimme.
Einer der Jungs erschrocken:
»Ich glaube, jetzt stirbt er. Er fantasiert schon ...«

Ein PKW will über die österreichische Grenze fahren
und wird vom Zöllner gestoppt.
Zöllner: »Ihre Papiere, bittschön.«
Der Fahrer gibt dem Zöllner seine Brieftasche,
der blickt kurz rein und wirft sie in den Müll.
Darauf ein zweiter Zöllner:
»Dös kannst doch net machn!«
Antwortet der erste Zöllner:
»Doch, da war'n lauter Blüten drin!«
Zweiter Zöllner: »Wie kommst denn da drauf?«
Erster Zöllner: »Host du schon mal Hunderter
mit drei Nullen gsehn?«

In New York wird ein Passant von drei Rockern
total ausgeplündert.
Er fleht die Kerle an: »Bitte, lasst mir doch
wenigstens irgendetwas!«
Sagt der Oberrocker zu ihm: »Okay. Mike gib ihm
seinen Kaugummi wieder!«

Warum trinken
die Franzosen Wein,
die Russen Wodka und die Deutschen Bier?
Damit man die Völker an der Fahne erkennt …

Ein Mann geht in eine Berliner Kneipe, setzt sich an die Theke und bestellt französischen Cognac.
Als er das Glas hebt, sagt der Mann neben ihm:
»Was für ein Zufall! Ich mag auch am liebsten französischen Cognac. Was trinken Sie denn für eine Marke ... Oh! Respekt. Das ist meine Lieblingsmarke. Die gibt's nur hier. Wissen Sie, ich bin selbst Franzose.«
»Nein ... Ich auch! Woher sind Sie denn?«
»Aus Lyon!«
»Nein, was für ein Zufall. Da bin ich auch geboren. Darauf müssen wir trinken.«
Und die beiden bestellen die nächste Runde.
»... und dann in Marseille in die Schule gegangen«, fängt der erste wieder an.
»Ach was, das gibt's ja nicht! Zufälligerweise ich auch!«, meint der zweite, und wieder gibt es eine Runde des guten Alkohol.
»1994 habe ich die Schule verlassen.«
»Nicht zu fassen, genau wie ich. Im selben Jahr wie ich! Los, darauf trinken wir noch einen.«
Er muss jedoch etwas warten, da der Barkeeper gerade telefoniert.
»Moment, Jungs, muss nur schnell meine Frau anrufen ... Hallo Schatz! Du, ich wollte nur sagen, es wird heute wieder später ... Wie üblich: die dämlichen Leblanc-Zwillinge sind wieder mal hier!«

»Wie viele Tiere braucht eine Frau? ...«

MÄNNER- UND FRAUENWITZE

Ein Gast kommt zu spät zum Festessen ins Restaurant. Man hat ihm allerdings einen Platz freigehalten, an dem gerade eine Gans tranchiert wird. »Oh, ich darf neben der Gans sitzen«, ruft er. Dann fällt ihm die Dame an seiner rechten Seite ein und er wendet sich entschuldigend an sie: »Ich meine natürlich die gebratene.«

»Sag mal, wie geht's denn deiner Frau auf Mallorca?«
»Oh, sie freut sich ihres Daseins.«
»Und wie geht's dir?«
»Ich freue mich ihres Dortseins.«

Wie wird Bigamie bestraft? Mit zwei Schwiegermüttern.

Ein schon etwas älterer Millionär erzählt in seinem Club, er werde demnächst wieder heiraten, eine superhübsche 20-jährige Blondine. Als er gefragt wird, wie man mit 70 denn noch so eine junge Frau dazu bewegen könne, zu heiraten, meint er:
»Ich habe ihr gesagt, ich wäre 90.«

Moni sagt zu ihrem Liebhaber:
»Hast du schon mal Staubsauger verkauft, Liebling?«
»Nein, noch nie.«
»Dann würde ich sofort damit anfangen – ich höre nämlich meinen Mann auf der Treppe!«

Das junge Paar ist von der hübschen Mietwohnung begeistert: »Sieh nur, Schatz, herrlich, die Einbauschränke!«
Brummt der Vermieter: »Quatsch, Einbauschränke. Das sind die Kinderzimmer!«

Der Ehemann ruft seiner Frau zu: »Schatz, wie weit bist du mit der Weihnachtsgans?«
Ruft sie aus der Küche zurück: »Mit dem Rupfen bin ich fertig, jetzt muss ich sie nur noch schlachten …«

Die Ehefrau kommt nach Hause und sagt zum Ehemann: »Ich habe eine gute und eine schlechte Nachricht, welche willst du zuerst hören?«
»Na, die gute.«
»Okay, der Airbag hat funktioniert ...«

Ein Junggeselle ist ein Mann, dem zum Glück die Frau fehlt!

Ein Brautpaar lässt sich an ihrem Hochzeitstag vom Fotografen knipsen.
»Werden die Bilder auch gut?«, fragt die junge Frau.
»Ganz bestimmt«, erwidert der Fotograf. »Fragen Sie nur mal Ihren Bräutigam, den habe ich schon oft mit Braut fotografiert!«

Frau Müller liegt todkrank im Bett und hat eine letzte Bitte an ihren Mann.
»Schwöre mir, dass, wenn du eine Nachfolgerin für mich findest, sie nie meinen Brillantring tragen wird!«
»Was soll das denn? Erstens bist du in ein paar Tagen wieder gesund, und zweitens hat sie viel schmalere Hände als du ...«

Ehe ist wie ein Restaurantbesuch. Man denkt immer,
man hätte das Beste bestellt, bis man sieht,
was der Typ am Nebentisch bekommen hat.

An der Ampel staut sich der Verkehr, und der unvermeidliche Huper lärmt, was das Zeug hält. Da beugt sich eine junge Dame neben ihm aus dem Fenster ihres Wagens und erkundigt sich teilnahmsvoll: »Und was haben Sie sonst noch zu Weihnachten bekommen?«

»Hallo, Hugo, stell dir vor, ich werde Vater.«
»Und warum machst du so ein trauriges Gesicht?«
»Na ja, ich muss es noch meiner Frau erzählen.«

»Unsere Beziehung«, sagt sie wütend, »war von
Anfang an ein ziemlicher Irrtum.«
Darauf er: »Wem sagst du das? Eigentlich hatte
ich damals nämlich nach einem Taxi gepfiffen.«

Wie viele Tiere braucht eine Frau?
Drei: einen Nerz im Kleiderschrank, einen Jaguar
vor der Tür und einen Esel, der das alles bezahlt.

»Walter, du behauptest immer, ein Frauenhasser zu sein. Dabei hast du gestern den ganzen, lieben Abend mächtig geflirtet.«
»Ja, was nützt der schönste Hass, wenn man ihm nicht von Zeit zu Zeit neue Nahrung gibt?«

»Ist Ihnen eigentlich überhaupt nichts aufgefallen, als Ihr Mann starb?«
»Doch, es kam mir höchst merkwürdig vor, dass er nach 35 Jahren Ehe plötzlich seine Augen verdrehte und sagte: ›Oh, Margarete, mein Herz!‹«

Fragt Heinz seinen Vater:
»Du, Papa, wo liegen die Antillen?«
»Da musst du deine Mutter fragen, die räumt immer alles weg!«

Maria ist verärgert: »Kannst du nicht einmal den Wasserhahn reparieren?«
»Das mache ich morgen.«
»Morgen, morgen, alles willst du morgen machen.«
»Du hast Recht, das schaffe ich morgen sowieso nicht alles, also mache ich es nächste Woche!«

Ein Ehepaar sitzt abends vor dem Fernseher und schaut sich eine Tiersendung an. Sie zu ihm: »Du Schatz, findest du auch, dass Nagetiere dumm und gefräßig sind?« Er: »Ja, mein Mäuschen!«

Frau Friedrich putzt die Wohnung und trällert vor sich hin. Auf einmal steht ihr Mann hinter ihr und knurrt: »Das hättest du mir auch gleich sagen können, dass du singst. Ich öle seit einer halben Stunde die Gartentür!«

»Du brauchst dir keine Gedanken mehr zu machen, was für einen Wagen wir uns im neuen Jahr kaufen«, empfängt die junge Frau ihren Mann, »es wird ein Kinderwagen sein.«

Der jung verheiratete Ehemann weigert sich, das Essen anzurühren. »Liebling«, jammert sie, »ich verstehe dich einfach nicht. Sonntag hat es dir geschmeckt, Montag hat es dir geschmeckt, Dienstag und Mittwoch auch. Warum magst du heute plötzlich kein Sauerkraut mehr?«

Die flotte Elli klagt ihrem Hausarzt:
»Mein Problem liegt darin, ich liebe einen wunderbaren, einfühlsamen Mann, und er liebt mich auch. Auch seine Eltern wären mit der Hochzeit einverstanden ...«
»Dann weiß ich nicht«, wundert sich der Arzt,
»wo da ein Problem sein soll?!«
»Ich weiß eben nicht, wie ich das meinem Mann beibringen kann!«

Ein Seemann muss für längere Zeit auf See. Seine Frau erwartet das erste Kind. »Wenn das Baby da ist, schicke ich dir ein Telegramm aufs Schiff.«
»Nein! Dann muss ich ja der ganzen Crew einen ausgeben, das wird zu teuer.«
Also vereinbaren sie einen Geheimcode.
Die Frau soll nur telegrafieren »Eis da!«
Fünf Monate später kommt ein Telegramm aufs Schiff: »Zwei Eis da – eins mit Stiel – eins ohne!«

Eine Emanze faucht einen Herren an, der ihr die Tür aufhält: »Bloß weil ich eine Frau bin, brauchen Sie mir nicht die Tür aufhalten!«
»Ich halte Ihnen nicht die Tür auf, weil Sie eine Dame sind, sondern weil ich ein Gentleman bin!«

»Wenn ich mal nicht mehr bin, möchte ich verbrannt werden«, sagt Martin zu seiner Frau.
»Typisch, wie immer«, meint sie, »weggehen und die Asche rumliegen lassen!«

Ein junger Vater schiebt einen Kinderwagen mit einem schreienden Kleinkind. Der Vater spricht ständig vor sich her: »Schön ruhig, Peter! Beruhige dich, Peter! Alles wird gut, Peter!«
Eine ältere Dame, die Vater und Sohn schon eine Weile beobachtet hat, meint: »Es ist schön, dass Sie mit Ihrem Peter so lieb reden!«
Darauf der Vater: »Ich heiße Peter!«

»Du mit deiner blöden Spießigkeit!«, tobt die junge Ehefrau wütend, »wenn das so weitergeht, lasse ich mich scheiden! Das war jetzt schon der vierte Hausfreund, den du mir vergrault hast ...!«

Aufgeregt ruft ein Nachbar dem anderen zu:
»Kommen Sie schnell, meine Dogge und ihre Schwiegermutter raufen miteinander!«
»Na und, Ihr Hund wird sich doch zu wehren wissen!«

»Ich werde dem Chauffeur kündigen!«, tobt Direktor Klein. »Nun hat er mich heute schon zum dritten Mal in Lebensgefahr gebracht!«
»Aber Werner«, beruhigt ihn seine Frau, »gib ihm doch noch eine Chance!«

»Helfen Sie mir, Herr Doktor, meine Frau ist vollkommen verrückt.«
»Wie kommen Sie darauf?«
»Nun, sie hält 60 Katzen in der Wohnung, und das Schlimmste, Herr Doktor, ist der Gestank, weil alle Fenster geschlossen sind.«
»Dann öffnen Sie sie doch einfach.«
»Die Fenster öffnen? Dann fliegen ja meine 200 Tauben weg!«

Er: »Gehst du am Samstag mit mir aus?«
Sie: »Tut mir Leid, dieses Wochenende habe ich Kopfschmerzen.«

»Wo warst du?«
»Beim Schönheitschirurgen.«
»Und warum bist du nicht drangekommen?«

Der Scheidungsanwalt versucht zu schlichten:
»Aber Ihr Mann hat doch bestimmt auch etwas
Sonnenschein ins Haus gebracht?«

»Stimmt. Ein Mal. Das war, als er morgens
völlig blau nach Hause getorkelt kam
und das Schnapprollo hochzog …«

Warum nennt eine Mutter ihre neugeborene
Tochter Gabriele?
Weil sie nicht weiß, ob das Kind vom GAsmann,
BRIefträger oder ELEktriker ist …

Ausnahmsweise hat Rita mal einen ihrer vielen
Freunde bekocht. Doch der fängt zu maulen an:
»Sag mal, Rita, die Salzkartoffeln schmecken
irgendwie komisch. Hast du sie auch gewaschen?«
»Was glaubst du denn – sogar mit Seife!«

Als Friedrich nach Hause kommt, findet er auf dem
Tisch einen Zettel von seiner Frau vor: »Bin schnell
noch auf ein Stündchen zu meiner Freundin gegangen.«
Bevor er in die Kneipe geht, schreibt er
grinsend darunter: »Ich auch.«

Ein Mann steht morgens auf, öffnet das Fenster und sagt laut: »Ist das ein wunderschöner Tag heute.« Gespannt horcht er, ob seine Frau, die hinter ihm noch im Bett liegt, darauf reagiert. – Nichts.
Ein zweites Mal etwas lauter: »Ist das ein wunderschöner Tage heute!« Die Frau reagiert immer noch nicht, sodass er ein drittes Mal und noch lauter ruft: »Ich muss sagen, es ist ein wunderschöner Tag heute.«
Da meckert die Frau: »Sag mal, was soll das?
Jetzt sagst du schon zum dritten Mal, es sei ein wunderschöner Tag?«
Dreht sich der Mann um und meint zu seiner Frau:
»Du hast doch gestern gesagt:
Eines schönen Tages verlass ich dich.«

Ein altes Ehepaar macht Urlaub an der Nordsee.
Sie geht einige Meter ins Wasser und ruft ihm,
der im Strandkorb Zeitung liest, zu:
»Schau mal, Schatz, wie mich die Wellen küssen!«
»Ja, ja«, brummt er in seinen Bart. »Und am
Strand brechen sie sich …«

»Liebling, mach mit deinem Typen Schluss,
oder ich betrüge dich mit meiner Frau.«

Als der junge Ehemann unter dem Weihnachtsbaum seine Geschenke auspackt, verdüstert sich seine Miene immer mehr. »Liebling«, sagt er voll von dunklen Ahnungen, »so viel Geld habe ich dir doch gar nicht gegeben!«
Die junge Frau fällt ihrem Mann um den Hals und jubelt: »Ich bin so stolz auf dich! In allen Geschäften hast du Kredit!«

»Fräulein Susi, haben Sie nicht gestern auf der Party auf dem Tisch getanzt?«
»Mann, müssen Sie aber früh gegangen sein!«

Eine Dame zu ihrem Tanzpartner:
»Geht Ihnen beim Tanzen denn nie die Luft aus?«
»Aber nein, ich arbeite in einer Brauerei und bin es gewohnt, Fässer zu rollen.«

Sie: »Liebling, im Büro haben meine Kollegen gesagt, dass ich ganz tolle Beine hätte!«
Er: »Ach ja, und von deinem dicken A... haben sie nicht gesprochen?«
Sie: »Nein, von dir war nicht die Rede ...«

Aufgeregt kommt eine Frau aufs Polizeirevier:
»Mein Mann ist seit ein paar Tagen verschwunden.«
Fragt der Beamte: »Ist Ihnen denn vorher nichts an dem Verhalten Ihres Mannes aufgefallen?«
»Eigentlich nichts. Höchstens, dass er zum Joggen zwei Koffer mitgenommen hat.«

Jan kommt strahlend nach Hause:
»Marion – ich habe eine Gehaltserhöhung gekriegt! Jetzt können wir uns endlich das Leben leisten, das wir bisher geführt haben!«

»Du Schatz, warum hast du unser Hochzeitsfoto zwischen deiner Geweihsammlung aufgehängt?«
»Weil das der größte Bock war, den ich je geschossen habe.«

Vor dem Schaufenster des Pelzgeschäftes bleibt das junge Ehepaar stehen.
»Liebling«, flötet sie und setzt ihr betörendes Lächeln auf: »Den da – oder keinen!«
»Na schön«, erwidert er, »keinen!«

»Schatz, was gibt es denn heute zum Mittagessen?«
»Wie soll ich das wissen«, sagt seine Frau, »ich bin ja noch nicht fertig …«

Unterhalten sich drei Kartenspieler:
»Wir haben drei Kinder. Ich denke, das liegt daran, dass das Lieblingsbuch meiner Frau ›Die drei Musketiere‹ ist.«
Der zweite nickt zustimmend. »Meine Frau hat gern und oft ›Schneewittchen und die sieben Zwerge‹ gelesen, und wir haben sieben Kinder bekommen«, sagt der zweite.
Der dritte Mann wirft die Karten auf den Tisch und ruft: »Ich muss heim! Meine Frau liest gerade ›Ali Baba und die 40 Räuber‹.«

»Sieh mal, eine Sternschnuppe. Da kannst du dir was wünschen.«
»Toll, und du bezahlst es dann auch?«

Warum nennen Männer ihre Frauen so oft ›Schatzi‹?
Weil sie sich nicht entscheiden können, ob sie Schaf oder Ziege sagen sollen.

Bier enthält nachweislich weibliche Hormone. Trinkt ein Mann zehn Bier, dann spricht er wie eine Frau, trinkt er 15 Biere, dann fährt er Auto wie eine.

»Ach, gnädiges Fräulein, sind Sie für den nächsten Tanz noch frei?«
»Ja.«
»Dürfte ich Sie dann bitten, auf mein Bier aufzupassen?«

Zwei Männer treffen sich in der Hölle.
Fragt der erste: »Woran bist du denn gestorben?«
»Ich bin erfroren. Und du?«
»Ach, ich bin an einem Herzanfall gestorben!«
»Wie ist denn das passiert?«
»Ein Kumpel rief mich im Büro an und sagte: ›Deine Frau betrügt dich!‹ Ich renne zum Auto, rase heim, ins Schlafzimmer, schau unters Bett, in den Schrank, nichts! Runter in die Küche, in den Keller – nichts. Dann wurde mir übel, und ich hatte einen tödlichen Infarkt vor Aufregung!«
»Du Idiot«, sagte der andere, »hättest du in der Küche in die Tiefkühltruhe geguckt, könnten wir beide noch leben …!«

»Meine Frau versteht mich einfach nicht!«, stöhnt ein Mann verzweifelt an der Theke.
»Wieso?«
»Sie ist Ausländerin!«

Zwei Verliebte sitzen bei Kerzenlicht am Kamin. »Küss mich noch mal«, stammelt sie, »und ich werde für immer dir gehören. Ein Leben lang!«
Er: »Danke für die Warnung!«

»Ach, Liebling«, flüstert sie und rutscht näher an ihn heran, »ich kann dir einfach nicht das Gefühl beschreiben, das mein Innerstes aufwühlt …«
Erwidert er: »Ja, mir geht's genauso. Wir hätten nach dem Pflaumenkompott eben kein Bier trinken dürfen!«

Nachdem ein Vater wieder beim Mittagessen die ganze Zeit damit zubringt, seinem Jungen Tischmanieren beizubringen, sagt er zu seiner Frau: »Nimmt denn die Erziehung so eines Bengels nie ein Ende?«
»Nein«, erwidert sie. »Und wenn er mal heiratet, muss sich die Frau damit abquälen. Und gewöhne dir doch endlich mal ab, mit vollem Mund zu reden.«

Meine Sekretärin ist eifersüchtig und hat gekündigt. Sie hat gesehen, wie ich meine Frau küsste …

Der Ehemann kommt erst am frühen Morgen nach Hause. Seine Frau erwartet ihn an der Wohnungstür: »Du ..., dass du mir überhaupt noch ins Gesicht sehen kannst!«
Darauf er: »Man gewöhnt sich an alles …«

Die Frau kommt freudestrahlend nach Hause: »Schatz, Schatz, pack sofort die Koffer, ich hab im Lotto gewonnen.«
Darauf er: »Oh, toll, fahren wir in Urlaub?«
»Nein, du ziehst aus!«

Warum führen die meisten Männer ein Hundeleben? Sie kommen mit verdreckten Füßen nach Hause, machen es sich vorm Kamin bequem und warten darauf, dass man ihnen Futter hinstellt.

Warum führen Mathematiker oft sehr unglückliche Ehen? Weil Frauen unberechenbar sind!

»Papa, immer wenn du nicht da bist,
kommt der Mann vom Umweltschutz!«
»Vom Umweltschutz?«
»Ja, er will wissen, ob die Luft rein ist.«

Warum können ältere Frauen schlechter
einparken als jüngere?
Im Alter lässt das Gehör nach …

Er: »Hast du den Wagen in die Garage gefahren?«
Sie: »Na ja, zumindest die wichtigsten Teile …«

Wenn ein Mann sich mit seinem Kopf beschäftigt,
nennt man das denken.
Wenn eine Frau sich mit ihrem Kopf beschäftigt,
nennt man das frisieren.

Die Ehefrau macht Großputz in der Wohnung. Dabei kommt sie auch zum Aktenschrank, blättert in der Korrespondenz und meint: »Unverschämt, die Rechnungen von meinem Arzt, Zahnarzt und der Kosmetikerin unter ›Reparatur‹ abzulegen.«

Am frühen Morgen geht ein Mann auf die Jagd. Im Wald angekommen, beginnt es zu regnen, der Wind nimmt zu. Der Mann beschließt, umzukehren. Er kommt nach Hause, zieht sich aus und legt sich wieder zu seiner Frau ins Bett.
»Wie ist es draußen?«, fragt seine Frau gähnend im Halbschlaf.
»Kalt, es regnet …«
»… und mein Mann, der Idiot, ist auf die Jagd gegangen.«

»Du, Egon, warum ist eigentlich deine Verlobung mit Karin in die Brüche gegangen?«
»Nur weil ich gesagt habe, dass ihre Strumpfhose Falten hätte!«
»Aber das ist doch keine Beleidigung!«
»Doch, sie hatte nämlich gar keine an!«

Was versteht ein Mann unter einem Sieben-Gänge-Menü?
Einen Sechserpack Bier und die Bildzeitung.

Welchen Titel trägt das dünnste Buch der Welt?
Was Männer über Frauen wissen.

Ein Ehepaar feiert goldene Hochzeit. Anlässlich der Feier fragt ein alter Freund den Jubilar, was er denn in all den Jahren als die schönste Zeit empfunden hätte. Darauf er: »Meine fünf Jahre Kriegsgefangenschaft!«

Sagt ein Ehemann: »Ich möchte ja nicht misstrauisch sein, mein Schatz, aber als du zum Friseur gegangen bist, hattest du die Laufmasche im rechten Strumpf!«

Ehekrach. Sie holt aus und klebt ihm eine. Murmelt er betroffen: »Und um diese Hand habe ich einmal angehalten.«

Frau Hase liest das Horoskop. Plötzlich sagt sie zu ihrem Ehemann: »Siehst du, wärst du zwei Tage später auf die Welt gekommen, wärst du freundlich, großzügig und geistreich!«

»Ich schlafe abends sehr schlecht ein.«
»Kenne ich. Ich zähle dann immer bis drei.«
»Ach, und das hilft?«
»Na ja, manchmal zähle ich auch bis halb vier …«

»Stimmt es, Vati, dass in einigen Teilen Afrikas die Männer ihre Frauen bis zum Tag ihrer Hochzeit nicht kennen?«
»Das stimmt in allen Ländern, mein Sohn.«

Was macht eine Frau, wenn ihr Mann aus dem Fenster springen will?
Sie gibt ihm den Müll mit.

»Schatz, ich habe dich wirklich immer noch lieb«, flötet Karl nach der Aussprache beim Eheberater.
Sie: »Jetzt geht das schon wieder los …, immer heißt es nur: ich, ich, ich!«

Sagt eine Ehefrau über den todmüden Hausherren: »Er hat im Büro einen sehr schweren Tag gehabt. Der Mann, auf den er sonst immer alles abwälzt, war heute nicht da.«

Am besten sucht Frau sich einen Mann mit Piercing: Er kann Schmerzen ertragen und hat schon mal Schmuck gekauft.

Der Ehemann kommt nachts angetrunken nach Hause. Seine Frau erwartet ihn schon mit dem Besen hinter der Tür. Als er sie sieht, fragt er: »Fegst du die Küche, oder willst du gerade wegfliegen?«

Verzweifelt blättert die junge Ehefrau im Kochbuch.
»Was suchst du denn?«, fragt der Mann.
»Ich finde einfach nicht das Rezept,
wie man Wäsche kocht …«

Das junge Brautpaar schreitet die Treppe zur Kirche hinauf. Fünf Kinder tragen die Schleppe.
»Du«, sagt der Bräutigam, »wer sind denn die lieben Kleinen?«
Darauf die Braut: »Wenn du ›ja‹ sagst, unsere!«

Nach der Untersuchung sagt der Arzt zum Ehemann der Patientin: »Ihre Frau leidet an einer Stoffwechselerkrankung!«
»Oh Mann«, sagt dieser, »ich dachte mir schon, dass dieser Kleidertick nicht normal ist.«

Die Ehefrau ist gerade dabei, ein Spiegelei zu braten. Da kommt ihr Mann nach Hause und fängt an zu schreien: »Achtung!!! Achtung! Mehr Öl! Wir brauchen mehr Öl! Es wird anbrennen. Achtung! Umdrehen! Umdrehen! Los! Bist du verrückt? Oh Gott, das Salz …!«
Die Frau unterbricht ihn genervt: »Meinst du, ich kann kein Spiegelei braten?«
»Damit du mal 'ne Ahnung hast, wie es mir beim Autofahren geht, wenn du neben mir sitzt.«

Warum haben so viele Männer
Holzsplitter in den Fingern?
Sie kratzen sich zu oft am Kopf.

Warum hat ein Mann ein Gen mehr als ein Pferd?
Damit er beim Autowaschen nicht aus dem Eimer säuft.

Während der Vorstellung im Theater unterhält sich ein Ehepaar. Ein Nachbar stößt sie an und sagt: »Verzeihung, aber man versteht kein Wort.«
Darauf der Ehemann: »Das wäre ja auch noch schöner. Sie müssen doch nicht alles wissen, was ich meiner Frau erzähle!«

Ein alter, kranker Mann sagt zu seiner Frau: »Weißt du, Maria, du bist in guten wie in schlechten Zeiten bei mir gewesen. Als ich meine Stellung verlor, warst du bei mir. Als ich in den Krieg ziehen musste, lerntest du Rot-Kreuz-Schwester, um mit einrücken zu können. Und als ich verwundet wurde, warst du an meiner Seite. Dann kam die Inflation, wir hatten gar nichts mehr – aber du warst da. Jetzt bin ich sterbenskrank, und du bist immer noch bei mir. Weißt du was, Maria...
Du bringst mir nur Unglück!«

Kolumbus ist das unvergessliche Vorbild aller Männer: Er wusste nicht, wohin er fuhr oder wo er war, und er tat es mit dem Geld einer Frau.

Worin unterscheidet sich ein Mann von einem PC?
Dem PC musst du alles nur ein Mal sagen.

»Männer sind wirklich seltsame Geschöpfe.«
»Wie kommst du denn darauf?«
»Die Eintrittskarten für ein Bundesligaspiel besorgen sie schon Monate im Voraus, aber mit den Geburtstagsgeschenken warten sie immer bis zur letzten Minute.«

Was haben Männer und das Wetter gemeinsam?
Es ist nicht möglich, sie zu ändern.

Wie trainieren Männer am Strand?
Indem sie jedes Mal den Bauch einziehen,
wenn sie einen Bikini sehen.

Versuchen Sie, Ihren Mann lieber von der Küche fern zu halten. Das letzte Mal, als er gekocht hat, hat er den Salat anbrennen lassen.

Ein Mann in der Bibliothek: »Ich habe mir letzte Woche hier das langweiligste Buch ausgeliehen, das ich jemals gelesen habe. Es gab so gut wie keine Handlung und viel zu viele Personen.
Darauf die Bibliothekarin: »Ach, Sie müssen derjenige sein, der letzte Woche das Telefonbuch mitgenommen hat!«

»Hast du schon gehört, unsere Nachbarin liegt mit einer Vergiftung im Krankenhaus.«
»Na, die hat sich bestimmt auf die Zunge gebissen.«

Otto wird von seiner Frau losgeschickt, um Schnecken zu kaufen, was er auch brav erledigt. Auf dem Rückweg geht er noch auf ein kurzes Bier in die Kneipe. Aus dem kurzen wird ein langes Bier, und als er nach fünf Stunden vor der Haustür steht, bekommt er doch Angst vor seiner Frau. Also stellt er die Schnecken in Zweierreihen vor der Tür auf und klingelt. Als seine Frau aufmacht, ruft er: »So, hopp, hopp, nur noch ein paar Schritte, und wir sind zu Hause.«

Ein Mann steht im Schwimmbad am Beckenrand und ruft: »Das gibt es doch nicht!« Einige Minuten später wieder: »Das gibt es doch nicht!« Nach dem fünften Mal kommt der Bademeister, um sich zu erkundigen, was denn los sei. »Herr Bademeister, das können Sie sich nicht vorstellen. Gestern erst hat meine Frau schwimmen gelernt, und heute taucht sie schon 'ne halbe Stunde …«

Kommt die Frau aus den Ferien zurück. Neckisch sagt sie zu ihrem Mann: »Du Schatz, in den Ferien wurde ich von allen Seiten umschwärmt.« Kontert er: »Ach weißt du, wir hatten hier auch eine Mückenplage.«

»Was heißt Musiker auf Arabisch? ...«

MUSIKERWITZE

Die Sängerin erklärt voller Stolz: »Ich werde demnächst im Ausland singen.«
Darauf der Kritiker: »Gnädige Frau, das finde ich aber sehr rücksichtsvoll von Ihnen ...«

Ein junger Mann kommt zum Geigenbauer.
»Ich hätte gerne einen Kontrabass!«
»Da sind Sie hier falsch, tut mir Leid.
Den bekommen Sie beim Schreiner!«

Kommt ein Bratscher aufgeregt in das Musikgeschäft: »Also, die Bratsche, die Sie mir gestern verkauft haben, die können Sie gleich wieder haben. Da ist ja bei jeder Saite ein anderer Ton drauf!«

Was haben ein Bratscher und ein Unwetter gemeinsam?
Beide setzen meistens zum falschen Zeitpunkt ein.

Was ist ein Bariton?
Der Übergang vom Tenor zum Menschen!

Auf die Frage, ob die Klavierschülerin schon einmal vierhändig gespielt habe, antwortet diese kokett: »Wie soll denn das gehen? Ich hab doch nur zwei Hände!«

Welche Lagen gibt es auf der Klarinette?
Die düstere Lage, die normale Lage und die verzweifelte Lage.

Was zeichnet einen Gentleman-Musiker aus?
Er kann zwar Bratsche spielen, tut es aber nicht.

Wie wurde die Bratsche erfunden?
Jemand spannte Saiten über einen Geigenkasten.

Sitzen zwei Geiger in einer Kneipe.
Plötzlich kommt ein Musiker herein.

Wie nennt man es, wenn ein Pianist sein
Instrument aus dem Fenster wirft?
Schöner Wohnen!

Ein Musiker hat sich verlaufen und fragt einen Passanten um Rat: »Wie komme ich in die Philharmonie?«
Der Passant: »Üben, üben, üben!«

»Sag mal, müsstest du nicht mal wieder den Bass nachstimmen?«
Der andere zupft an den Saiten und meint: »Wieso? Sie sind doch noch alle straff.«

Ein Cellist spielt den ganzen Tag nur einen Ton.
Seine Frau beschwert sich: »Es gibt Leute, die können auch noch andere Töne spielen.«
Der Cellist: »Die anderen suchen den richtigen Ton. Ich habe ihn gefunden.«

Was heißt Musiker auf Arabisch?
Machmalalla.

Woran erkennt man einen zweiten Geiger?
An der verrosteten e-Saite.

Wie verhindert man, dass einem die
Geige gestohlen wird?
Man legt sie in einen Bratschenkasten.

Ein junger Dirigent ist ganz glücklich, denn er hat zum ersten Mal ein Gastdirigat bei einem bekannten Orchester erhalten.
Bei der ersten Probe hebt er den Taktstock, und das Orchester spielt so tadellos, dass er sich an der Musik richtig erfreuen kann. Der Konzertmeister spielt ebenfalls hervorragend, doch bei der großen Violinkadenz macht er ein Gesicht wie zehn Tage Regenwetter.
Als der Satz zu Ende ist, geht der Dirigent auf den Konzertmeister zu und fragt leise: »Sagen Sie, geht es Ihnen nicht gut?«
Überrascht antwortet der Konzertmeister: »Nein, nein, es ist alles in Ordnung!«

Etwas verwirrt gibt der Dirigent einige Anweisungen und lässt den Satz noch einmal spielen. Erneut klappt alles perfekt, und bei der Violinkadenz kommen dem Dirigenten fast die Tränen – doch wieder schaut der Konzertmeister, als hätte er in eine saure Zitrone gebissen. Wiederum fragt der Dirigent den Konzertmeister: »Haben Sie wirklich kein Problem?«
Und der Konzertmeister antwortet: »Nein, ganz und gar nicht, alles ist in bester Ordnung!«
Als die Stelle ein drittes Mal geprobt wird und der Konzertmeister wieder das gleiche Gesicht zieht, wird es dem Dirigenten zu bunt. Er bricht das Stück ab und fragt: »Wenn alles in Ordnung ist – wieso in aller Welt machen Sie dann beim Spielen so ein mürrisches Gesicht?!«
»Mir geht es prima. Ich kann nur klassische Musik überhaupt nicht ausstehen!«

Was heißt Geigenkasten auf Kubanisch?
Fidel Castro.

Zwei Violinisten treffen sich nach langer Zeit. Einer von beiden trägt einen Bratschenkasten. Fragt der andere: »Hast du Probleme mit der Gesundheit?«

Was ist der Unterschied zwischen einer Geige und einem Cello?
Das Cello brennt länger.

Braucht eine Band eigentlich überhaupt einen Schlagzeuger?
Einer muss ja schließlich den Bassisten zur Probe abholen, ihn waschen, anziehen – und dann so laut spielen, dass man ihn nicht hört.

Woraus besteht ein Streichquartett?
Aus einem guten Geiger, einem schlechten Geiger, einem frustrierten Geiger und einem Antigeiger.

Alle spielen Kontrabass, nur nicht Rainer,
der ist kleiner …

Was ist der Unterschied zwischen einer Bratsche und einer Waschmaschine?
Die Waschmaschine vibriert, was herauskommt, ist sauber, und sie kommt erst am Ende des Programms ins Schleudern.

»Kennst du den Unterschied zwischen einem Saxophon und einem Sack Zement?«
»Nein? Dann blas doch mal rein!«

Was man heute Rap-Musik nennt,
hieß früher Stottern und war heilbar …

Ein Bratscher ist auf einer Schnecke ausgerutscht.
»Hast du sie nicht gesehen?«
»Ging nicht, sie kam von hinten!«

Früh morgens klingelt es an der Tür.
»Guten Tag, ich bin der Klavierstimmer.«
»Aber, ich habe Sie ja gar nicht bestellt!«
»Sie nicht, aber ihre Nachbarn!«

Ein Trompeter geht zum Psychiater und will von
ihm einen Rat: »Ich habe ein Problem:
Ich rede ständig im Schlaf.«
»Das ist doch nicht schlimm,
das machen doch viele Leute.«
»Ja, aber das ganze Orchester lacht über mich!«

Warum sollten Bratscher nicht zum Wandern
in die Berge gehen?
Wenn sie sich verlaufen, dauert es Jahre,
bis man sie vermisst.

Wie klingt eine Klarinette am schönsten?
Wenn man am Kamin am Feuer sitzt
und sie leise darin knistert.

Ein Musiker fragt seinen Kumpel: »Warum spielst du denn jetzt Klavier und nicht mehr Geige?« Der Freund lacht: »Versuch doch mal, ein Bier auf die Geige zu stellen!«

Warum wollen Musiker im Flugzeug immer in der ersten Reihe sitzen? Damit beim Absturz der Getränkewagen noch einmal vorbeikommt.

Wieso brennt ein Klavier eigentlich länger
als eine Geige?
Der viele Alkohol, der da hineingeflossen ist,
sorgt für den lange andauernden Brand.

Warum singen Tenöre meistens mit Kopfstimme?
Weil sie dort für die Resonanzbildung die größten Hohlräume haben!

Wie heißt die Endrunde im Bratschistenwettbewerb?
Achtelfinale.

Wer war der erste Bratscher?
Ötzi. Er ist vom Gletscher überholt worden.

In der Kneipe unterhalten sich zwei Freunde.
Der eine: »Meine Frau spielt ständig die beleidigte Leberwurst.«
Darauf der andere: »Hast du es gut. Meine spielt Saxophon!«

Wo sitzt bei der Orgel die größte Pfeife?
Vor den Tasten!

Was haben der Blinddarm und ein Saxophonist gemeinsam?
Sie können beide sehr große Schmerzen verursachen.

Was ist langweiliger als eine Flöte?
Zwei Flöten.

Ein Mann betritt den Laden und schaut sich die Klaviere an: »Dieses Klavier würde ich ja gerne kaufen, aber nur mit einer kleinen Änderung.«
Verkäufer: »So? Was sollen wir denn ändern?«
Kunde: »Na ja, den Preis.«

Was ist der Unterschied zwischen Gitarre und Gitarrist?
Der Gitarrist stimmt immer – und die Gitarre stimmt nie!

Wie nennen Insider ein Naturhorn?
Glücksspirale.

Was ist der Unterschied zwischen Bratscher und Frauen?
Beide kämpfen um ihre Rechte.
Und?
Die Frauen waren schon erfolgreich.

Ein langsamer Bratscher, ein schneller Bratscher, ein Konzertmeister und ein Kontrabassist fahren mit dem Zug zu einem Konzert. Auf dem kleinen Klapptisch vor dem Fenster liegt eine leckeres Törtchen. Der Zug fährt durch einen Tunnel, anschließend ist das Törtchen verschwunden. Wer hat es genommen? Der langsame Bratscher. Der Konzertmeister springt doch nicht für ein Törtchen. Bis der Bassist überhaupt etwas mitbekommt, ist längst alles gelaufen. Und hat jemand schon mal einen schnellen Bratscher gesehen?

Warum gibt es kaum Witze über Klarinettisten?
Klarinettisten sind ein Witz …

Wie wechselt ein Bratscher eine Glühbirne aus?
Gar nicht, er kommt nicht so hoch.

Ein Geiger und ein Cellist befinden sich auf einem sinkenden Schiff.
Der Cellist schreit verzweifelt: »Hilfe, ich kann nicht schwimmen.«
Darauf antwortet der Geiger: »Mach's wie im Konzert, tue einfach so als ob.«

Der Musiker kommt mit seinem neuen Auto vorgefahren. Der Freund fragt ihn: »Was, wie kannst du dir denn überhaupt ein neues Auto leisten? Wovon denn? Ich dachte, du hast kein Geld mehr.«
Der Autobesitzer: »Ich habe meine Geige und meine Tuba dafür in Zahlung gegeben.«
Freund: »Was, die hat der Autohändler genommen?«
Autobesitzer: »Na klar, er wohnt doch direkt über mir.«

Was ist der Unterschied zwischen einem
Bratscher und einer Wanderdüne?
Die Wanderdüne ist schneller …

Letzte Musikprobe vor dem großen Konzert.
Der Dirigent empfiehlt dem Trompeter: »Sie sollten Lotto spielen, das waren schon sechs Richtige.«

Zeitungsannonce:
Streichquartett sucht Cellisten und zwei Geiger.

Was ist ein schneller Bratscher in der Wüste?
Eine Fata Morgana …

Welche Hornarten sind in einem
Polizeiorchester besetzt?
Waldhorn, Englischhorn, Tenorhorn und Martinshorn.

Eine Woche vor dem großen Konzert wird der Dirigent krank, doch ein Bratscher bietet sich an, für eine Probe das Orchester zu dirigieren. Alle Musiker sind mit seinem Dirigat zufrieden. Zwei Tage später ist der Dirigent wieder gesund, und der Bratscher sitzt wieder in seiner Gruppe. Da fragt ihn sein Pultnachbar: »Hallo, wo warst du denn gestern, warst du krank?«

Wie viele Bassisten sind nötig,
um eine Glühbirne zu wechseln?
Eigentlich überhaupt keiner. Das kann
der Keyboarder auch mit der linken Hand.

Wie bringt man schöne Töne aus einer Trompete?
Man verkauft sie und kauft dafür ein Horn.

Wie bringt man einen Gitarristen dazu, leiser zu spielen?
Man legt ihm ein Notenblatt vor.

Die Orchesterprobe des Musikvereines steht mal wieder auf dem Programm. Der Dirigent dirigiert den Anfang des Stückes, schlägt aber bald verärgert ab, denn die Bratschen haben nicht eingesetzt. Dirigent: »Meine lieben Herren, ist Ihnen vielleicht etwas unklar?« Die Bratschisten: »Nein, nein, alles in Ordnung.« Beim zweiten Versuch setzen die Bratschen wieder nicht ein, der Dirigent schlägt wieder ab. »Was war denn jetzt schon wieder los?«
Die Bratschisten: »Wieso, gar nichts.«
Beim dritten Versuch beobachtet der Dirigent die Bratschen ganz genau. Sie setzen wieder nicht ein. Der Dirigent schlägt ab und schreit wütend: »Verflixt nochmal, warum fangen Sie nicht an?«
Bratschisten: »Wir haben doch Pause!« Der Dirigent schaut in die Partitur: »Nein, Sie haben keine Pause, Sie müssen einsetzen!«
Bratschisten: »Doch, wir haben am Anfang Pause, und zwar 666 Takte!«
Der Dirigent schaut wieder in die Partitur: »Meine Herren, das sind nicht 666 Takte Pause, sondern drei b!«

Meier fragt einen Mann mit einem Geigenkasten unter dem Arm: »Entschuldigen Sie, spielen Sie Geige?«
»Nein, hören Sie was?«

Ein Musiker kommt schnell um die Ecke gerannt und ruft noch von der Straße seiner Wirtin zu: »Frau Werner, werfen Sie mir mal schnell meine Krawatte runter!«
Die Wirtin fragt amüsiert: »Wieso, wollen Sie ausziehen?«

Warum sind auf modernen CD-Einspielungen keine Bratschen zu hören?
Weil die moderne Technik inzwischen Aufnahmen ohne jedes Nebengeräusch produzieren kann.

Der Dirigent fragt das Orchester: »Welche Muskeln treten in Aktion, wenn ich dirigiere?«
Eine leise Stimme kommt aus den hinteren Reihen des Orchesters: »Unsere Lachmuskeln!«

Was ist der Unterschied zwischen dem Leiter eines Schulchores und einem Schimpansen?
Wissenschaftler haben bewiesen, dass Schimpansen mit Menschen kommunizieren können.

Wozu ist eine brennende Oboe am besten zu gebrauchen?
Um ein Fagott in Brand zu setzen.

Was ist der Unterschied zwischen einem Trampolin und einem Banjo?
Bevor man auf ein Trampolin springt, zieht man sich gewöhnlich die Schuhe aus.

Woran merkt man sofort, dass ein Bassist an die Tür klopft?
Ganz einfach:
Das Klopfen ist nicht rhythmisch!!

Wie kann man ganz schnell ein Violinkonzert in ein Bratschenkonzert umschreiben?
Man halbiert das Tempo!

Das Orchester hat einen ersten Geiger, der wirklich gut ist. Er hat jedoch die Marotte, immer erst kurz in seinen Spind zu schauen, bevor Probe oder Konzert beginnen. Eines Tages kommt er zu spät und kann vor der Aufführung sein Ritual nicht ausführen. Im Konzert wirkt er nun völlig konfus und spielt furchtbar schlecht. Noch am gleichen Abend brechen die Kollegen den Spind auf und finden einen Zettel: »Geige links, Bogen rechts.«

»Springen zwei Fallschirmspringer aus einem Flugzeug ...«

PILOTENWITZE

Pilot: »Frankfurt Information, hier Kapitän Müller. Wir sind jetzt über Nürnberg.«
Tower: »Sie sollen doch ›München Information‹ rufen!«
Pilot: »Ja, weiß ich, aber bei Ihnen gefällt mir das Programm besser.«

Die Maschine landet. Der Pilot steigt in die Eisen, wie er nur kann, und bringt das Flugzeug mit Mühe und Not vor dem Ende der Landebahn zum Stehen. Sagt er zum Copiloten: »Merkwürdiger Flughafen, so eine kurze Landebahn habe ich ja noch nie erlebt.« Der Copilot schaut links und rechts aus den Fenstern und meint: »Andererseits ist sie mindestens drei Kilometer breit ...«

Der Pilot scherzt mit dem Tower:
»Ratet mal, wer jetzt kommt!«
Der Fluglotse schaltet die Beleuchtung der Landebahn
aus und erwidert: »Rate mal, wo wir sind!«

Eine Stimme ertönt aus den Lautsprechern des Flugzeuges: »Sehr geehrte Passagiere. Sie befinden sich in einem der modernsten Flugzeuge dieser Welt.«
Es knackt.
»Daher begrüßt sie hier auch kein Kapitän. Alles in diesem Flugzeug läuft vollautomatisch.«
Wieder knackt es.
»Aber alle Sicherheitsvorkehrungen wurden beachtet. Es besteht also keine Gefahr, dass etwas passieren kann … passieren kann …«
Es knackt immer stärker.
»Passieren kann … passieren kann …«

Ein Mann rennt zu einem Taxi und schreit den
Fahrer an: »Bitte schnell, zum Flughafen, ich muss die
Acht-Uhr-Maschine noch erreichen.«
»Das wird nicht klappen, es ist zehn vor acht.
Bis wir am Flughafen sind, ist die weg.«
»Heute nicht, ich bin der Pilot!«

Das Flugzeug startet. Nachdem es die Reiseflughöhe erreicht hat, begrüßt der Kapitän seine Passagiere. »Sehr geehrte Fluggäste, hier spricht Ihr Kapitän. Ich möchte Sie im Namen der Crew an Bord willkommen heißen. Das Wetter ist gut, und wir werden einen ruhigen Flug haben. Lehnen Sie sich zurück, und genießen Sie den Flug --- MIST!«
Plötzlich Stille.
Nach fünf Minuten kommt der Kapitän wieder ans Mikrofon und sagt: »Meine lieben Fluggäste, es tut mir Leid, wenn ich Sie gerade erschreckt habe, aber während ich mit Ihnen sprach, hat mir eine Stewardess einen Kaffee gebracht und ihn versehentlich über meine Hose geschüttet. Sie sollten mal die Vorderseite meiner Hose sehen!«
Ein Passagier in der Touristenklasse bemerkt: »Das ist noch gar nichts. Er sollte mal die Rückseite meiner Hose sehen!«

»Hier«, sagt die Stewardess zu einem Fluggast, »nehmen Sie den Kaugummi, er hilft gegen das unangenehme Sausen und Dröhnen im Ohr.«
Als das Flugzeug gelandet ist, kommt der Fluggast zur Stewardess und meint: »Können Sie mir bitte sagen, wie ich den Kaugummi jetzt aus dem Ohr bekommen soll?«

Tower: »Höhe und Position?«
Pilot: »Also ich bin 1,85 m und sitze ganz vorne links.«

Ein junger Mann, der Fallschirmspringen lernen will, soll zum ersten Mal springen.
Sein Lehrer weist ihn in den technischen Ablauf ein: »Also, zuerst ziehst du an dieser Leine. Wenn das nicht klappt, dann ziehst du an dieser Leine. Danach öffnet sich der Fallschirm, und du schwebst sanft zu Boden. Unten wartet dann der Wagen, der bringt dich dann zum Flugplatz zurück.«
»Alles klar!«, sagt der Schüler.
Das Flugzeug hebt ab. Der Schüler springt aus luftiger Höhe. Er zieht an der ersten Leine – nichts passiert. Dann zieht er an der zweiten Leine – nichts passiert. »Mist«, sagt er sich, »und ich wette, der Wagen wird auch nicht pünktlich da sein!«

Pilot: »Kontrollraum, bitte kommen, wir haben nur noch wenige Liter Treibstoff. Erbitte Anweisungen!«
Kontrollraum: »Bitte geben Sie uns Ihre Position an, wir haben Sie nicht auf unserem Radarschirm ...!«
Pilot: »Wir stehen auf der Landebahn und möchten wissen, wann der Tankwagen kommt!«

Springen zwei Fallschirmspringer aus einem Flugzeug. Sagt der eine: »Guck mal, die Menschen sehen aus wie Ameisen!«
Sagt der andere: »Mensch mach deinen Fallschirm auf, das sind Ameisen!«

Auf einem winzigen Flughafen in einem exotischen Land soll ein Flugzeug starten. Mit gemischten Gefühlen hören die Passagiere, wie der Pilot ruft: »Ich fliege nicht mit dieser Kiste, wenn der Motor nicht ausgetauscht wird!«
Nach einer Viertelstunde startet das Flugzeug. »Was, so schnell ist der Motor ausgetauscht worden?«, fragt ein Fluggast die Stewardess.
»Der Motor nicht – aber der Pilot!«

Während des Fluges rumpelt und knattert es gewaltig im Gebälk. Der Flugpassagier wird ganz blass, der kalte Schweiß steht ihm auf der Stirn, er krallt seine Finger in den Sitz. Sein Sitznachbar sagt zu ihm: »Beruhigen Sie sich. Ich fliege oft und kann Ihnen sagen: Die Jungs im Cockpit wissen schon, was sie tun.«
Daraufhin der erste Passagier: »Ich weiß, was sie tun – ich bin nämlich auch Pilot …«

Drei Piloten, ein Amerikaner, ein Deutscher und ein Russe, sitzen im Restaurant und unterhalten sich über die Größe von Flugzeugen.

Der Russe sagt: »Könnt ihr euch das vorstellen. Wir haben ein Flugzeug, mit dem können wir drei Fußballmannschaften und 1 000 Mann Publikum transportieren.«

Da prahlt der Amerikaner: »Well, very good, wir haben aber ein Flugzeug, in dem werden regelmäßig Formel-I-Rennen veranstaltet!«

Dann meint der Amerikaner lächelnd zum Deutschen: »Sie haben doch bestimmt keine so großen Flugzeuge?«

Da erwidert der Deutsche:

»Schwer zu sagen. Am besten erzähle ich Ihnen einfach mal von meinem letzten Flug. Da hörte ich plötzlich ein komisches Geräusch. Daraufhin sagte ich zu meinem Bordingenieur: ›Sven, schnapp dir mal den Sportwagen und schau hinten nach, was das sein könnte …‹ Der kommt nach vier Stunden zurück, grinst breit und sagt: ›Es ist erstaunlich, was du für ein Gehör hast. Da hat doch tatsächlich jemand das Klofenster offen gelassen. Jetzt sind je eine russische und amerikanische Maschine reingekommen, fliegen dauernd um die Lampe und finden nicht wieder raus …«

»Putin, Bush und Schröder spielen Golf ...«

POLITIKERWITZE

Schröder ruft nach den Wahlen seine Mutter an und sagt ihr, dass er wieder zum Bundeskanzler gewählt worden ist.
Darauf sie: »Und was heißt das genau?«
Schröder: »Mutti, ich behalte die hübsche Dienstwohnung, den großen Wagen, und auch ein Segelschiff kann ich mir nach der nächsten Diätenerhöhung bald leisten.«
Darauf die Mutter: »Ist ja toll, Gerhard. Pass aber bloß auf, dass die Sozis dir das nicht alles wieder wegnehmen!«

Ein Komiker zu seinem Freund: »Immer wenn ich Angela Merkel sehe und höre, habe ich die Hoffnung, sie nimmt die Perücke ab, und es ist doch Hape Kerkeling.«

In Anlehnung an Kennedys berühmte Worte in Berlin verabschiedete sich Helmut Kohl bei seiner letzten Chinareise auf dem Pekinger Flughafen mit den Worten: »Ich bin ein Pekinese.«

Das Telefon klingelt.
Huber: »Huber«.
Müller: »Oh, Entschuldigung, da habe ich falsch gewählt.«
Huber: »Macht doch nichts. Das haben wir schließlich alle.«

»Sag mal, Gerhard, wie weit ist eigentlich Afrika von uns entfernt?«
»Kann nicht weit sein, der Hausmeister im Bundestag ist ein Schwarzer, und der kommt jeden Morgen mit dem Fahrrad!«

Die Regierung beabsichtigt, die Steuererklärung drastisch zu vereinfachen. Es wird ein Fragebogen mit nur noch zwei Punkten zugestellt:

• Wie hoch war im Vorjahr Ihr Einkommen?
• Überweisen Sie uns diesen Betrag.

Direkt vor dem Kanzleramt ist eine Rentnerin gestürzt. Gerhard Schröder hilft ihr sofort höflich auf und sagt: »Dafür müssen Sie mich aber das nächste Mal wählen.« Antwortet die alte Dame: »Mein Herr, ich bin vielleicht auf den Rücken, aber doch nicht auf den Kopf gefallen!«

Gerhard Schröder bedauert einen arbeitslosen Maurer: »Sie Armer. Aber wäre ich nicht Kanzler, wollte ich auch Häuser bauen.« Darauf der Maurer: »Wenn Sie nicht Kanzler wären, könnte ich das auch!«

Bush, Putin und Schröder haben eine Audienz beim lieben Gott. Da spricht Gott zu ihnen: »Ihr dürft mir jetzt jeder eine Frage stellen, die euch am meisten bedrückt!«
Bush: »Wann wird Amerika endlich Vietnam vergessen?«
Gott: »In 60 Jahren.«
Bush: »Das ist zu spät, dann bin ich nicht mehr im Amt!«
Putin: »Wann wird sich unser Land sich endlich aus seiner Krise befreien?«
Gott: »In 75 Jahren.«
Putin: »Das ist zu spät, dann bin ich nicht mehr im Amt!«
Darauf Schröder: »Wann werde ich endlich meine Versprechungen wahr machen können?«
Gott: »Dann bin ich nicht mehr im Amt ...«

Zwei Männer füttern mit ihren Kindern
auf dem Marktplatz die Tauben. Meint der eine:
»Tauben sind wie Politiker.«
»Wie kommst du denn darauf?«
»Nun, solange sie unten sind, fressen sie einem
aus der Hand – aber wenn sie oben sind,
bekommen wir den Mist ab ...«

Nicht immer auf die Regierung schimpfen –
sie tut doch gar nichts!

Was ist der Unterschied zwischen der
Regierung und den Fordwerken?
Ford – die tun was!

Was passiert, wenn Schröder in die
Wüste geschickt wird?
Vier Jahre nichts – und dann wird der Sand teurer.

Demnächst geht unser Finanzminister zur Schulung
nach Australien. Dort kann er lernen, wie man mit
einem leeren Beutel große Sprünge macht!

Zwei Politiker verschiedener Parteien unterhalten sich auf einer Wahlveranstaltung.
Da meint der eine: »Es mag wohl viele Arten geben, Geld zu verdienen, aber nur eine ehrliche!«
»Und welche soll das sein?«, fragt der andere.
»Ich wusste doch, dass Sie die nicht kennen …«

Ein kleines Mädchen steht vor einer Haustüre und weint.
Ein Politiker kommt vorbei und fragt das Mädchen: »Was hast du denn?«
Sagt das Mädchen: »Ich möchte hier klingeln, aber ich bin zu klein und komme nicht rauf!«
Der Politiker klingelt.
Da fängt das Mädchen an zu lachen und sagt: »Jetzt musst du aber schnell weglaufen!«

Schröder und Eichel fliegen mit dem Hubschrauber über Deutschland.
Schröder: »Wenn ich jetzt einen Tausender hinunterwerfe, freut sich ein Deutscher.« Eichel: »Wenn ich aber zehn Hunderter hinunterwerfe, freuen sich zehn Deutsche!« Murmelt der Pilot: »Wenn ich euch beide hinunterwerfe, freut sich mit Sicherheit das ganze Land!«

Reagan, Breschnew und Honecker sind mit einem Flugzeug über der Wüste abgestürzt, aber alle wohlauf. Plötzlich sehen sie eine Horde einheimischer Krieger auf sich zurasen, woraufhin sie Reißaus nehmen. Da sie ihre Verfolger aber nicht abschütteln können, versucht es Reagan mit einem Trick: Er zieht seinen Geldbeutel mit einem Bündel Dollarnoten aus der Hosentasche und legt sie auf den Boden. Die Einheimischen missachten die Scheine und rennen weiter. Nach einer Weile versucht es Breschnew, zieht ein Scheckheft raus, schreibt ›zwei Millionen‹ hinein und legt es auf den Boden. Ihre Verfolger werfen einen kurzen Blick auf den Scheck – weiter geht die Jagd. Nach einer Weile nimmt Honecker einen Zettel, schreibt etwas darauf und legt ihn auf den Boden. Als die Einheimischen die Stelle erreichen und den Zettel lesen, nehmen sie Reißaus. Neugierig betrachten Reagan und Breschnew den Zettel, auf dem steht: »Liebe Einheimische, wenn ihr so weiterrennt, kommt ihr irgendwann in die DDR …«

»Der Polizist stoppt einen Lastwagen ...«

POLIZISTENWITZE

Ein Stadtstreicher wird von einem Polizisten mit
auf die Wache genommen und dort verhört.
»Ihre Schulbildung?«
»Ich bin Analphabet.«
»Was sind Sie?«
»Analphabet!«
»Buchstabieren Sie bitte!«

Es macht Klingeling an der Haustür einer älteren Dame. »Hallo, hier ist die Polizei. Sie haben uns gerufen, weil gegenüber in der Wohnung ein Pärchen immer leicht bekleidet durch die Wohnung hüpft? Lassen Sie mich mal ans Fenster! … Ich seh gar nichts!«
»Von da sehen Sie auch nichts! Hier auf den Schrank müssen Sie klettern …«

Polizist: »Sie haben im Überholverbot überholt.«
Autofahrer: »Wieso? Da steht doch ›Landwirtschaftliche Fahrzeuge dürfen überholt werden‹.«
Polizist: »Und? Sieht unser Streifenwagen etwa aus wie ein landwirtschaftliches Fahrzeug?«
Autofahrer: »Klar, was sonst? Ein Auto mit zwei Bullen drin …«

Ein Polizist steht auf der Kreuzung und regelt den Verkehr. Er hat einen weißen und einen schwarzen Stiefel an. Kommt eine Funkstreife und hält an.
»Kollege!«, sagt der Fahrer, »du hast einen weißen und einen schwarzen Stiefel an. Geh nach Hause und kleide dich richtig.« »Das kann ich nicht«, sagt der Polizist, »da steht auch bloß ein weißer und ein schwarzer Stiefel.«

Und dann war da noch ein Polizist, der ebenfalls auf der Kreuzung stand und wild mit den Armen fuchtelte, weil die gerade anfahrende Straßenbahn anhalten sollte. Der Fahrer bremst, steckt seinen Kopf aus der Fahrerkabine und schimpft: »Mann, was is'n los?! Ich muss hier meinen Fahrplan einhalten!«
»Diskutiern'se nicht dumm rum; fahrn'se rechts ran!«

Zwei Polizisten betreten ein Schreibwarengeschäft. Der Verkäufer fragt die beiden Polizisten: »Was möchten Sie denn gerne haben?« Da sagt der eine Polizist: »Also, ich hätte gerne ein Rechenheft mit runden Kästchen …« Der Verkäufer schaut den anderen Polizisten fragend an. Dieser sagt nach einer Weile zum Verkäufer: »Mein Kollege ist heute etwas verwirrt.« Verkäufer: »Verstehe. Und was möchten Sie denn?« Der Polizist: »Ich hätte gerne einen Globus von München …«

Bei der Polizei klingelt das Telefon. Der Beamte nimmt ab und hört: »Hilfe, Hilfe! In unserer Wohnung ist eine Katze.« Fragt der Beamte: »Wer ist denn in der Leitung?« Antwort: »Der Papagei.«

Der Polizist stoppt einen Lastwagen. »Jetzt sage ich Ihnen schon zum vierten Mal, dass Sie Ihre Ladung verlieren«, schimpft der Beamte. Der LKW-Fahrer entgegnet genervt: »Und jetzt sage ich Ihnen zum vierten Mal, dass dies ein Streuwagen ist!«

Ein Mann will am späten Abend mit seinem nagelneuen Sportwagen nach Hause fahren. Er fährt jedoch deutlich über dem Tempolimit. Plötzlich bemerkt er im Rückspiegel ein Polizeiauto mit angeschaltetem Blaulicht. »Den häng ich doch locker ab!«, denkt er sich und tritt aufs Gaspedal. 130, 140, 150, 160, mit 170 km/h rasen die Autos über die Landstraße. Schließlich, als sein Tacho die 200 überschreitet, gibt er auf und fährt rechts an den Straßenrand.
Der Polizist kommt aus seinem Auto und geht zu dem Mann. Er beugt sich zu ihm herunter und sagt: »Hören Sie mal, ich hatte heute einen wirklich schlechten Tag, und ich möchte möglichst schnell nach Hause. Wenn Sie mir eine gute Entschuldigung geben können, lasse ich Sie weiterfahren.«
Der Mann denkt einen Moment nach und sagt dann: »Vor drei Wochen ist meine Frau mit einem Polizisten durchgebrannt. Als ich Ihr Auto in meinem Rückspiegel sah, dachte ich, Sie wären dieser Polizist und würden versuchen, sie mir zurückzubringen …«

Was macht ein Polizist, der im Lotto zwei Millionen Euro gewonnen hat?
Er kauft sich eine Kreuzung und macht sich selbstständig.

Polizist: »Blasen Sie bitte in das Röhrchen!«
Autofahrer: »Geht nicht. Ich habe Asthma.«
Polizist: »Kommen Sie mit zur Blutprobe!«
Autofahrer: »Geht nicht, ich bin Bluter.«
Polizist: »Dann gehen Sie auf dieser Linie!«
Autofahrer: »Geht nicht, ich bin betrunken.«

Bei der Funkzentrale der Polizei kommt am Montagmorgen ein Anruf herein:
»Helfen Sie mir, man hat aus meinem Wagen Lenkrad, Handbremse und Armaturenbrett geklaut!«
Minuten später meldet sich der Streifenwagen:
»Hat sich erledigt. Der Kerl war betrunken und saß auf dem Rücksitz …«

Fahrzeugkontrolle auf der viel befahrenen Landstraße.
»Ihr linkes Rücklicht brennt nicht«, belehrt der Polizist den Lastwagenfahrer. Der steigt aus, geht nach hinten und bleibt fassungslos bei seinem Fahrzeug stehen.
»Sehen Sie, es funktioniert nicht«, wiederholt der Beamte freundlich.
»Das Rücklicht ist doch egal«, schnauzt ihn der Kapitän der Landstraße an. »Sagen Sie mir lieber, wo mein Anhänger geblieben ist …«

Früher waren die Uniformen bei der Polizei orange und weiß. Orange für die Oberen und weiß für die Unteren.
Für jede dumme Antwort hat es dann einen kleinen grünen Punkt gegeben.

»Mit 30 Euro kommen Sie noch glimpflich davon«, erklärt der Polizist dem Verkehrssünder.
»Ich bin Ihnen auch sehr dankbar. Für das gleiche Vergehen hat mir Ihr Kollege letzte Woche den Führerschein abgenommen!«

Die Polizei stellt auf einer Bundesstraße eine Straßensperre auf und fragt alle Fahrer, wohin sie fahren. Ein Fahrer, der Wasserski auf dem Fahrzeugdach hat, wird ebenfalls von der Polizei befragt. Er antwortet, dass er auf dem Weg zum Baggersee ist, um Wasserski zu fahren. Als der Mann mit seinen Wasserski auf dem Dach weiterfährt, sagt einer der kontrollierenden Polizisten zum anderen: »Also, der hat uns doch belogen. Ich kenne den Baggersee ganz genau, der hat überhaupt kein Gefälle!«

Über Nacht hat es Glatteis auf den Straßen gegeben. Ein Briefträger stürzt am Morgen direkt vor einem Polizisten vom Fahrrad. Der Inhalt seiner gesamten Posttasche landet verstreut auf dem Gehweg.
»Gibt es bei der Post noch mehr solche Trottel wie Sie?«, fragt der Polizist spöttelnd.
»Nein, ich bin der letzte«, knurrt der Briefträger. »Die anderen sind inzwischen alle bei der Polizei!«

Beim Ball der Deutschen Volkspolizei in Ostberlin. Ein General der Volkspolizei fordert Margot Honecker zum Tanzen auf. Dabei sagt er ihr: »Genossin Honecker, es wird Zeit, dass diese Witze über Volkspolizisten verboten werden!«
Darauf Margot: »Aber irgendetwas muss ja dran sein. Sie sind der Erste, der mich bei der Nationalhymne zum Tanzen aufgefordert hat …«

Der Polizeihauptmeister stoppt einen offensichtlich stark angetrunkenen Autofahrer: »Mein Herr, Sie sind Schlangenlinien gefahren. Stellen Sie sich freiwillig einem Alkoholtest?«
»Aber sicher, Herr Wachtmeister, in welche Kneipe fahren wir denn?«

Ein Polizist hat bei einem Schießwettbewerb einen Preis gewonnen und kommt stolz zu seiner Ehefrau nach Hause:
»Schau nur, Liebling, ich habe eine Vase gewonnen!«
Seine Frau sieht sich das Ding an und meint dann:
»Na, da hast du dir ja einen schönen Mist andrehen lassen, die hat ja oben gar keine Öffnung!«
Darauf er: »Tatsächlich! Und sieh mal hier, der Boden fehlt auch völlig …«

Warum sind Polizisten die stärksten Menschen der Welt?
Weil sie mit einer Hand einen Lastwagen anhalten können.

In einem Hochhaus wohnen drei Leute. Unten Herr Schulze, in der Mitte Herr Niemand und oben Herr Keiner. Eines Tages steht Herr Schulze auf dem Balkon, und Herr Keiner spuckt ihm auf den Kopf. Das sieht Herr Niemand.
Da geht Herr Schulze zur Polizei und sagt:
»Keiner hat mir auf den Kopf gespuckt, und Niemand hat es gesehen!«
Daraufhin sagt der Polizist:
»Und was wollen Sie dann hier?«

»Der Kellner empfiehlt die Spezialitäten des Hauses ...«

RESTAURANT- UND DIÄTWITZE

Auf einem Schild in einem vornehmen Restaurant
steht geschrieben:
»Wir haben nichts dagegen, dass Sie rauchen,
aber bitte atmen Sie nicht aus!«

Ein Gast sitzt im Lokal und ist ratlos: »Herr Ober, auf der Karte steht ›Touristenkaviar‹. Was ist denn das?«
Ober: »Eine Schüssel Reis und eine schwarze Sonnenbrille …«

»Mein Teller ist ganz feucht«, beschwerte
sich der Reisende im Luxushotel.
»Sei doch ruhig«, flüsterte ihm seine Frau zu,
»das ist schon die Suppe!«

»Herr Ober, das Steak riecht nach Schnaps!«
Da tritt der Ober drei Schritte zurück und fragt:
»Immer noch?«

Die neue Wunderdiät:
Nach dem Frühstück aufstehen, das Mittagessen auf das Abendbrot verschieben und vor dem Abendbrot ins Bett gehen.

Sagt die dicke Helga zu den beiden Jungs, die sich über ihre Körperfülle lustig machen: »Ich bin dick, aber ihr seid hässlich. Ich kann abnehmen, aber was macht ihr?«

Übrigens, Dicksein liegt am Vererben eines schlechten Gens, und zwar dem »Zum-Kühlschrank-Gen.«

»Ist ja toll, wie schlank du geworden bist. Hast du ein Geheimrezept, Connie?«
»Das Rezept ist meine Ehe. Dieser ununterbrochene Ärger zehrt mich auf.«
»Ja, warum lässt du dich denn nicht scheiden?«
»Weil ich mein Traumgewicht noch nicht habe!«

Gast: »Herr Ober, ich hätte gerne ein Steak.«
Kellner: »Bedaure, mein Herr, wir haben nur noch kalte Küche.«
Gast: »Dann möchte ich eben ein kaltes Steak.«
Nach einer halben Stunde wird endlich das Steak serviert. »Wieso hat das so lange gedauert, Herr Ober?«
Ober: »Weil kein kaltes Steak mehr vorrätig war, mein Herr. Wir mussten erst eines braten und kalt werden lassen.«

»Gegen Ihre Fettsucht hilft nur Gymnastik, Herr Huber«, sagt der Kurarzt.
»Kniebeugen und so?«, fragt Huber.
»Nein, eher Kopfschütteln. Und zwar immer dann, wenn Ihnen etwas zum Essen angeboten wird!«

Zwei Putzfrauen plaudern im Bürogebäude.
Sagt die eine: »Ich mache jetzt Diät.«
Darauf die andere: »Gut, dann mache ich die Fenster.«

Wie heißt das gefährlichste Gas zwischen zwei Wirtshäusern?
Sauerstoff …

Eine Bauernfamilie kommt in ein vornehmes Restaurant in der Stadt, weil sie sich da mit Verwandten treffen will. Der Ober kommt natürlich sofort an den Tisch.
»Was darf ich Ihnen bringen?«
»Nix, wir sitzen bloß da …«, meint der Vater.
»Aber mein Herr … das geht nicht, Sie müssen schon etwas bestellen.«
»So, ja, hmm … dann bestellen Sie dem Koch einen schönen Gruß.«

Herr Friedrich muss sich endlich einmal einer Entziehungskur unterziehen. Viele Jahre war er dem Alkohol nicht abgeneigt. Nun muss er für sein ausschweifendes Leben büßen.
Zunächst verordnet ihm der Chefarzt eine Milchkur.
Bei der nächsten Visite fragt der Arzt:
»Na, Herr Friedrich, wie geht es uns denn? Schmeckt die Milch noch?«
»Ach, Herr Doktor«, stöhnt Friedrich, »jetzt weiß ich endlich, warum die Säuglinge immer so schreien.«

Kennen Sie schon die neue Essigdiät?
Geht ganz einfach: Ess ig oder ess ig nicht?

»Schluss jetzt«, schimpft der Kneipenwirt zu später Stunde, »ich schreibe nichts mehr an!« Der Stammgast: »Und wie willst du dir das alles merken?«

Entsetztes Aufkreischen der Ehefrau: »Oh, mein Gott, die Waage zeigt schon wieder zwei Kilo mehr an!« Ehemann: »Aber so beruhige dich doch, Liebling, du bist ja noch gar nicht abgeschminkt.«

Der Diätarzt fragt den Patienten: »Ich möchte bloß wissen, wie Sie zunehmen, ohne viel zu essen.« »Ganz einfach, ich nehme schon zu, wenn ich in der Zeitung das Fettgedruckte lese.«

Der Lehrer tadelt einen Schüler: »Also, hör mal! Ich verstehe nicht, dass du bei den Rechenaufgaben, die du zu Hause machst, immer zu viel herausbekommst. Hilft dir dein Vater denn nicht?«
»Doch, Herr Lehrer, er hilft mir!«
»So, und was ist er von Beruf?«
»Oberkellner!«

Eine fettleibige kleine Frau ist beim Erklettern der vier Treppen völlig aus der Puste gekommen.
»Herr Doktor, sagen Sie mir ehrlich, was ich gegen meine Kurzatmigkeit tun muss!«
»Wenn Sie meine Meinung wirklich hören wollen – bitte! Erstens müssen Sie schätzungsweise 30 Pfund abnehmen, zweitens müssen Sie sich eine Brille anschaffen, mit der Sie die Türschilder gut lesen können, und drittens müssen Sie auch noch den Arzt aufsuchen, der wohnt nämlich eine Treppe tiefer, ich bin Ingenieur.«

Ein Deutschlehrer sitzt im Restaurant. Er zeigt dem Ober die Speisekarte, wo ›Omelet‹ steht, und meint:
»Omelett mit zwei ›t‹!«
Der Ober geht in Richtung Küche und bestellt:
»Ein Omelett und zwei Tee …«

»Ihre Frau ist aber schlank geworden!«, sagt Meier bewundernd zu Kaufmann.
»Das macht die chinesische Diät, sie isst nur Hühnerbrühe«, verrät Kaufmann stolz.
»Mit Nudeln?«
»Nein, mit Stäbchen!«

Koch: »Was hat denn der Gast gerade in das Beschwerdebuch eingetragen?«
Ober: »Nichts – er hat sein Schnitzel eingeklebt.«

»Herr Ober, haben Sie bitte etwas, das ganz schnell geht? Ich muss nämlich gleich weg.«
»Klar, nehmen Sie das Salamibrot, das muss schon lange weg!«

Der Kellner empfiehlt die Spezialitäten des Hauses: »Weinbergschnecken, Froschschenkel, Garnelen …«
Sagt der Gast: »Äh, darf ich Sie mal unterbrechen: Ich will hier was Ordentliches haben und nicht Ihr ganzes Ungeziefer auffressen …«

Der Gast:
»Ober, bringen Sie bitte
Forelle Müllerin Art!«
Ruft ein zweiter Gast:
»Mir auch bitte. Aber ganz frisch!«
Schreit der Ober in die Küche:
»Zweimal Forelle, Thorsten.
Einmal davon frisch!«

Der Ober fragt seine Gäste:
»Nun, wie hat Ihnen das Steak gemundet?«
»Erstklassig, und ich sage das als Vollprofi!«
»Sind Sie Metzger?«
»Nein, Schuhmacher …«

In der Kneipe fragt ein Gast die Bedienung: »Sie, Fräulein, warum stehen Sie denn so weit vom Tisch weg?«
»Ich bin eine Fernbedienung.«

»Herr Ober, der Hirschbraten ist ja steinhart und nicht zu beißen.«
»Da werden Sie wohl ein Stück vom Geweih erwischt haben …«

Ein Wirt zum anderen: »Warum kannst du das Taubenragout so billig anbieten?«
»Psst, nicht weiterverraten – ich mische das Fleisch, halb Taube, halb Pferd.«
Nach längerem angestrengtem Kopfrechnen meint wiederum der erste: »Aber dann sehe ich immer noch nicht, wie du auf den Preis kommst!«
»Naja, immer eine Taube auf ein Pferd …«

Der Gast hat im Restaurant eine Taube bestellt. Das Vieh ist zäh wie Leder. Auf einmal beißt er auf etwas Hartes: Eine kleine Metallkapsel. Er öffnet sie, drinnen ist ein Zettel: »Greifen im Morgengrauen an. Napoleon.«

Ober: »Wie hat Ihnen das Hähnchen gemundet?«
Gast: »Wenn Sie mich so direkt fragen – es war so zäh, dass es aus einem hart gekochten Ei geschlüpft sein muss ...«

Ein Pärchen sitzt beim Italiener, der Ober nimmt die Bestellung auf:
Sie: »Einmal Tortellini für meinen Macker!«
Er: »Einmal Makkaroni für meine Torte ...«

Der Gast bestellt im Wirtshaus einen Hasenbraten und unterhält sich anschließend mit der kleinen Wirtstochter.
»Sag mal«, fragt er, »hat dein Papa den Hasen selbst geschossen?«
»Ja«, nickt die Kleine eifrig, »weil er den Wellensittich gefressen hat!«

In einem Restaurant sagt ein Gast wütend zum Kellner:
»Warum sind Sie nur Kellner geworden?«
Der Kellner: »Mein Augenarzt hat mir verordnet,
ich soll Gläser tragen.«

»Ich dachte, ich hätte ein Pilzgericht bestellt,
wo sind denn die Pilze, Herr Ober?«
»Das ist doch gerade das Typische bei Pilzen:
Die muss man suchen!«

Treffen sich zwei Freunde:
»Na, wie war euer Festessen gestern?«
»Naja, nicht so toll. Aber wenn die Suppe so warm gewesen wäre wie der Wein, der Wein so alt wie die Gans und die Gans so fett wie die Gastgeberin, dann hätte man es ein Festessen nennen können …«

»Nun, mein Herr«, fragt der Wirt, »wie schmeckt Ihnen mein selbst angebauter Wein?«
»Hm«, meint der Gast nach einem Probeschluck, »ein bisschen Öl daran und das Ganze über einen schönen Salat gegossen – also, das wäre bestimmt nicht schlecht!«

Zwei Hundebesitzer treffen sich.
Einer hat einen Bernhardiner, der andere einen Pekinesen. Sagt der Mann mit dem Bernhardiner: »Komm, lass uns in dem Restaurant da drüben essen gehen.«
Antwortet der andere: »Wir kommen da nicht rein, das ist für Hunde verboten.«
Der Bernhardiner-Besitzer sagt: »Lass mich nur machen«, setzt seine Sonnenbrille auf und geht zum Restaurant.
Der Portier weist ihn zurück: »Tut mir Leid, aber mit dem Hund kommen Sie hier nicht rein!«
»Verstehen Sie bitte«, antwortet der Mann, »das ist mein Blindenhund.«
»Ein Bernhardiner?!«
»Ja, die hat man heutzutage, die sind sehr zuverlässig.«
Der Portier sagt: »Von mir aus. Sie können reingehen.«
Der Mann mit dem Pekinesen sieht sich das an, knurrt »So ein Mist«, setzt seine Sonnenbrille auf und versucht es trotzdem.
Der Portier sagt wieder: »Mit Hund kommen Sie hier nicht rein.«
Der Mann sagt: »Das ist mein Blindenhund.«
»Ein Pekinese???«, fragt der Portier.
Darauf der Mann: »Was? Sie wollen doch wohl nicht behaupten, die hätten mir einen Pekinesen angedreht?«

Torkeln zwei Betrunkene am Abend nach Hause. Meint der eine: »Entschuldigung, ist das der Mond oder die Sonne?« Antwortet der andere: »Keine Ahnung, ich bin selbst fremd hier!«

Kurt hat wieder mal Krach mit seiner Frau. Wütend stürmt er in die nächste Kneipe und trinkt verzweifelt einen Schnaps nach dem anderen. Schließlich starrt er auf die leeren Gläser und meint: »Was mich dieses Weib wieder für ein Geld kostet!«

Treffen sich zwei Alkoholiker:
»Na, heute schon gefrühstückt?«
»Nee, noch keinen Tropfen.«

Frau Heinrich beugt sich im Restaurant entrüstet zu ihrem Mann hinüber: »Was sagst du zu dieser Schnecke in meinem Salat?« Er: »Was soll ich zu ihr sagen? Die versteht mich ja doch nicht!«

»Der Angeklagte zu seinem Rechtsanwalt ...«

RICHTER- UND ANWALTSWITZE

Der Nikolaus steht mit der Rute in der Hand drohend vor dem unartigen Peter. Bevor er jedoch etwas sagen kann, ruft Peter ganz aufgeregt:
»Schnell, Papi, ruf doch mal unseren Anwalt an ...!«

Richter: »Erkennen Sie in dem Angeklagten den Mann wieder, der Ihnen Ihr Auto gestohlen hat?«
Zögert der Zeuge: »Nach der Rede des Herrn Verteidigers bin ich mir nicht mehr sicher, ob ich überhaupt jemals ein Auto besessen habe ...«

Ein Anwalt gewinnt seinen Prozess und telegrafiert seinem Mandanten: »Die Gerechtigkeit hat gesiegt!«
Der Mandant telegrafiert zurück: »Sofort berufen!«

Ein großer Konzern sucht neue Arbeitskräfte. Nach den ersten Vorstellungsgesprächen bleiben nur noch drei Kandidaten übrig: Ein Mathematiker, ein Physiker und ein Jurist. Alle drei werden zu einem letzten Test eingeladen.
Als Erster bekommt der Mathematiker die Frage gestellt: »Was ist 1 + 1?«
Die Antwort des Mathematikers: »2«
Auch dem Physiker wird diese Frage gestellt. Seine Antwort: »Zwischen 1,999999 und 2,0000001 …«
Als Letzter wird der Jurist hereingebeten. Wieder die bekannte Frage: »Was ist 1 + 1?« Der Jurist schaut sich um, ob die Tür zu ist, und meint dann: »Meine Herren, … welches Ergebnis hätten Sie denn gern …?«

Der Richter zum Angeklagten: »Warum leugnen Sie noch? Sie sind von zehn Zeugen gesehen worden!« Der Angeklagte: »Was heißt das schon, Herr Vorsitzender. Ich kann Ihnen hundert bringen, die mich nicht gesehen haben!«

Ein Strafrichter ist Vater von Vierlingen geworden. Er stöhnt verzweifelt: »Ich glaube, ich werde das Verfahren einstellen müssen.«

Eine Mutter und ihr kleines Mädchen besuchen das Grab der Großmutter. Auf dem Weg vom Grab zurück zum Auto fragt das Mädchen plötzlich: »Mama, darf man zwei Personen im gleichen Grab begraben?«
»Nein, das darf man nicht«, antwortet die Mutter, »wie kommst du auf diese Idee?«
Da sagt das Mädchen: »Auf dem Grabstein dort steht: ›Hier liegt ein Anwalt und ehrlicher Mann‹.«

Der Anwalt liest den Verwandten den letzten Willen eines reichen Verstorbenen vor: »Und an Hubert, dem ich versprach, ihn in meinem Testament zu erwähnen, einen herzlichen Gruß: ›Hallo, Hubert, alter Knabe!‹«

Der Angeklagte zu seinem Rechtsanwalt:
»Wenn ich mit einem halben Jahr davonkomme, kriegen Sie 10 000 Euro von mir.«
Nach dem Prozess meint der Anwalt:
»Das war ein hartes Stück Arbeit, die wollten Sie doch glatt freisprechen.«

Richter zum Zeugen: »Waren Sie dabei, als der Streit der Eheleute begann?« – »Ja, ich war Trauzeuge!«

Ein Hund springt in eine Metzgerei und stiehlt
einen Braten. Glücklicherweise erkennt der Metzger,
dass der Hund einem Nachbarn gehört.
Der Metzger ruft den Anwalt an und sagt:
»Wenn dein Hund einen Braten aus meiner Metzgerei
stiehlt, bist du dann für die Kosten verantwortlich?«
Der Anwalt erwidert:
»Natürlich. Wie viel kostet das Fleisch?«
»30 Euro.«
Ein paar Tage später erhält der Metzger einen Scheck
über 30 Euro mit der Post.
Angeheftet ist eine Rechnung mit folgendem Text:
»Rechtsauskunft: 350 Euro.«

Ein Anwalt und ein Ingenieur treffen sich beim Segeln in der Karibik. Der Anwalt erzählt: »Ich bin hier, weil mein Haus abgebrannt ist. Das Feuer zerstörte alles. Aber meine Versicherung bezahlte – ja, es blieb sogar etwas übrig, so dass ich mir nun diesen Urlaub leisten kann.« »Das ist aber ein Zufall«, sagt darauf der Ingenieur, »ich bin hier, weil eine Überschwemmung mein Haus und all meine Sachen zerstörte. Auch meine Versicherung bezahlte so gut, dass ich mir nun den Urlaub leisten kann.« Der Anwalt ist nun verwirrt und fragt: »Wie haben Sie eine Überschwemmung gemacht?«

Ein Rechtsanwalt hat einen Mandanten in einem Skandalprozess erfolgreich verteidigt. Auf einer Party danach spricht ihn eine entrüstete Frau an: »Für Sie ist wohl kein Delikt zu gemein, zu abscheulich, zu unerhört, dass Sie nicht die Verteidigung übernehmen würden!«
»Kommt drauf an«, sagt der Anwalt, »was haben Sie denn ausgefressen?«

Mit seinem Anwalt geht der Mandant noch einmal die Abrechnung durch. »Nichts gegen die Spesen für das Mittagessen«, sagt er, »obwohl ich eigentlich dachte, Sie hätten mich eingeladen. Aber was soll denn das hier: Beratung beim Arbeitsessen – 50 Euro?«
»Erinnern Sie sich denn nicht mehr?«, will der Anwalt wissen, »da habe ich Ihnen doch zu der gebratenen Forelle mit Salzkartoffeln geraten.«

Zwei Männer treffen sich auf der Straße.
»Heute Morgen war es aber eisig kalt.«
»Wie kalt war es denn?«
»Ich weiß es nicht genau, aber ich habe einen Anwalt gesehen, der seine Hände in den eigenen Taschen hatte.«

Ein reicher Mann liegt auf dem Sterbebett.
Er möchte sein Vermögen mit ins Grab nehmen.
In seiner letzten Stunde lässt er seinen Arzt, seinen Anwalt und einen Pfarrer zu sich rufen. Jedem übergibt er 50 000 Euro und lässt sich versprechen, dass bei der Beerdigung alle drei das Geld in sein Grab legen.
Bei der Beerdigung treten nacheinander der Pfarrer, der Arzt und der Anwalt an das Grab und werfen einen Briefumschlag hinein.
Auf dem Nachhauseweg bricht der Pfarrer in Tränen aus: »Ich habe gesündigt. Ich muss gestehen, dass ich nur 40 000 Euro in den Umschlag gesteckt habe. 10 000 Euro habe ich für einen neuen Altar in unserer alten Kirche genommen.«
Darauf sagt der Arzt: »Ich muss zugeben, dass ich sogar nur 30 000 Euro ins Grab geworfen habe. Unsere Klinik braucht dringend neue Geräte, dafür habe ich 20 000 Euro abgezweigt.«
Der Anwalt erwidert: »Meine Herren, ich bin erschüttert! Selbstverständlich habe ich dem Verstorbenen über die volle Summe einen Scheck ins Grab gelegt.«

»In der Mathestunde ...«

SCHÜLER- UND LEHRERWITZE

Hanni wird in der Schule folgende Matheaufgabe gestellt: »Wie viel ist 4 mal 5?«
Hanni: »Hmmm? 19?«
Lehrerin: »Was hältst du denn von 20?«
Hanni: »Mann, ist das hier Matheunterricht oder 'ne Versteigerung?«

Während der Schulleiter sich in einer Klasse den Unterricht anschaut, wird er durch Geschrei in der Nachbarklasse gestört. Wütend läuft er hinüber, packt sich den größten Schreihals und nimmt ihn mit in die andere Klasse. Nebenan wird es auffallend still, bis es an der Tür klopft.
Ein Schüler tritt ein und fragt: »Können wir unseren Lehrer wiederhaben?«

Nach den Sommerferien ist bei der Lehrerin und ihren Zweitklässlern – die sie auch schon im Vorjahr in der ersten Klasse hatte – der Schulrat zu Gast. Sie schreibt einen Satz an die Tafel: »Die Wiese ist schön grün.«

Die Lehrerin: »Na, wer kann mir diesen Satz denn vorlesen?«

Da meldet sich Fritzchen aus der letzten Reihe. Der Lehrerin wird schon ganz Angst, da der Fritz zu den schlechteren Schülern gehört und im Vorjahr noch nicht recht lesen konnte. Aber was soll's.

Fritz liest vor: »Die Lehrerin hat einen knackigen Hintern.«

Die Lehrerin entsetzt: »Nicht doch, Fritz, hier steht: ›Die Wiese ist schön grün.‹«

Fritz dreht sich zur Seite und sagt empört zum Schulrat, der neben ihm sitzt: »Also wissen Sie! Wenn Sie schon nicht lesen können, dann sagen Sie mir wenigstens nix Falsches vor!«

Fragt die Lehrerin Mäxchen, wie groß wohl die Schule sei. Antwortet das Mäxchen: »1,20 Meter!«
Sagt die Lehrerin verwirrt: »Wieso 1,20 Meter, wie kommst du darauf?«
Erwidert Mäxchen: »Naja, ich bin 1,40 Meter groß, und die Schule steht mir bis zum Hals.«

Fragt der Lehrer den Neuen:
»Wie heißen denn deine Eltern?«
Der antwortet: »Mausi und Dicki!«

Der Biologielehrer fragt:
»Warum hat der Stier einen Ring durch die Nase?«
Antwort aus der letzten Bank:
»Wahrscheinlich ist er verheiratet.«

»Vati, Vati, ich war heute der Einzige, der sich im Biologieunterricht melden konnte!«
»Brav, mein Sohn, und was war die Frage?«
»Der Lehrer wollte wissen, wer zum Mikroskopieren Wanzen von zu Hause mitbringen kann …«

Paul erzählt in der Schule seinem Lehrer, er habe heute morgen vier tote Fliegen in der Wohnung gefunden – zwei männliche und zwei weibliche. Der Lehrer betrachtet ihn skeptisch und fragt: »Woher willst du denn wissen, dass es männliche und weibliche waren?«
»Na, zwei klebten am Schnapsglas und zwei am Spiegel …«

Fritz legt seinem Vater das Zeugnis vor. Ohne auf dessen Reaktion zu warten, sagt er gleich: »Mein Taschengeld reicht noch für 14 Tage, und das Fernsehprogramm interessiert mich sowieso nicht besonders!«

Larissa flüstert Jana im Unterricht zu:
»Die neue Lehrerin ist ja eine ganz schöne Ziege! Nicht wahr?«
Sagt die Lehrerin: »Larissa, halt den Mund, das weiß Jana bestimmt selbst!«

Sagt der Lehrer vor der Klasse zu seinen Schülern: »Man soll wenigstens ein Mal am Tag versuchen, einen Menschen glücklich zu machen. Hat einer von euch zum Beispiel gestern jemand glücklich gemacht?«
»Ja«, meldet sich einer, »ich war gestern bei meiner Oma, und sie war sehr glücklich, als ich wieder ging!«

Hansi ist total begeistert: »Morgen haben wir keine Schule. Unser Lehrer will verreisen.«
Fragt der Vater: »Wohin denn?«
Hansi: »Keine Ahnung. Er sagte nur: Schluss für heute. Morgen fahre ich fort.«

Im Biologieunterricht fragt der Lehrer seine Schüler:
»Wer sieht besser als der Mensch?«
»Der Adler.«
»Gut. Wer hört besser?«
»Die Katze.«
»Wer riecht besser?«
»Die Rose!«

Moritz wird nach der Unterrichtsstunde von Englischlehrer Huber ins Lehrerzimmer zitiert: »Gestern bist du zu spät gekommen, weil du angeblich den Bus verpasst hast. Vorgestern bist du mit deinem Fahrrad im Stau steckengeblieben. Nun bin ich aber gespannt, was für eine Ausrede du heute hast.« Moritz: »Also, heute bin ich zu Fuß gegangen und hatte sehr starken Gegenwind!«

Welche vier Worte werden in der
Schule am häufigsten gebraucht?
»Das weiß ich nicht!«
»Stimmt genau!«

Während eines Diktats: »Ich weiß nicht, wie man das Wort schreibt. Darf ich im Duden nachschlagen?«

Wie nennt man die klügsten Tiere?
Stud-Enten.

Thomas kommt aus der Schule nach Hause. Die Eltern fragen ihren Sohn nach dem Jahreszeugnis: »Das habe ich einem Freund mitgegeben, der will seine Eltern damit erschrecken.«

Der freche Julian ist in der Deutschstunde wieder einmal unangenehm aufgefallen. Die Lehrerin fordert ihn auf, nach dem Unterricht noch eine Stunde länger zu bleiben. Mault der Aufsässige: »Mir soll's egal sein, was die Leute von uns denken.«

In der Aula. Max steht in der Pause vor dem Automaten, wirft einige Münzen hinein und zieht eine Schokoladenwaffel nach der anderen heraus. Sein Freund Karl beobachtet das Spiel eine Weile, bis er Max anspricht: »Willst du nicht endlich aufhören, schließlich kannst du die Waffeln doch gar nicht alle essen!« »Stör mich nicht!«, zischt Max, »wo ich gerade so eine Glückssträhne habe!«

Lehrer: »Aus welchem Land kommst du?«
Schüler: »Tadschikistan.«
Lehrer: »Buchstabiere das mal für uns!«
Schüler: »Ich glaube, eigentlich bin ich in
Polen geboren …«

Der Lehrer erklärt etwas. Ruft ein Schüler: »Lauter!« Darauf der Lehrer: »Entschuldigung, ich wusste nicht, dass jemand zuhört!«

»Klaus, nenn mir einmal einen berühmten Dichter!«
»Achilles.«
»Aber Klaus! Achilles war doch kein Dichter!«
»Wieso, der ist doch wegen seiner Verse bekannt …«

Welcher Ast wächst nicht am Baum?
Ein Gymnasiast.

»Schon wieder habe ich im Lotto keine einzige Zahl richtig getippt«, ärgert sich der Vater.
»Mach dir nichts draus«, tröstet ihn seine Tochter, »mir ging's gestern in der Mathearbeit genauso!«

In der Mathestunde steht das Bruchrechnen auf dem Stundenplan. Der Lehrer möchte es an einem Beispiel deutlich machen und fragt: »Was erhalte ich, wenn ich eine Semmel in der Mitte teile?«
Jürgen antwortet: »Zwei halbe Semmeln.«
»Genau! Wenn ich eine halbe Semmel wiederum teile, was bekomme ich dann?«
»Zwei Viertelsemmeln.«
»Gut, weiter: Und wenn ich eine Viertelsemmel wieder in zwei gleiche Teile schneide? Kannst du mir das auch sagen, Jürgen?«
»Dann bekommen Sie Achtel!«
»Sehr gut, Jürgen, und was bekomme ich, wenn ich eine Achtelsemmel noch einmal teile?«
Jürgen: »Brösel, Herr Lehrer!«

Josef kommt von der Schule nach Hause, in der Hand das mit Zittern erwartete Zwischenzeugnis. Der Vater hat sich bereits halb aus dem Sessel erhoben, um das Papier entgegenzunehmen, als der Sohn sagt: »Papi, du kannst ruhig sitzen bleiben – ich bleibe auch sitzen!«

»Max, welche Tiere können nicht hören?«
»Die Tauben, Herr Lehrer!«

Als die Schulglocke endlich läutet, rennen die Schüler aus den Klassenzimmern. Fridolin, der Klassenbeste, hastet an Thomas und Matthias vorbei nach Hause. Die beiden Jungen spötteln über den Primus. »Warum macht Fridolin seit Schuljahresbeginn eigentlich einen Bogen um uns?«, fragt sich Thomas. Darauf Matthias: »Weil er von den Paukern ferngesteuert wird!«

Der Lehrer hat Peter eine saftige Strafarbeit aufgegeben. Zu Hause muss sich der Sohn vor seinem Vater rechtfertigen: »In der Schulstunde fragte mich der Lehrer, wo die Pyrenäen lägen. Das habe ich natürlich nicht gewusst!«
Der Vater kopfschüttelnd: »Mein Sohn, da muss ich dem Lehrer Recht geben. Pass das nächste Mal einfach besser auf, wo du deine Sachen hinlegst!«

»Was geschah 1749?«,
fragt die Lehrerin die Klasse.
Schüler: »Da wurde Goethe geboren.«
»Sehr richtig. Und was geschah 1759?«
»Da hatte Goethe seinen 10. Geburtstag.«

»Na, mein Sohn, wie klappt es denn in der Schule?«, will der Vater von seinem Filius wissen. Entgegnet der: »Alles klar! Im Fußball bin ich Stürmer, im Lernen bei der Abwehr!«

Der Lehrer fragt seine Klasse: »Wer weiß, wo Bordeaux liegt?«
Raphael ruft prompt: »In Papas Weinkeller!«

Was verstehst du unter dem Begriff »Gesichtspunkte?«
Sommersprossen.

In der ersten Klasse steht Rechnen auf dem Stundenplan. Lehrer: »Also nehmen wir an, ich lege hier drei Eier hin, nehme zwei wieder weg und lege dann wieder vier auf den Tisch. Wie viele Eier haben wir dann?«
Schüler: »Sie können wirklich Eier legen?«

Im Deutschunterricht. Der Lehrer schreibt an die Tafel: »Alle Fragewörter beginnen mit einem W.«
Fragt ein Schüler: »Echt?«

Mutter: »Warum hast du eine Sechs in Mathe?«
Sohn: »Weil es keine schlechtere Note gibt.«

Michael macht seine Hausaufgaben am liebsten in der Küche. Seiner Mutter berichtet er: »Ich lerne jetzt gleichzeitig Englisch, Latein und Algebra!«
Die Mutter stolz: »Das ist ja klasse, mein Junge. Was heißt beispielsweise ›Gute Nacht‹ auf Algebra?«

Die Lehrerin liest aus einem dicken Buch vor: »Die alte Frau ernährte sich und ihren Sohn durch Spinnen. Was fällt dir an diesem Satz auf, Rudi?«
»Dass der Junge Spinnen gegessen hat!«

Der Physiklehrer überrascht seine Klasse mit einer schwierigen Aufgabe: »Der Briefträger rennt 12 Kilometer die Stunde und der Dackel 16 Kilometer in der Stunde, die Entfernung beträgt 50 Meter. Meine Frage: Wann überholt der Dackel den Briefträger? Ihr sollt nun das Problem zeichnerisch lösen.«
Ein Schüler ratlos: »Ich kann aber keinen Dackel zeichnen …«

Am Anzug des Lehrers ist eine Naht am Ärmel geplatzt. Der vorwitzige Michi hat es entdeckt und platzt heraus: »Herr Lehrer, da guckt ja die ganze Weisheit aus ihrem Ärmel heraus!«
»Scharf beobachtet, mein Junge«, kontert der Lehrer, »die Weisheit guckt heraus – und die Dummheit hinein!«

In der Geschichtsstunde.
Lehrer zu dem nicht gerade hellen Franz:
»Was kannst du mir über Karl den Vierten erzählen?«
Franz verschlafen: »Er starb, und nach ihm kam Karl der Fünfte?!«

Der Sohn eines Theaterbesitzers kommt nach der ersten Schulstunde nach Hause. Sein Vater neugierig:
»Was für einen Platz hast du denn in der Klasse?«
»Drittes Parkett, rechts«, antwortet der ABC-Schütze.

Beim Betrachten von Erikas Bild bemerkt der Kunstlehrer: »Ich finde es gut, dass du dein Selbstporträt ohne Perspektive gezeichnet hast – ich meine, in der Kunst hast du auch keine!«

Im Hause Meier gibt es Nachwuchs: Zwillinge. Als die Mutter aus dem Krankenhaus nach Hause kommt, wird sie von ihrem Sprössling Tobias freudig begrüßt:
»Stell dir vor, ich habe der Lehrerin von einem neuen Schwesterchen erzählt und habe gleich zwei Stunden freibekommen.«
»Warum hast du denn nicht gesagt, dass es zwei sind?«, will die Mutter wissen. »Ich bin doch nicht dumm«, sagt Michael, »die andere heb ich mir für nächste Woche auf!«

Tom kommt ganz aufgeregt nach Hause:
»Stell dir vor, Mami, unser Lehrer weiß nicht einmal, was eine Kuh ist.«
Die Mutter lächelt: »Das kann doch gar nicht sein. Wie kommst du denn auf so eine Idee?«
Tom: »Na ja – ich habe heute im Kunstunterricht eine Kuh gemalt, und er hat gefragt, was das ist.«

Jan steht stumm wie ein Fisch vorne an der Tafel. Alle Antworten auf die Fragen des Lehrers sind wie weggewischt. Aufgebracht sagt der Lehrer:
»Geh mal schnell nach nebenan in die Apotheke und hole für zehn Cent Verstand.«
»Soll ich sagen, dass es für Sie ist?«, fragt Jan treuherzig.

Thomas, Eric und Richard stehen in einer Ecke vom Pausenhof. Der Direktor schlendert vorbei und fragt neugierig Thomas: »Was tust du denn da?«
Thomas verblüfft: »Ich? Äh, nix!«
»Und was tust du«, wendet sich der Direktor an Eric.
»Ich gucke zu!«, erwidert dieser keck.
»Und was tust du, wenn ich fragen darf?«, fragt der Direktor Richard, den Dritten im Bunde.
Richard: »Ich helfe den beiden!«

»Schämst du dich denn überhaupt nicht«, rügt der Lehrer den kleinen Timo, »so ungewaschen zur Schule zu kommen? Sofort gehst du wieder nach Hause.« Am nächsten Tag kam die ganze Klasse ungewaschen an.

Im Sportunterricht. Der Lehrer hat einen Parcours für das Zirkeltraining aufgebaut. Eine Übung nennt sich Radfahren. Kevin wird vom Lehrer ertappt: »He, Kevin, warum machst du denn nicht mit? Du könntest dich ruhig etwas mehr anstrengen!« Kevin trocken: »Sehen Sie denn nicht? Ich fahre gerade bergab!«

»Die Silbe ›un‹ am Anfang eines Wortes bedeutet selten etwas Positives«, erklärt der Lehrer seinen Schülern, »nennt mir solche Worte mit ›un‹.« Darauf die kleine Rosi: »Unterricht, Herr Lehrer!«

In der Geografiestunde fragt der Lehrer die Schüler: »Wenn ich im Schulhof ein tiefes Loch grabe, wo komme ich dann hin?«
Ein Schüler antwortet: »Ins Irrenhaus …«

Klassenlehrer Huber sagt zu seinen Schülern: »Seit den Sommerferien geht bei uns nun alles elektrisch.«
»Wie wahr«, tönt eine Stimme aus dem Hintergrund, »sogar die Noten versetzen einem einen Schlag!«

Im Deutschunterricht. Der Lehrer sagt zum Klassenkasper: »Markus, du solltest das Diktat doch zweimal abschreiben, weil Rechtschreibung eben nicht zu deinen stärksten Seiten zählt. Und jetzt sehe ich, du hast es nur einmal abgeschrieben. Warum?«
Markus: »Weil Mathematik auch nicht gerade zu meinen stärksten Seiten zählt!«

Im Biologieunterricht wird Karin vom Lehrer gefragt: »Wie nennt man ein Lebewesen, welches fähig ist, auf dem Wasser und auf dem Land zu leben?« Karin: »Matrose!«

Lehrer: »Ein altes Sprichwort besagt: Eigenlob stinkt!« Ein kleiner Aufschrei in der vorletzten Bank: »Herr Lehrer, der Horst muss sich gerade selbst gelobt haben …«

»Kennt ihr einen anderen Ausdruck für Staubgefäße?«, will der Biologielehrer von seinen Schützlingen wissen. Meldet sich der vorwitzige Thomas: »Mülleimer!«

Im Mathematikunterricht. Fragt der Lehrer: »Heiner, stell dir einmal vor, du hast 25 Oliven, und ich nehme dir 10 weg, was kommt dabei heraus?« Heiner: »Och, Sie würden mir damit einen großen Gefallen tun, ich mag nämlich keine Oliven!«

Klein Markus steht in einer Ecke des Wohnzimmers. Verwundert fragt ihn sein Vater: »Was machst du denn da, mein Junge?«
»Ich übe nur für die Schule!«

Was ist der Unterschied zwischen Autofelgen und Lehrern?
Autofelgen sind von Reifen umgeben, Lehrer von Unreifen.

Ein Deutschlehrer verliebt sich in eine Kollegin. Nachts im Park flüstert er: »Evelyn, liebst du mich?«
Sie: »Ja.«
Der Lehrer: »Schatz, antworte gefälligst mit einem vollständigen Satz!«

In der Deutschstunde pauken die Schüler Grammatik. Florian eifrig: »Ich komme nicht, du kommst nicht, er-sie-es kommt nicht, wir kommen nicht, ihr kommt nicht, sie kommen nicht …«
Nun fordert die Lehrerin Peter auf, das Gleiche noch einmal aufzusagen. Der macht es kurz:
»Kein Mensch kommt!«

Der Mathelehrer steht vor der Tafel, auf der die Funktionen f1(x) = 0 und f2(x) = 1/x geschrieben sind. Er erklärt: »Sie treffen sich im Unendlichen.« Darauf eine Schülerin: »Wie romantisch!«

Rudi hat den ersten Schultag hinter sich. »Na, wie gefällt dir deine Lehrerin?«, fragt die Mutter. »Tolle Frau!«, meint Rudi begeistert, »wenn der Altersunterschied nur nicht so groß wäre …!«

Der kleine Martin kommt stolz von der Schule heim. »Mama, heute habe ich den Lehrer vor einem bösen Streich gerettet. Die anderen hatten ihm einen Reißnagel auf den Stuhl gelegt.« »Und was hast du gemacht?« »Als er sich gerade draufsetzen wollte, habe ich ihm im letzten Moment den Stuhl weggezogen!«

Der Lehrer will von Josef wissen: »Wenn ein Stück Land ins Wasser hineinragt, dann ist das eine Landzunge. Was aber ist es, wenn der See ins Land hineinragt?« »Sicher eine Seezunge!«

»Wie nennt man einen Fußballer an der Uni? ...«

SPORTLERWITZE

»Treibst du Sport?«, wird Klaus gefragt. »Na klar«, sagt Klaus, »ich spiele Tennis, Fußball, gehe zum Boxen, reite und mache Leichtathletik.«
»Mensch, das ist ja enorm! Und wann machst du das alles?«
»Morgen fange ich damit an«, sagt Klaus.

»Mein Sohn will um jeden Preis Rennfahrer werden. Was soll ich nur tun?«
»Stellen Sie sich ihm bloß nicht in den Weg!«

Erdkundeunterricht an einer Schule in München.
»Wo liegt Bremen?«
»Zurzeit auf Platz fünf!«

»Der Weg von der Kabine zum Ring ist aber weit!«,
beschwert sich der Boxer.
»Das macht nichts«, tröstet ihn sein Trainer,
»zurück wirst du ja sowieso getragen ...«

Der Bundesligaprofi macht mit seinem Sohn Hausaufgaben.
Fragt der Junge: »Vati, warum hat die Giraffe denn so einen langen Hals?«
Der Vater: »Weiß ich nicht!«
Der Junge weiter: »Vati, warum ist die Erde rund?«
Der Vater wieder: »Weiß ich nicht!«
Der Sohn probiert es noch mal: »Vati, warum können Vögel fliegen?«
Der Kicker: »Keine Ahnung!«
Der Sohn: »Vati, dich stören doch hoffentlich meine Fragen nicht?«
Der Vater: »Ach was, mein Sohn. Du musst doch fragen, sonst lernst du ja nichts!«

»Haben Sie drei Sekunden Zeit?«, fragt ein Zuschauer
den Schiedsrichter nach Spielschluss. Dieser nickt
zustimmend. »Dann erzählen Sie mal alles,
was Sie über Fußball wissen!«

Was nennt man wahre Männerromantik?
Ein Fußballspiel bei Kerzenlicht!

»Wo kommst du her?«
»Vom Angeln.«
»Was hast du geangelt?«
»Hechte.«
»Wie viele hast du gefangen?«
»Keinen einzigen.«
»Woher weißt du denn dann,
dass du Hechte geangelt hast?«

Nach den Sommerferien fragt die Lehrerin den kleinen Moritz: »Na, mein Kleiner, was hast du denn Feines zum Geburtstag bekommen?«
Moritz: »Das Gleiche wie letztes Jahr: einen Tennisball, einen Fußball und einen Basketball.«
»Na, deine Eltern scheinen aber große Sportfans zu sein!«
»Nöö, eigentlich nicht! Aber mein Vater ist von Beruf Glaser!«

Wie nennt man Fußballer in der Uni?
Besucher!

Der kleine Ferdinand soll in der Schule einen Aufsatz über ein Fußballspiel schreiben, aber ihm fällt nichts ein. Dann kommt ihm endlich der rettende Einfall. Folgendes bringt er zu Papier: »Das Spiel musste leider ausfallen. Der Platz war nämlich wegen des anhaltenden Regens nicht bespielbar.«

Damenfußball im Fernsehen. Die Stürmerin dribbelt mit dem Ball geschickt auf das gegnerische Tor zu, wird aber kurz vor dem Strafraum zu Fall gebracht.
»Die Arme«, sagt einer der Zuschauer vor dem Gerät mitleidig.
»Schon, schon«, antwortet sein Kumpel genießerisch. »Aber erst die Beine!«

Susi fragt ihren Bruder Max: »Was macht ihr im Karatekurs?«
Max: »Wir zerschlagen mit der Handkante einen Ziegelstein.«
Susi: »Und wofür ist das gut?«
Max: »Wenn man einmal überfallen wird, kann man sich wehren.«
Susi: »Ist schon klar. Aber wann wird man schon von einem Ziegelstein überfallen?«

Zum ersten Mal kommen Vater und Sohn gemeinsam vom Fußballplatz heim.
Fragt die Mutter: »Na? Wie hat es euch gefallen?«
»Super«, ruft der Kleine begeistert aus, »es gab neun gelbe und zwei rote Karten, zwei Elfmeter, einen Beinbruch, eine Massenschlägerei in der Südkurve und kurz vor Spielende wurde noch der Schiedsrichter von einer Dose am Kopf getroffen!«

In der Pause nimmt sich der Boxtrainer seinen Schützling Paul vor.
»Hör mal zu, Paul!«, sagt er. »Wir müssen uns jetzt über eines klar werden. Was willst du eigentlich gewinnen? Den Meistertitel oder den Friedensnobelpreis?«

Auf der Wiese spielen zwei kleine Jungen Fußball. Beide haben die Zeit völlig vergessen.
Plötzlich ruft der eine: »Mensch, Rudi, wir müssen heim. Es ist schon nach sieben. Da werden meine Eltern wieder Stress machen.«
»Ach was«, sagt sein Kumpel. »Wir spielen noch eine Stunde weiter. Wenn wir dann heimkommen, umarmen sie uns, weil uns nichts passiert ist.«

Matthias kommt völlig erschöpft vom Fußballspielen heim.
»Du«, sagt die Mutter, »dein linkes Bein ist ja noch ganz schmutzig!«
»Verflixt«, sagt Matthias, »dann hab ich bei dem Gedränge in der Dusche ein falsches Bein gewaschen.«

Ein Angler gibt mächtig an: »Kürzlich habe ich in der Ostsee geangelt. Da habe ich einen Fisch gefangen. Ich sage dir, als ich ihn herausgezogen habe, ist der Wasserspiegel gesunken.«
»Da hast du sicherlich einen Wal gefangen?«, fragt der andere.
Der Angler lächelt mitleidig. »Wale? Die nehme ich immer als Köder.«

Auf einem Bolzplatz in einer Vorstadt. Ein kleiner Blondschopf spielt wie ein alter Profi und schießt ein Tor nach dem anderen. Ein Passant sieht sich das Ganze eine Weile an, dann sagt er zu dem Jungen:
»Also, du spielst wirklich klasse. Möchtest du einen Euro oder eine Tafel Schokolade?«
»Ach, da nehme ich gern die Schokolade. Ich möchte ja noch kein Profi werden …«

Interessiert schaut der kleine Junge dem Torwart beim Training zu. Um etwas Nettes zu sagen, fragt der Keeper in einer Pause:
»Na? Willst wohl auch mal Torwart werden?«
»Ich nicht, aber mein Bruder, der faule Heini!«

Der Pfarrer fragt am Sonntag in der Kirche:
»Weißt du eigentlich, was mit kleinen Jungen passiert, die sonntags nicht in die Kirche gehen und stattdessen lieber Fußball spielen?«, fragt der Pfarrer.
»Klar«, sagt Andi, »wenn sie groß sind, werden sie Profifußballer und verdienen Millionen!«

Es ist Hochsommer. Während die Frau des Bundesligaspielers ihre kleine Tochter ins Bett bringt, bricht ein wildes Gewitter los. Als sie das Licht ausschalten will, hört sie das Mädchen mit zitternder Stimme sagen:
»Mutti, schläfst du heute Abend bei mir?«
Die Mutter lächelt und streicht ihr beschützend über das Haar. »Ich kann nicht, mein Schatz. Ich muss bei Papa schlafen.«
Es bleibt einen Augenblick still, dann sagt die Kleine mit bebender Stimme: »Der alte Feigling.«

Der Quizmaster löchert den Kandidaten:
»Wer schoss 1974 bei der Weltmeisterschaft im Endspiel gegen Holland das 2:1 für Deutschland?«
»Gerd Müller.«
»Richtig! Wie viele Zuschauer waren da?«
»76 000.«
»Richtig! Wenn Sie jetzt noch die dritte Frage beantworten, gehören Ihnen die 10 000 Euro. Wie hießen die Zuschauer?«

Klein Felix steht mit Tränen in den Augen am Spielfeldrand und muss zusehen, wie die älteren Jungen Fußball spielen.
»Du armer Junge, lassen Sie dich nicht mitspielen?«, fragt eine vorbeikommende Mutter voller Mitleid.
Als der Kleine treuherzig den Kopf schüttelt, zitiert die Frau den Anführer der Bande zu sich und ermahnt ihn eindringlich, den Kleinen doch mitmachen zu lassen.
Wenig später kommt sie vom Einkaufen zurück und sieht, wie Felix erneut am Spielfeldrand steht, jetzt aber selig lächelnd.
»Du spielst ja immer noch nicht mit …«, sagt sie zornig.
»Doch«, freut sich der Junge. »Ich darf den Verletzten spielen!«

Beim Lokalderby sitzt ein kleiner Junge auf dem besten aller Ehrenplätze. Ein Ordner fragt ihn, ob er ganz alleine da sei. Der Kleine bejaht. Der Ordner fragt, wie er denn hierher käme. Der Kleine: »Mein Papi ist der Bürgermeister. Der ist noch zu Hause und sucht wohl verzweifelt die Eintrittskarte.«

»Kommst du mit ins Hallenbad?«, fragt einer den Hans.
»Darf ich nicht«, sagt Hans.
»Hab Hausverbot im Hallenbad.«
»Wie gibt's denn so was?«
»Ich habe ins Becken gepinkelt.«
»Das machen andere doch auch!«
»Schon. Aber nicht vom Zehnmeterturm.«

Wie heißt der Erfinder der Rasenheizung?
Ganz einfach: Hitzfeld …

Kommt ein Mann zu seinem Stammfriseur. Fragt der: »Wie hätten Sie es denn heute gern? Soll ich Ihren Lieblingsverein loben oder über ihn herziehen?«

Der Schwimmverein »Seepferdchen« hat sich noch nie mit Ruhm bekleckert.
»Wie habt ihr denn bei der letzten Meisterschaft abgeschnitten?«, wird der Präsident gefragt.
»Oh, es geht. Wenigstens ist keiner ertrunken.«

Bei einem wichtigen Entscheidungsspiel kämpfen zwei Fußballer verbissen um den Ball. Plötzlich fällt der eine zu Boden, hält sein Bein fest und verzieht vor Schmerzen das Gesicht. Der Schiedsrichter kommt zu ihm und fragt: »Wen soll ich rufen – die Rettung oder einen Kritiker?«

Der Fußballplatz steht nach einem Platzregen unter Wasser. Trotzdem soll das Spiel angepfiffen werden.
Meint der Kapitän zum anderen:
»Ihr habt Anstoß, dafür spielen wir mit der Strömung!«

Als Vater und Sohn zum ersten Mal zum Fußball-Länderspiel ins Stadion gehen, finden sie keinen Parkplatz. Sie kommen fast 30 Minuten zu spät zu ihren Plätzen.
Der Vater ist stinksauer, aber der Kleine tröstet ihn:
»Dann bleiben wir halt auch eine halbe Stunde länger, Vati!«

Lehrer: »Und, Uli, interessierst du dich für Fußball?«
Uli: »Ja, schon …«
Lehrer: »Und bist du auch Fan einer Mannschaft?«
Uli: »Ja, 1860 München!«
Lehrer: »Warum bist du denn ausgerechnet 60er-Fan?«
Uli: »Alle in meiner Familie sind 60er-Fans,
mein Vater, meine Mutter, meine Geschwister …«
Lehrer: »Aber das ist doch kein Grund, mein Junge!
Du musst doch irgendwann dein eigenes Leben leben,
einen eigenen Willen haben und dir deine eigene
Meinung bilden. Es ist nicht gut, immer nur deinen
Eltern und Geschwistern alles nachzumachen.
Stell dir mal vor, dein Vater wäre ein Gauner, deine
Mutter Betrügerin, deine Schwester Taschendiebin …«
Uli: »… dann wäre ich Bayern-Fan!«

»Hast du gehört, Black Tiger, der Boxer,
ist disqualifiziert worden!«
»Ja, warum denn das?«
»Wegen seines Aberglaubens. Er hat Hufeisen
als Maskottchen in seinem Handschuh versteckt.«

Warum fahren die meisten Fußballer BMW?
Weil sie das wenigstens buchstabieren können.

In sieben Meter Tiefe bemerkt ein Taucher einen anderen, der in der gleichen Tiefe ohne Taucherausrüstung unterwegs ist. Der Taucher geht sechs Meter tiefer, wenige Minuten später ist auch der andere da. Als der nach weiteren neun Metern wieder zur Stelle ist, nimmt der Taucher eine Tafel und schreibt mit wasserfester Kreide: »Wie schaffst du es eigentlich, in dieser Tiefe so lange ohne Taucherausrüstung zu bleiben?«
Der andere kritzelte mit letzter Kraft auf die Tafel:
»Ich ertrinke, du Trottel!«

Was ist der Unterschied zwischen einem Bankräuber und einem Bundesligaprofi?

Der Bankräuber sagt:
»Geld her, oder ich schieße!«
Der Fußballer sagt:
»Geld her, oder ich schieße nicht!«

Völlig verdreckt kommt der kleine Christoph vom Fußballplatz nach Hause. Schimpft ihn sein Vater: »Christoph, du bist doch ein Ferkel! Weißt du, was ein Ferkel ist?«
»Ja, Papi«, antwortet der Bub, »ein Ferkel ist das Kind von einem Schwein!«

Sagt ein Angestellter nach Dienstschluss zu einem Kollegen: »Mein neuer Ausgleichssport ist Bogenschießen.«
Kollege: »Toll. Ist wohl verdammt schwer, was?«
Angestellter: »Nein, wieso?«
Kollege: »Na ja, Geradeausschießen stelle ich mir schon schwierig genug vor …«

Der Vater geht mit seinem vierjährigen Sohn ins Fußballstadion. Beide haben nur einen Stehplatz bekommen. Damit der Kleine besser sieht, setzt ihn der Vater auf seine Schultern.
Anpfiff. Schon nach fünf Minuten ruft der Bengel: »Foul, Foul, Foul, gelbe Karte, rote Karte, raus mit dem Verbrecher!«
Weitere drei Minuten später: »Aaaaaabseits, ganz klar Abseits!«
Kurz drauf: »Elfmeter, ganz klarer Elfer! Schiri, du Blinder!«
Plötzlich nimmt der Vater seinen Filius von den Schultern und versohlt ihm kräftig den Allerwertesten.
Meint ein Zuschauer neben ihm: »Warum das denn, der Kleine versteht doch was vom Fußball.«
Antwortet der Vater sauer: »Ja, ja – Abseits, Foul und Elfer kann er rufen, aber wenn er Pippi muss, sagt er nichts!«

Zwei russische Multimillionäre sitzen auf der Ehrentribüne bei einem Spiel von zwei englischen Top-Fußballmannschaften. Zwischen den beiden entwickelt sich folgender Dialog:
Der erste: »Spielen die Mannschaften gut?«
Darauf der andere: »Die Blauen spielen gut!«
»Und die Roten?«
»Die auch.«
»Geben sie auch alle ihr Bestes?«
»Die Blauen geben ihr Bestes.«
»Und die Roten?«
»Die auch.«
»Wer wird wohl gewinnen?«
»Die Blauen haben eine gute Chance.«
»Und die Roten?«
»Die auch.«
»Sagen Sie: Warum reden Sie eigentlich immer nur von den Blauen?«
»Weil die mir gehören.«
»Und die Roten?«
»Die auch …«

Weshalb sind Fußball oder Eishockey
nur halb so spannend wie ein Krimi?
Weil man gleich weiß, wer geschossen hat!

Die kleine Tochter vom Torhüter des Tabellenletzten sitzt in der Badewanne:
»Mami, wo ist der Waschlappen?«
Mutter: »Na, wo wird er sein? Beim Training!«

An der Bushaltestelle verkürzt sich ein Fußballspieler die Wartezeit und übt Dribbelschritte.
»Kommen Sie, junger Mann«, sagt eine ältere Dame mitleidig zu ihm, »ich zeige Ihnen mal eben, wo die Toilette ist.«

Die Eltern schenken Philipp ein Rennrad mit allen Extras, und er probiert es sofort aus. Als er nach Hause kommt, sieht er ziemlich ramponiert aus.
»Ist was passiert?«, schreien alle.
»Überhaupt nichts«, sagt Philipp. »Ich bin nur mit dem Gesicht zuerst abgestiegen.«

Nach Ende des Fußballspiels sieht der Platzordner einen Jungen über den Zaun klettern.
Er brüllt: »Kannst du nicht da rausgehen, wo du reingekommen bist?«
Der Junge: »Tu ich doch! ...«

Anja nimmt Reitstunden. Heute darf sie zum ersten Mal über eine Hürde. Aber es klappt nicht so recht. Das Pferd bleibt nämlich vor dem Hindernis ruckartig stehen, und Anja segelt kopfüber auf die andere Seite. »Das war schon ganz prima«, lobt Anjas Bruder. »Beim nächsten Mal darfst du nur nicht vergessen, auch noch das Pferd mit hinüberzunehmen.«

Was macht ein Fußballer, wenn er sich mit beiden
Händen die Ohren zuhält?
Er versucht, einen Gedanken zu behalten.

Der Stürmer humpelt mit
schmerzverzerrtem Gesicht vom Fußballplatz.
Besorgt kommt ihm der Trainer
entgegen und fragt: »Schlimm verletzt?«
Der Stürmer: »Nein, mein Bein ist nur eingeschlafen!«

Treffen sich zwei Fußbälle.
Sagt der eine:
»Warum hüpfst du denn so komisch?«
Antwortet der andere:
»Ich habe mich zum Eckball umschulen lassen.«

Was ist der Unterschied zwischen einem Fußballer und einem Fußgänger?
Der Fußgänger geht bei grün, der Fußballer bei rot!

Gladbach – Bayern:
Gelbe Karte in der 42. Minute für Ziege wegen Meckerns …

Die 17-jährige Nadine bewirbt sich beim Manager der Eisrevue:
»Ich kann eine Acht laufen.«
»Aber das kann doch fast jeder.«
»In römischen Ziffern …«

Als sich Paulchen gerade ins Fußballstadion schleichen will, erwischt ihn sein Lehrer:
»So, mein Bürschchen, hab ich dich! Du kannst heute also nicht in die Schule kommen, weil du angeblich deinen Onkel im Krankenhaus besuchen musst, und stattdessen treffe ich dich hier!«
»Natürlich muss ich noch ins Krankenhaus, Herr Lehrer. Mein Onkel ist nämlich bei diesem Spiel der Schiedsrichter.«

Nach dem Urlaub kommt ein Mitarbeiter ins Büro.
Sagt der Kollege:
»Na, du schaust aber erholt aus. Ganz dicke Backen hast du bekommen. War denn die Verpflegung so gut?«
»Von wegen! Ich musste den Kindern immer den Fußball aufblasen.«

Wie kann man einen Fußballer nach einem Spiel zum Lachen bringen?
Indem man ihm vor dem Spiel einen Witz erzählt!

Fragt ein kleiner Junge seinen Vater:
»Papi, wann ist Beckenbauer geboren?«
»Weiß ich nicht.«
»Wie lange gibt es denn schon Fußball-Weltmeisterschaften?«
»Keine Ahnung!«
»Wie viele Länderspiele hat eigentlich Rudi Völler gemacht?«
»Mein Sohn, tut mir Leid ...«
»Also ehrlich, Vati – man kann dich an historischen Sachen fragen, was man will: Du weißt es nicht! Und du willst Geschichtslehrer sein!«

Warum schreibt man die Rochade
beim Schach als ›00‹ auf?
Weil sie den König an ein stilles Örtchen bringt!

Der Boxer in der Ringecke zu seinem Betreuer:
»Oje, heute trifft der Wetterbericht
aber zu – lauter Niederschläge!«

Bei den Organisatoren für die Fußball-WM ruft aufgeregt ein Mann an:
»Ich hätte bitte gern zwei Karten für das Endspiel!«
»Tut uns Leid. Das Endspiel und das Spiel um Platz drei sind bereits ausverkauft.«
»Gut, dann nehme ich zwei Karten für das Spiel um Platz zwei.«

Bei Heinemanns klingelt es an der Haustüre.
Frau Heinemann öffnet und ruft
zu ihrem Mann ins Wohnzimmer:
»Hermann, da ist ein Mann, der sammelt für den
neuen Fußballplatz – was soll ich ihm geben?«
Dessen Antwort:
»Meine alten Fußballschuhe!«

Michael Schumacher ist mit seinem Bruder gemeinsam in Indien. Sie übernachten in einem Zelt. Nachts wird Ralf durch laute Geräusche wach. Als er aus dem Zelt schaut, sieht er, dass sein Bruder ums Zelt rennt, verfolgt von einem Löwen. Nach ein paar Minuten schreit Ralf: »Schneller Michael, der Löwe holt dich gleich ein!« Darauf Schumi außer Atem: »Macht nix, ich habe drei Runden Vorsprung.«

»Hättest du nicht schneller im Ziel sein können?«, kritisiert der Trainer den Jockey, als er als Letzter ins Ziel reitet. »Sicher«, sagt der, »aber ich musste ja beim Pferd bleiben.«

Eine Fußballmannschaft fliegt zum Training nach Südeuropa. Aus Langeweile beginnen die Burschen, in der Maschine mit dem Leder zu spielen. Der Pilot kann die Maschine kaum noch halten und schickt den Funker nach hinten. Nach zwei Minuten ist absolute Ruhe.
»Wie hast du denn das gemacht?«
»Na ja«, meint er, »ich habe gesagt: Jungs, es ist schönes Wetter draußen, spielt doch vor der Tür!«

Während einem langweiligen Spiel klopft ein Zuschauer seinem Kumpel auf die Schulter: »Schau mal, der berühmte Schauspieler in der Ehrenloge schläft schon!«
»Und deswegen musst du mich wecken?«

Der Pfarrer predigt vor leeren Bänken.
Selbst der Organist und der Kirchendiener
haben ihn im Stich gelassen. Hilfe suchend
wendet sich der Pfarrer an die Kirchenmaus:
»Na, weißt du vielleicht, warum mich heute
meine Schäfchen sitzen gelassen haben?«
Die Maus zwinkert: »Na, ganz einfach,
Deutschland spielt gegen Italien!«

Warum spielen die Ostfriesen auf einem
kleineren Spielfeld?
Weil sie glauben, dass dann das Spiel kürzer ist.

Im Matheunterricht fragt der Lehrer Moritz:
»Es gibt Millimeter, Zentimeter, Meter, Dezimeter,
Quadratmeter. Was gibt es noch?«
Nach kurzem Überlegen antwortet Moritz strahlend:
»Elfmeter, Herr Lehrer!«

An einem eiskalten Wintertag sitzt ein Angler mit dicken Backen am See. Ein Spaziergänger kommt vorbei und fragt, ob er Zahnschmerzen hätte. »Nein, aber irgendwie muss ich die Würmer ja auftauen.«

Während eines Fußballspiels rutscht der Trainer nervös auf der Bank hin und her.
Plötzlich springt er auf und ruft seinen Spielern zu:
»Wieso kommt der Gegner so frei zum Schuss?«
Ein Spieler ruft genervt zurück:
»Ist doch ein Elfmeter.«

Zwei Angler sitzen stundenlang bewegungslos am Seeufer. Irgendwann schlägt der eine die Beine übereinander. Darauf der andere: »Was soll das denn? Ich denke, wir sind zum Angeln hier und nicht zum Tanzen …«

Max, der Boxer, sitzt in seiner Ecke und fragt den Trainer: »Was meinst du? Kann ich noch gewinnen?« »Aber klar«, antwortet der Trainer. »Wenn du weiter so wild in die Luft haust, bekommt er durch den Luftzug hundertprozentig eine Lungenentzündung.«

In die Siegesfeier des Fußballvereins platzt der Masseur mit der Nachricht: »Unser Mittelstürmer ist Vater von Zwillingen geworden.«
Der Mannschaftskapitän: »Da ist ihm ein schöner Doppelpass gelungen.«
In diesem Augenblick kommt der Trainer in die Kabine: »Aber vergessen wir nicht die exzellente Vorarbeit unseres Libero.«

Unterhalten sich drei Fußballerfrauen in einer schicken Kneipe.
Sagt die erste:
»Mein Mann hat mir ein Buch geschenkt, und ich kann doch gar nicht lesen!«
Ergänzt die zweite:
»Der Meine hat mir ein Schreibset geschenkt, und ich kann doch gar nicht schreiben!«
Seufzt die dritte:
»Und mein Mann hat mir einen Deoroller geschenkt, und ich habe gar keinen Führerschein!«

Fragt ein Spaziergänger den Angler: »Beißen sie?«
Der Angler: »Ja, aber nur, wenn ich beim Angeln gestört werde.«

Bei der Sommerolympiade ist die Disziplin Hammerwerfen an der Reihe. Ein Amerikaner, ein Russe und ein Deutscher treten gegeneinander an. Der Amerikaner konzentriert sich und wirft fast 85 Meter. Großer Jubel. Auf die Frage der Journalisten nach seiner Form: »Mein Vater war Holzfäller, mein Großvater war Holzfäller. Da hat man viel Kraft in den Armen, und die Arbeit im Wald bringt die entsprechende Ruhe.«
Der Russe. Konzentriert sich und wirft noch ein paar Zentimeter weiter. Wieder großer Jubel.
Die Journalisten »Woher nehmen Sie die unglaubliche Nervenstärke, nach dem Rekord des Amerikaners noch einmal derartig zu kontern?«
»Wissen Sie, mein Vater war Bergarbeiter, mein Großvater war Bergarbeiter. Das bringt eine enorme Kraft und Nervenstärke auch in schwierigen Situationen.«
Der deutsche Athlet geht in den Ring, dreht sich, schwingt harmonisch aus und wirft fast 90 Meter. Neuer Weltrekord. Der Jubel kennt keine Grenzen mehr. Schnell bildet sich um ihn ein Pulk aus Journalisten. »Ach, wissen Sie, das ist nicht so schwer. Mein Vater ist arbeitslos, mein Großvater war schon arbeitslos. Und mein Großvater sagte immer zu mir: Junge, wenn dir mal einer einen Hammer in die Hand drückt – dann schmeiß ihn, so weit du nur kannst.«

Was haben Autos von Opel und eine
Fußballmannschaft gemeinsam?
Alle 90 Minuten kann man drei Teile auswechseln.

»Nenn mir mal ein anderes Wort für
Kündigungsschreiben an einen Trainer!«
»Flaschenpost …«

Morgens in einem mittelständischen Betrieb.
Der Prokurist ruft an, er könne nicht kommen, da sein Auto über Nacht geklaut worden sei. Der nächste Anruf: Die Tochter des Sachbearbeiters habe hohes Fieber – auch er sei heute verhindert. Der Lagerarbeiter klagt über extreme Magenschmerzen, und der Pförtner hat sich das Bein verdreht.
Da sagt der Geschäftsführer zum Lehrling:
Na toll, wenn das so ist, gehen wir eben heute auch zum Fußball.«

»Mensch, Dieter! Mach die Glotze an!
Die übertragen Dortmund gegen Bremen!«
»Na, und? Die Partie hab ich doch
voriges Jahr erst gesehen!«

»Jetzt aber schnell mit euch unter die Dusche«, sagt der Trainer der Schülermannschaft nach dem Spiel. »So dreckig hab ich euch noch nie gesehen.«
»Können wir das nicht lassen?«, meint Florian, »das ist reine Wasserverschwendung. Übermorgen ist schon das Rückspiel.«

Wieder einmal hat die Fußballmannschaft 0:10 verloren. Brüllt der Trainer im Bus: »Ihr Flaschen, mit euch muss ich wohl wieder ganz von vorne anfangen!« Er hält den Ball hoch: »Also, das hier ist ein Ball«, sagt er und legt ihn wieder weg.
Meldet sich einer aus der letzten Reihe:
»Trainer, kann ich das Ding noch mal sehen?«

Jana erzählt ihrer Freundin: »Mein Opa ist 80 Jahre und joggt jeden Morgen drei Kilometer.«
Freundin: »Toll, und was macht er am Nachmittag?«
Jana: »Da macht er sich auf den Heimweg.«

Trainer nach dem Abstieg:
»Wir wollten ein Vorbild für alle Fans sein – wir schlagen niemanden mehr.«

Zwei Fußballfreunde unterhalten sich.
»Wie oft kannst du mit dem Ball jonglieren?«,
fragt der eine.
»Ungefähr 30 Mal.«
»Was, mehr schaffst du nicht?«
»Na ja, jedes Mal, wenn ich weitermachen will,
werde ich vom Angriff der gegnerischen
Mannschaft gestört.«

Der Startschuss ertönt.
Alle Motorräder donnern los, bis auf eins.
Fragt der Starter: »Weshalb fahren Sie denn nicht los?«
Da antwortet der Fahrer: »Wie denn? Sie haben mir in den Reifen geschossen!«

Elf Fußballer treffen sich auf dem Fundamt.
Fragt der Schalterbeamte: »Was wollt ihr denn?«
»Wir haben ein Spiel verloren!«
»Und wie sah es aus?«

Kommt ein Kunde ins Sportgeschäft:
»Ich habe schon so viel über das Wachsen von Skiern gehört. Wann, bitte, ist ein Ski erwachsen?«

Beim Skilaufen stoßen zwei Raser zusammen und verheddern sich. »Hilfe! Hilfe!«, ruft der eine, »ich habe kein Gefühl mehr im Bein!«
»Kunststück!«, schreit der andere. »Wenn du die ganze Zeit in mein Bein kneifst!«

Calmund will im neuen Jahr abnehmen. Nach ein paar Tagen schmeißt er aber die Diät wieder hin. Kommentar: »Ich denke nicht dran, vor Hunger zu sterben, nur um noch ein paar Jahre länger zu leben.«

Ein Spaziergänger fragt einen Angler:
»Hast du diese Fische alle selbst gefangen?«
Angler:
»Ehrlich gesagt, nein. Ich habe da immer einen kleinen Wurm, der hilft mir dabei.«

Das Töchterchen der Eiskunstläuferin kommt freudig mit dem Zeugnis nach Hause.
»Na, Kind, wie sieht es aus?«, fragt die Mutter.
»Du wirst Augen machen: Es ist sogar die Traumnote 6 dabei!«

»Raubüberfall im Studentenwohnheim ...«

STUDENTENWITZE

Die hübsche Studentin sagt zum Professor: »Glauben Sie mir, ich würde alles tun, um dieses Examen zu bestehen. Ich meine wirklich alles.«
Der Professor hakt nach: »Wirklich alles?«
Sie beugt sich zu ihm und blickt ihm tief in die Augen, wobei sie haucht: »Alles.«
Da fragt er im Flüsterton: »Würden Sie lernen?«

Student Sedlmeier sitzt vor dem Prüfungsausschuss der juristischen Fakultät: »Also Sedlmeier, wir fangen mal ganz einfach an. Definieren Sie mir mal den Begriff des Rechtsanwalts.«
Sedlmeier denkt sorgfältig nach: »Ein Rechtsanwalt ist eine Person, die das Vermögen eines anderen vor Feinden schützt, um es selbst zu erlangen.«

Der Professor fragt den Jurastudenten:
»Definieren Sie den Begriff Alimente.«
Kurzes Nachdenken: »Alimente – langjährige Haftung eines einzelnen für einen von zwei Personen begangenen Fehler.«

Ein Friseur, der einen völlig verwahrlosten und langhaarigen Studenten bedient hat, seufzt nach getaner Arbeit: »So, jetzt weiß man wieder, was vorn und was hinten ist.«

Vorlesung an der Uni. Der Professor:
»Die Erde wird in fünf Billionen Jahren völlig vereist und damit unbewohnbar sein!«
Ein entsetzter Schrei aus dem Auditorium:
»Wann?!?«
»In fünf Billionen Jahren!«
»Oh, Gott sei Dank, ich habe in fünf Milliarden Jahren verstanden!!!«

Ein Student telegrafiert nach Hause:
»Wo bleibt das Geld?«
Antwort vom Vater: »Hier …«

Vor der alles entscheidenden Semesterprüfung flattern Sonja die Nerven. Der Professor von der Prüfungskommission zu ihr: »Na, Fräulein Sonja, Sie werden doch keine Angst vor meinen Fragen haben?«

»Davor nicht«, meint Sonja, »wohl aber vor meinen Antworten!«

»Mami, morgen gehe ich nicht mehr in die Universität. Die Mädchen lachen über mich, und die Lehrer können mich auch nicht besonders leiden.«

Tröstet die Mutter. »Jammern hilft da auch nichts, mein Junge, du bist nun mal der Professor!«

Sagt der Arzt zum Studenten: »Tut mir Leid, Sie haben nur noch drei Wochen zu leben!«

»Ach du Schreck, wovon denn?«

Raubüberfall im Studentenwohnheim.

»Hände hoch! Ich suche Geld!«

»Moment ... wir suchen mit!«

Treffen sich drei Studenten und streiten sich, wer wohl der Faulste sei.
Sagt der erste: »Ich bin gestern durch die Stadt gelaufen, da lag ein 100-Euro-Schein vor mir, und ich war zu faul, ihn aufzuheben.«
Sagt der zweite: »Das ist ja noch nichts. Ich hab letzte Woche im Preisausschreiben einen 7er BMW gewonnen und war zu faul, ihn abzuholen!«
Lacht der dritte nur und sagt: »Ich war gestern im Kino und habe zwei Stunden lang nur geheult.«
Die anderen: »Was ist daran denn faul?«
Der dritte wieder: »Ich hab mir beim Hinsetzen einen Finger im Klappstuhl eingeklemmt und war zu faul aufzustehen ...«

In der City.
Ein Manager will mit seiner dicken Limousine rückwärts in eine Parklücke einparken. Ein Student in seiner Ente kommt ihm jedoch zuvor und drängelt sich in den Parkplatz. Der Student steigt aus und sagt zum wutentbrannten Manager:
»Schnell muss man sein ...«
Der Manager legt daraufhin den Rückwärtsgang ein und fährt mit einem Knall in die Ente, steigt aus und meint trocken: »Geld muss man haben!«

Ein Student, der im Examen durchgefallen ist,
schreibt eine SMS an seinen Bruder:
»Nicht bestanden. Bereite Vater vor.«
Der Bruder schreibt zurück:
»Vater vorbereitet. Bereite dich vor.«

Student: »Warum müssen wir immer
Ihrer Meinung sein?«
Professor: »Müssen Sie nicht, aber
meine ist die richtige …«

Ein Jurastudent und ein Publizistikstudent treffen sich.
Fragt der Jurastudent: »Du, wie viel Uhr ist es?«
Drauf der Publizistikstudent: »Dezember …«
»Oh, bitte keine Details.«
»Wintersemester!«

Die Medizinstudenten stehen vor dem Examen.
»Was müssen Sie zuallererst feststellen«, fragt der
Vorsitzende der Prüfungskommission einen Studenten,
»wenn Sie zu einem Kranken gerufen werden?«
Der Student überlegt nicht lange:
»Die Adresse, Herr Professor …«

Prüfer zum Prüfling:
»Mit dem, was Sie nicht wissen,
können noch zwei andere durchfallen!«

Eine Studentin zieht sich ihre Strickjacke
während einer Matheaufgabe aus.
Der Professor sagt darauf:
»Das war wohl eine heiße Aufgabe,
wir wollen doch mal sehen,
ob wir noch so eine finden.«

Im Hörsaal sind zwei Garderobenhaken
angebracht worden.
Darüber ein Schild: »Nur für Dozenten!«
Am nächsten Tag klebt ein Zettel drunter:
»Aber auch für Mäntel geeignet!«

Im Examen stellt der Professor die Frage:
»Wie viele Inseln gibt es im Ägäischen Meer,
und wie heißen sie?«
Die Antwort eines Studenten:
»Es gibt viele Inseln im Ägäischen Meer,
und ich heiße Jansen.«

»Ein Holzwurm kommt nach Hause ...«

TIERWITZE

Günther fragt den Bauern: »Wie alt ist denn diese Kuh?«
Darauf der Bauer: »Zwei Jahre. Das sieht man an den Hörnern!«
»Ach ja, natürlich, die hat ja auch erst zwei!«

Evi zu Susi: »Was hat dir der Tierarzt geraten, um dein Pferd zu kurieren?«
Susi: »Er gab mir ein halbes Pfund grünes Pulver und sagte, ich solle es in einen Bogen Papier einrollen, die Röhre dem Pferd ins Maul stecken und dann das Pulver in den Hals blasen.«
Evi: »Und wie geht's dem Pferd jetzt?«
Susi: »Oh, ganz prima.«
Evi: »Aber du siehst ziemlich schlecht aus.«
Susi: »Kein Wunder, das Vieh hat ja zuerst geblasen.«

Wie nennt man ein Schwein mit Ausweis?
Passau.

Ein Pumamännchen trifft in der Steppe auf eine reizende Pumadame. Seine vielseitigen Verführungskünste bleiben aber unbeachtet.
»Jetzt zier dich nicht so«, wird das Pumamännchen langsam ungeduldig, »wir stehen schon auf der Liste der vom Aussterben bedrohten Tiere, und du stellst dich so zickig an!«

Unterhaltung zweier Dinosaurier
vor 65 Millionen Jahren:
»Jetzt sterben wir aus«, seufzt der eine traurig.
»Macht nichts«, tröstet der andere, »wir werden ja in Überraschungseiern wiedergeboren.«

Frage an den Genetiker:
»Haben Sie schon einmal Fliegen mit Elefanten gekreuzt?«
Genetiker: »Nein, aber Heuschrecken mit Elefanten. War aber nicht so toll. Die Nachkommen konnten enorm weit springen – einmal!«

Der Wanderzirkus hat sein Quartier auf der
Dorfwiese aufgeschlagen.
Plötzlich stürzt der Direktor aufgeregt aus seinem
Wohnwagen: »Schnell, holt das Zebra rein,
es fängt an zu regnen!«

Wagners sind ausgegangen, der Hund ist
allein zu Hause. Das Telefon klingelt, er hebt ab
und meldet sich: »Wau!«
Der Anrufer erstaunt: »Wer ist da bitte?«
Darauf der Hund: »W wie Wilhelm, A wie Anton
und U wie Ulrich …«

Zwei Schweine gehen über den Hof und treffen
den Eber. Das eine Schwein grüßt nicht.
Fragt das andere: »Wieso hast du nicht gegrüßt?«
»Den grüßen? Der hat mich gestern zur Sau gemacht.«

Ein Holzwurm kommt freudestrahlend
nach Hause und verkündet unternehmungslustig:
»Nun zieht euch mal chic an. Heute gehen wir
groß aus und essen chinesisch. Im Antiquitätenladen
sind Möbel aus Peking eingetroffen.«

Sagt die Maus zum Elefanten:
»Elefant, komm mal raus aus dem Wasser!«
Der Elefant sagt:
»Nein, ich schwimme gerade so schön!«
»Bitte, Elefant!«
Dem Elefant wird es langsam zu blöd,
und er kommt raus.
Sagt die Maus:
»Gut, kannst wieder reingehen. Ich wollte nur sehen,
ob du meine Badehose anhast!«

Sagt die Kuh zum Polizisten:
»Mein Mann ist auch Bulle!«

Karlchen betrachtet mit seinem Vater intensiv
das Aquarium im Zoo. Als sie vor den Piranhas stehen,
sagt eine Piranhamutter zu ihren Kindern:
»Seht mal, das sind fischfressende Menschen!«

In der Zoohandlung: »Ich möchte den Papagei umtauschen. Er erzählt ständig unanständige Witze.«
»Das stört Sie, gnädige Frau?«
»Nein, aber ich kenne sie jetzt alle.«

Der größte Elefant im Berliner Zoo ist an Altersschwäche gestorben.
Sein Wärter ist ganz geknickt.
Schließlich sagt der Zoodirektor zu ihm:
»Hören Sie mal, das ist doch lächerlich, wegen eines Elefanten so ein Theater zu machen!
Wir kaufen doch einen neuen!«
»Ja!«, jammert der Wärter. »Und wer muss wieder wie letztes Mal das Grab ausschaufeln?«

»Warum willst du dich unbedingt scheiden lassen?«, stellt die Buchfinkendame ihre Nachbarin zur Rede.
Ein Schlucken, dann: »Mein Mann hat eine Meise.«

Ein Städter kommt in die Berge und fragt einen Bauern, der Kühe hütet, nach der Uhrzeit.
Darauf hebt der Bauer mit der Hand das Euter der Kuh und sagt: »Punkt zwölf.«
»Donnerwetter«, staunt der Städter Bauklötze, »an der Schwere des Euters können Sie genau feststellen, wie spät es ist?«
»Nein«, sagt der Bauer. »Wenn ich das Euter der Kuh anhebe, kann ich die Kirchturmuhr sehen.«

Das Kamelkind fragt den Kamelvater:
»Du, Papi, warum haben wir eigentlich
zwei Höcker auf dem Rücken?«
Darauf der Kamelvater: »Damit speichern
wir Nahrung, wenn wir durch die Wüste ziehen.«
Kamelkind: »Und warum haben wir so
lange Wimpern?«
Kamelvater: »Damit uns der Wind nicht den Sand in
die Augen bläst, wenn wir durch die Wüste ziehen.«
Kamelkind: »Und warum haben wir Hufe
anstelle von Füßen?«
Kamelvater: »Damit wir nicht im Sand einsinken,
wenn wir durch die Wüste ziehen.«
Kamelkind: »Und was machen wir dann im Zoo?«

Treffen sich zwei Schlangen in der Wüste,
fragt eine die andere: »Du, sind wir eigentlich giftig?«
Sagt die andere: »Weiß ich nicht, wieso?«
Darauf die erste wieder: »Ich habe mir gerade aus Versehen auf die Zunge gebissen!«

Stehen zwei Schafe auf der Wiese.
Sagt das eine: »Määäh!«
Sagt das andere: »Mäh doch selber!«

Das Häschen und sein Hasenmädchen sind in eine Treibjagd geraten. Noch dazu ist ihnen ein Fuchs auf den Fersen. Geschwind verkriechen sie sich in ihren Bau und kuscheln sich in die hinterste Ecke.
»Und nu??«, fragt das Hasenmädchen.
»Nu bleiben wir solange hier,
bis wir in der Überzahl sind.«

Im Park sitzt ein Mann auf der Bank und isst Butterbrote. Auf dem Ast über ihm unterhalten sich zwei Spatzen. »Warten wir noch drei Minuten.«
»Okay. Wenn er uns bis dann nichts abgibt,
wird er uns von einer anderen Seite kennen lernen!«

»Was macht dein kranker Goldfisch?«
»Danke, er ist schon wieder auf den Beinen!«

Eine ältere Dame kommt in eine Zoohandlung und schaut sich die vielen Tiere an. Vor dem Papageienkäfig bleibt sie stehen und fragt: »Na, du kleiner bunter Vogel, kannst du auch sprechen?«
Darauf der Papagei: »Na, du alte Krähe,
kannst du auch fliegen?«

Ein Bauer zum anderen: »Ihre Kühe weiden auf einer herrlich saftigen Wiese. Warum sind die jedoch völlig abgemagert?« Meint der andere Bauer verzweifelt: »Seit ich den Stier verkauft habe, fressen sie alle nur noch Vergissmeinnicht!«

Ein Weltreisender hat seinen Urlaub in Afrika verbracht und berichtet den staunenden Freunden: »Stellt euch vor, abends rauche ich vor dem Zelt eine Zigarre. Da steht doch plötzlich ein gewaltiger Panther vor mir und reißt sein Maul auf. Ich renne los. Der Panther hinter mir her. Ich renne um mein Leben. Der Panther kommt immer näher. Ich kann nicht mehr und ergebe mich schließlich meinem Schicksal. Da rutscht der Panther doch glatt aus und bricht sich das Genick!«
Einer der Freunde bewundernd: »Toll, also ich an deiner Stelle hätte vor Angst in die Hose gemacht!«
Sagt der Afrikareisende: »Auf was, glaubst du, ist der Panther ausgerutscht?«

»Mit Speck fängt man Mäuse«, sagt das Schwein und setzt sich auf das Mauseloch.

Ein Bauer zum anderen:
»Dein Hahn taugt nichts mehr für die Hennen.«
»Wie willst du das wissen?«
»Er ist mir leider vors Auto gerannt!«

Zwei Schnecken gehen im Wald spazieren. Fragt die eine: »Warum hast du eigentlich ein blaues Auge?«
Antwortet die andere: »Ich bin gestern durch den Wald gerast, und auf einmal schießt da so ein Pilz aus der Erde …«

Zwei Bauern am Stammtisch:
»Ich hab letzte Woche alle meine Tiere markieren müssen. Mit ’nem Ring im linken Ohr. Das war viel Arbeit, sag ich dir.«
»Kann ich mir denken, die ganzen Kühe, Schweine, Schafe …«
»Ja, aber das Schlimmste waren die Bienen.«

»Werner, rauchen deine Kühe?«
»Nein, Oskar.«
»Dann brennt dein Stall.«

Der kleine Löwe muss zum ersten Mal raus in die Manege. Ängstlich fragt er seinen Vater: »Papa, was sind denn das für Leute da draußen?« »Vor denen brauchst du wirklich keine Angst haben. Du siehst ja, die sitzen alle hinter Gitter!«

Bauer und Bäuerin gehen zum ersten Mal ins Kino. Im Saal ist es stockdunkel. Die Platzanweiserin kommt ihnen mit einer Taschenlampe entgegen. »Pass auf, Rosl!«, brüllt er. »Ein Fahrrad!«

Der Bauer kommt in seinen leeren Stall und findet nur noch ein Schild. Darauf steht kurz: »Schwein gehabt!«

Nach der Heuernte ist Brotzeit angesagt. »Endlich ist mal was Erfreuliches im Tagblatt«, sagt der Bauer. »Was denn?«, fragt der Knecht. »Hier – zwei Schinkenbrote und ein Apfel.«

Der Vater führt seinen Sohn in den Zoo: »Und das hier ist ein Jaguar.« »Rede kein Blech, Papa, der hat ja gar keine Räder!«

Die Bäuerin fragt ihren Mann:
»Wo hast du denn das blaue Auge her?«
Darauf der Bauer:
»Meine Kuh hat beim Melken mit dem Schwanz um sich gehauen, und um ihr das abzugewöhnen, habe ich ihr einen Ziegelstein an den Schwanz gebunden.«

Fragt der Farmer den neuen Schäfer: »Warum reden Sie denn beim Scheren der Schafe immer auf die Tiere ein?« Schäfer: »Das müssen Sie entschuldigen. Ich war früher Friseur.«

Die Bäuerin klagt: »Albert, du wirst mir den Hahn schlachten müssen.
Er ist in letzter Zeit immer so unlustig!«
»Glaubst du«, meint da der Bauer zweifelnd,
»dass er danach lustiger wird …?«

Zwei Pinguine im Zoo:
»Sag mal, ist das nicht der Wärter, der uns sonst immer am Mittwoch füttert?«
»Keine Ahnung, die sehen doch alle gleich aus.«

Tourist: »Gibt es einen ungefährlichen Weg
zum Berggipfel hinauf?«
Bauer: »Gehen Sie einfach den Kuhfladen nach. Wo die
Rindviecher gehen, kann Ihnen auch nichts passieren.«

Zwei Kühe sägen Holz. Plötzlich fliegt ein Pferd
über sie hinweg, dann noch zwei und dann wieder eins.
»Hier muss irgendwo ein Nest sein«,
meint die eine Kuh.
Darauf die andere: »Nein, die fliegen nach Süden,
das sind Zugpferde …«

Ein Adler stürzt vom Himmel und verschlingt
eine Feldmaus am Stück. Die krabbelt bis zum
Ende durch und fragt: »Wie hoch fliegen wir?«
Der Adler: »Ungefähr 1 000 Meter.«
»So hoch? Mach bloß keinen Mist.«

»Ich habe meinen Hund selbst erzogen«, erklärt
Herr Brummer. »Er sollte bellen, wenn er fressen will.
Hundertmal habe ich es ihm vorgemacht.«
»Und bellt er jetzt, wenn er Hunger hat?«
»Nein, aber er frisst nur, wenn ich belle!«

Drei Schildkröten wollen zu einer Quelle kriechen, denn sie haben großen Durst. Sie laufen ein Jahr, zwei Jahre, drei Jahre, und endlich kommen sie an. Gierig wollen die ersten beiden Schildkröten aus der Quelle Wasser trinken, da merkt doch die dritte, dass sie ihre Trinkbecher vergessen haben.

»Ach, das ist doch egal!«, sagt die erste Schildkröte.

»Ich habe schrecklich großen Durst!«, klagt die zweite Schildkröte.

»Nein, nein«, sagt die dritte Schildkröte, »also ohne Trinkbecher, das geht doch nicht! Wo bleiben denn eure Manieren! Passt auf, ihr wartet hier und ich gehe zurück und hole unsere Trinkbecher!«

Die anderen müssen sich wohl oder übel darauf einlassen, setzen sich auf einen Stein und warten.

Sie warten ein Jahr, zwei Jahre, drei Jahre …

Da hält es die eine Schildkröte nicht mehr aus und sagt zur anderen Schildkröte: »Also mir ist jetzt alles egal, ich muss jetzt etwas trinken!«

Sie geht zur Quelle, und gerade, als sie einen Schluck nehmen will, kommt die dritte Schildkröte aus einem Busch und sagt: »Also wenn ihr schummelt, gehe ich gar nicht erst los …«

Welches Tier denkt nicht an morgen? – Die Eintagsfliege.

Sagt Häschen zum Fuchs: »Kannst du Judo?«
Fuchs: »Nein«
Häschen: »Oder Karate?«
Fuchs: »Auch nicht.«
Häschen ballt die Fäuste und sagt:
»Ok, dann her mit dem Geld!«

Zwei Kumpel sitzen in einer Kneipe. Sagt Horst zu Ludwig: »Deine Roswitha ist aber sehr tierlieb. Was die alles für ihren Dackel tut.«
Erwidert Ludwig: »Na, du hättest mal erleben sollen, was die alles für ihren Nerz getan hat.«

Erzählt ein Bauer: »Ich habe meine Hühner aus Versehen mit Sägemehl gefüttert.
Gestern sind die Küken ausgeschlüpft.
Neun mit Holzbein, das zehnte ist ein Specht!«

Erzählt die kleine Schildkröte: »Ich arbeite in der Küche eines vornehmen Restaurants.«
»Du spinnst doch«, lacht die Maus.
»Doch«, erwidert die Schildkröte, »dort wird mein Badewasser als Suppe serviert.«

»Ein Tourist kommt in eine Taverne ...«

URLAUBSWITZE

Während einer Schiffsreise in die Karibik wird ein Passagier auf hoher See plötzlich seekrank. Als der Steward ihm etwas zu essen bringen will, winkt er dankend ab und meint: »Ich verabscheue Umwege. Servieren Sie lieber alles gleich den Fischen!«

Ein Fluggast steht beim Check-in-Schalter und fragt die Angestellte: »Ist es möglich, dass ich nach Hamburg fliege, der große Koffer nach New York und die Reisetasche nach Sidney?« Die Angestellte erwidert irritiert, dass das nicht möglich sei. Darauf der Fluggast erleichtert: »Dann ist es ja gut, denn letztes Mal hat Ihre Fluggesellschaft das noch hinbekommen ...«

»Hast du schon Pläne für deine Ferien gemacht?«
»Brauche ich nicht: Meine Frau bestimmt, wohin, mein Chef bestimmt, wann, und meine Bank rechnet aus, wie lange!«

Kommt ein Tourist in einen einsamen Berggasthof und fragt den Kellner: »Sagen Sie, gibt es bei Ihnen Rabatt, wenn ich vier Wochen bleibe?«
»Moment«, sagt der Kellner. »Da muss ich erst den Chef fragen. So lange ist bei uns noch nie jemand geblieben.«

Ein Kollege fragt Reinhold: »Na, wie war es im Urlaub?«
Reinhold: »Genau wie im Büro. Ich saß herum, tat nichts und wartete auf das Mittagessen.«

»Stellen Sie sich vor, in dem alten Gasthof habe ich in einem Bett geschlafen, in dem schon Napoleon, Kaiser Franz I und der Alte Fritz schliefen.«
»Du liebe Zeit! War das denn nicht furchtbar eng, so zu viert in einem Bett?«

Zwei Männer prahlen in einer kanadischen Bar mit ihren Erlebnissen. »Ich war doch gestern an den Niagara-Fällen. Und stell dir vor, da ist doch tatsächlich einer den Wasserfall hinaufgeschwommen!« Lächelt der andere gelassen: »Ja, stimmt, das war ich!«

Haushohe Wellen überrollen das Deck des Luxusdampfers. Das Schiff schaukelt gewaltig. Die Passagiere werden in ihren Kabinen mächtig durcheinander gewirbelt. Mit letzter Kraft sucht Hilde Halt und stöhnt: »Und das soll der Stille Ozean sein?«

Jürgen macht Urlaub im Allgäu.
Nach drei Tagen Dauerregen fragt er die Pensionswirtin: »Sagen Sie, regnet es hier eigentlich immer?«
»Nein. Im Winter schneit's.«

Maiers sind beim Zelten und ärgern sich die ganze Zeit über die lästigen Stechmücken. Als es dunkel wird, kommen ein paar Glühwürmchen angeflogen. »Bloß weg!«, sagt Maier. »Jetzt suchen uns die Biester schon mit Taschenlampen!«

Zwei Freunde unterhalten sich:
»Wo warst du denn dieses Jahr im Urlaub?«
»Drei Tage in der Gletscherspalte. Vierzehn Tage im Krankenhaus.«

Ein Tourist kommt in eine Taverne in Sumatra und trifft dort einen echten Piraten mit Holzbein, Haken statt Hand und Augenklappe. Fasziniert geht er auf den Piraten zu und sagt: »Wahnsinn, einen echten Piraten habe ich noch nie gesehen. Sie haben ja alles, vom Holzbein über den Haken bis zur Augenklappe. Verraten Sie mir vielleicht, wie das alles passiert ist?«
Pirat: »Dann hör mal gut zu, Tourist! Mein Bein verlor ich durch eine Kanonenkugel, und meine Hand habe ich beim Entern verloren.«
Tourist: »Ja … interessant. Und was ist mit Ihrem Auge passiert?«
Pirat: »Da ist mir 'ne Fliege reingeflogen!«
Tourist: »Ja, aber davon verliert man doch nicht gleich ein Auge?!«
Pirat: »Naja, ich hatte den Haken erst einen Tag …«

Wandern zwei durch die Wüste. Meint der eine plötzlich: »Bleib doch mal stehen, ich hab Sand im Schuh!«

»Ist das auch wirklich der Schädel von Kleopatra?«, fragt der Tourist den Antiquitätenhändler.
»Aber gewiss doch«, versichert der.
»Und der kleinere da?«
»Der ist von Kleopatra, als sie noch ein Kind war.«

In einem bayerischen Bergdorf fragt ein Tourist einen Einheimischen:
»Warum läuten denn hier andauernd die Glocken?«
»Weil jemand daran zieht …«

Der englische Lord führt eine Gruppe Touristen durch sein Schloss. Einer der Besucher hat eine außerordentliche Ähnlichkeit mit dem Lord. »War Ihre Mutter vielleicht einmal Stubenmädchen bei uns?«, fragt der Adelige herablassend.
»Nein«, erwidert der Besucher, »aber mein Vater hat vorübergehend als Gärtner im Schloss gearbeitet.«

Ein Ehepaar im Reisebüro: »Wir suchen einen hübschen kleinen Ferienort in Spanien, möglichst in der Nähe unseres Gepäcks!«

Ein Mann fragt im Reisebüro: »Können Sie mir einen unbekannten, schneesicheren Urlaubsort empfehlen?«
Darauf antwortet die Dame: »Tut mir Leid, die unbekannten Reiseziele sind alle ausgebucht!«

»Wo waren Sie im Urlaub?«
»Auf Teneriffa.«
»Wo liegt das?«
»Keine Ahnung, wir sind hingeflogen.«

Friedrich erzählt seinem Nachbarn:
»In meinem Hotel fühlte ich mich wie zu Hause.«
Der Nachbar antwortet:
»Ach, du Ärmster. Manchmal hat man eben viel Pech im Urlaub!«

Steffi fragt im Urlaub an der Südsee einen Jungen am Strand: »Gibt es hier Haie?«
»Neee«, sagt der Junge, scheint sich aber nicht sicher zu sein. Steffi springt trotzdem ins Wasser. Nach einer Weile fragt sie, ob es denn hier wirklich keine Haie gebe. »Nein«, sagt der Junge, »die haben Angst vor den Krokodilen aus dem Fluss dort drüben!«

Der Seniorenclub macht mit dem Bus einen Ausflug in die Berge. Nach einer Weile kommt eine alte Dame nach vorne zum Busfahrer und fragt: »Wollen Sie ein paar Nüsse haben?« Der bedankt sich und greift zu. Ein paar Minuten später kommt sie wieder: »Wollen Sie noch ein paar Nüsse haben?« Das geht ein paar Mal so, bis der Busfahrer schließlich fragt: »Sagen Sie mal, wo haben Sie denn die ganzen Nüsse her?« Daraufhin die alte Dame: »Ach, wissen Sie, wir sitzen ganz hinten und essen Pralinen, aber die Nüsse sind uns zu hart.«

»Ist wenigstens die Bettwäsche sauber?«, fragt der Feriengast, nachdem er vom Hotel nicht sonderlich begeistert ist.
»Aber selbstverständlich«, antwortet der Portier. »Ihre Vorgänger haben jeden Tag im Pool gebadet.«

Obwohl es sehr kalt ist, liegt ein Mann am Strand und klappert mit den Zähnen.
»Warum tun Sie das?«, fragt ein Spaziergänger.
»Ach, ich habe mir geschworen, im Urlaub Farbe zu bekommen – und wenn es blau ist!«

Lara und Tom fahren in die Ferien zur Oma. Als sie zum Bahnhof kommen, merken sie, dass der Zug schon fort ist.
»Wenn du nicht so gebummelt hättest«, schimpft Tom, »dann hätten wir den Zug noch erwischt.«
»Und wenn du nicht wie ein Wahnsinniger gerannt wärst«, kontert Lara, »dann müssten wir jetzt nicht so lange auf den nächsten Zug warten.«

Herr Schmidt fragt seinen Kollegen Meier:
»Sie sehen gar nicht gut aus, Herr Meier.
Waren Sie krank?«
Meier: »Nein, mit der Familie in Urlaub!«

Das Ehepaar hatte beschlossen, seinen zehnten Hochzeitstag mit einer zweiten Hochzeitsreise zu krönen. Die Kinder sollten indessen bei den Großeltern bleiben. Aber der achtjährige Markus konnte nicht verstehen, warum er nicht mitkommen durfte. »Wenn das eure zweite Hochzeitsreise ist«, erklärte er seiner Mutter, »müsstet ihr uns doch gerade mitnehmen – als Erfolgsmeldung!«

»Wünscht der Herr noch etwas?«, fragt der Hotelpage, nachdem er dem Paar das Zimmer geöffnet hat.

»Nein, danke.«

»Und für die Frau Gemahlin?«

»Oh, das hätte ich beinahe vergessen«, antwortet der Herr, »bringen Sie mir bitte eine Ansichtskarte!«

Markus kommt atemlos in die Drogerie gerannt und berichtet: »Mein Bruder hat in einem Wespennest gestochert. Und jetzt rasen diese Biester mit hundert Sachen hinter ihm her.«

»Aha«, sagt der Drogist. »Da brauchst du dann essigsaure Tonerde.«

»Nö«, sagt Markus. »Einen hochempfindlichen Kleinbildfarbfilm.«

Ein Hotel am Meer sucht einen neuen Werbechef. Als sich ein Bewerber meldet, führt ihn der Direktor ans Fenster und fragt: »Sehen Sie das herrliche blaue Meer, die Sonne und …«

Der Bewerber unterbricht: »Ich sehe von hier aus weder Meer noch Sonne, denn es regnet in Strömen.«

Da meint der Direktor bedauernd: »Sie sind kein Werbefachmann!«

»Siehst du die Gletscherspalte da drüben?
Da ist vor einer Woche mein Bergführer reingefallen.«
»Was, und das sagst du so ganz emotionslos?«
»Na ja, er war schon ziemlich alt, und es fehlten auch
schon ein paar Seiten!«

Die Schiffbrüchigen sitzen schon seit
Wochen auf einer einsamen Insel im Pazifik
und warten auf Rettung. Eines Tages blättert
der eine im Kalender:
»Na, endlich mal eine kleine Abwechslung.«
»Wieso denn?«
»In drei Tagen ist Weihnachten!«

»Hatten Sie in Ihrem Urlaub die erhoffte Ruhe?«
»Ja, aber erst in der zweiten Woche, als meine Frau
einen Sonnenbrand auf der Zunge hatte!«

»Das ist ein total langweiliges Dorf«,
schimpft der Feriengast,
»hier ist überhaupt nichts los!«
»Erlauben Sie mal«, entrüstet sich die Wirtin,
»nächste Woche haben wir eine Mondfinsternis!«

Zwei Österreicher, die nach München gezogen sind, haben es satt, anhand ihres Dialektes stets als Österreicher erkannt zu werden. Daher belegen beide einen Sprachkurs »Deutsch für Ausländer«.
Als sie nach vier Jahren endlich ihren Abschluss in der Tasche haben, möchten sie ausprobieren, ob man sie immer noch erkennt.
Sie gehen in das nächste Geschäft, und einer der beiden sagt in absolut akzentfreiem Hochdeutsch:
»Guten Tag, ich hätte gerne ein Brötchen!«
Da lacht die Verkäuferin und sagt:
»Sie sind Österreicher – stimmt's?!«
Enttäuscht und verblüfft fragen die beiden, woran die Verkäuferin das bemerkt hatte:
»Ganz einfach – wir sind ein Schuhgeschäft!«

Der Bürgermeister eines berühmten kleinen Urlaubsortes in den Alpen feiert seinen 65. Geburtstag. Die Blasmusik marschiert vors Rathaus und bringt ein Ständchen.
»Warum lässt sich denn der Gefeierte nicht sehen?«, fragt überrascht ein Feriengast.
»Der müsste jetzt auf den Balkon treten!«
»Das kann er doch nicht«, sagt man ihm.
»Der muss ja in der Kapelle Trompete spielen!«

»Nein, mein Mann hat zu viel Angst vorm Skifahren«, sagte eine Hausfrau, die ihrem in den Wintersport fahrenden Gatten nachwinkte. »Er fährt nur, um sich ein paar Tage nicht rasieren zu müssen!«

Sagte Müller zu seiner Frau:
»Wir brauchen dieses Jahr nicht an die See zu fahren, wir haben zu Hause auch alles.«
»Wieso?«
»Na ja, in meinem Portemonnaie ist Ebbe, und im Schreibtisch habe ich eine Flut von Rechnungen!«

Nachts hebt der Tourist wütend sein Zimmertelefon ab und brüllt den Portier an: »Sorgen Sie gefälligst für Ruhe! Bei diesem Lärm kann man unmöglich schlafen!«
»Selbstverständlich«, flüstert der Portier. »Ich werde der Feuerwehr sagen, dass sie leiser sein soll beim Löschen!«

»Ich habe mich im Urlaub dreimal täglich eingeölt.«
»Hatten Sie so viel Sonne?«
»Nein, der Regen lief dann besser ab!«

Das Ehepaar will mit dem Auto in Winterurlaub fahren. Erinnert ein neugieriger Nachbar die Reisenden: »Denkt bitte daran, dass noch alle Schweizer Pässe gesperrt sind.« Das Ehepaar zuckt mit den Schultern: »Das macht doch nichts – wir haben ja deutsche!«

»Kinder, jetzt seid mal ganz lieb und verratet mir endlich, wo ihr den Papi vergraben habt!«
»Nein, das sagen wir nicht, weil du dann unsere schöne Sandburg kaputtmachst!«

»Hören Sie mal«, sagt der Fremde zum Einheimischen. »Ich will zwar nicht sagen, dass euer Dorf ein Kaff ist, aber viel fehlt da nicht mehr. Überall liegen Steine herum und Dosen und Papier.«
»Ja«, antwortet der Einheimische und kratzt sich am Kopf. »Das kommt vom Wildbach. Der schleppt das alles her.«
»Wildbach?«, meint der Fremde. »Ich höre immer Wildbach. Wo ist denn da überhaupt ein Wildbach?«
»Der Wildbach?«, antwortet der Einheimische. »Ach so. Der wird jetzt vielleicht oben am Berg sein, neue Steine und Dosen holen!«

»Warum gibt es eigentlich Fahrpläne, wenn die Züge dauernd Verspätung haben!«, beschimpft Uli einen Zugschaffner.
»Sonst wüsste man ja nicht, dass die Züge Verspätung haben!«, bekommt er zur Antwort.

Ferien auf dem Bauernhof. Nachts wacht Emil auf, zieht seine Schuhe an und geht nach draußen. Als er nach einer Weile mit nassen Schuhen wiederkommt, fragt seine Frau: »Regnet es?«
»Nein, aber es ist furchtbar windig!«

Horst hat im Schwarzwald eine Kuckucksuhr gekauft. Nach einigen Wochen muss er sie zum Uhrmacher zurückbringen.
»Was fehlt? Klemmt der Kuckuck?«
»Nein, ganz und gar nicht. Ständig kommt er raus und fragt, wie spät es ist!«

»Wie war es am Königssee?«
»Schön, aber viel zu kurz. Wir konnten nur ›Hallo‹ rufen und mussten schon wieder weiter, ehe das Echo zurück war!«

»Die Cowboys sitzen in einer Bar ...«

WESTERNWITZE

Schauen zwei Blondinen einen Cowboyfilm an, in dem ein Cowboy auf ein riesiges Kakteenfeld zureitet:
»Ich wette mit dir um zehn Euro, dass der da durchreitet!«, sagt die eine.
»Ich wette, der reitet da nicht durch!«, sagt die andere.
Der Cowboy reitet durch. Sagt die erste: »Schon gut! Kannst deine Kohle behalten! Ich hab den Film schon mal gesehen!«
Sagt die zweite: »Ich auch! Aber ich hätte nicht gedacht, dass der noch mal durchreitet!«

Im Westernsaloon spielt der einäugige Luke Piano.
Plötzlich beginnt eine Schießerei.
Eine verirrte Kugel trifft Lukes heiles Auge.
Er: »Bravo Jungs. Immer erst auf die Lampen!«

Ein Indianer bittet eine Bank um ein Darlehen von 200 Dollar. Der Bankdirektor verlangt Sicherheiten.
»Ich habe 150 Pferde«, sagt der Indianer.
Er bekommt das Geld.
Nach einem Monat kommt er mit 2 200 Dollar in der Hand wieder und bezahlt die Schuld. Der Bankier fragt, ob er seine 2 000 Dollar nicht lieber bei der Bank deponieren will. Der Indianer sieht sein Gegenüber misstrauisch an und fragt zurück: »Wie viele Pferde haben Sie denn?«

Kommt ein Cowboy in einen Saloon und wundert sich:
»Warum habt ihr hier überall Sägespäne gestreut?«
»Das sind keine Sägespäne. Das sind die
Möbel von gestern Abend!«

Ein Cowboy kommt in die Bar eines kleinen texanischen Städtchens und ruft: »Ich bin heute schlecht gelaunt, Leute! Wenn mich hier einer ärgert, breche ich ihm sämtliche Knochen!«
Da erhebt sich ein anderer Cowboy, ein wahrer Riese mit ungeheuren Muskeln, und fragt: »Was willst du machen?«
»Das, was ich gesagt habe: Wenn uns hier einer ärgert, dann brechen wir ihm sämtliche Knochen!«

Der Cowboy Lucky Jack ist in der Stadt beim Zahnarzt gewesen und hat keinen einzigen Zahn mehr im Mund.
»Hör mal«, wird er gefragt. »Du wolltest dir doch nur einen Zahn reißen lassen!«
»Das schon. Aber der Doktor konnte nicht auf einen 20-Dollar-Schein herausgeben!«

»Stell dir vor, Karl-Otto war in Amerika und hat dort Häuptling ›Fließendes Wasser‹ und seine beiden Jungs kennen gelernt.«
»Toll! Und wie heißen die Söhne?«
»›Heiß‹ und ›Kalt‹.«

Der Onkel aus Amerika erzählt einem Verwandten von seiner Ranch: »Ich habe so viel Land, dass ich mit meinem Auto zwei Stunden brauche, um von einem Ende zum anderen zu kommen.«
»Ach ja«, sagt einer der Zuhörer, »so ein altes Auto hatte ich auch einmal.«

Was ist ein Sattelschlepper?
Ein Cowboy, der sein Pferd vergessen hat.

Zwei Indianer befragen ihren Medizinmann: »Kannst du uns sagen, wie in diesem Jahr der Winter wird?« Der Medizinmann wirft einen Haufen kleiner Steinchen auf den Boden und sagt: »Das wird ein sehr kalter Winter. Ihr solltet viel Holz zum Heizen sammeln.« Am nächsten Tag suchen ein paar andere Indianer eines befreundeten Stammes den Medizinmann auf und fragen dasselbe. Auch ihnen sagt er: »Sammelt viel Holz.« Die Prozedur wiederholt sich in den kommenden Tagen mit den Abgesandten einiger weiterer Stämme. Irgendwann wird der Medizinmann unsicher. Er denkt sich: »Ich muss doch mal beim Wetteramt anrufen, ob denn meine Prophezeiung auch richtig ist.« Gesagt – getan. Er greift zum Handy und ruft den Zuständigen vom Wetteramt an: »Können Sie mir bitte sagen, wie in diesem Jahr der Winter wird?« Der Herr vom Wetteramt antwortet: »Das wird ein ganz harter Winter! Die Indianer sammeln Holz wie die Verrückten.«

Die Cowboys sitzen in einer Bar und spielen Karten. Da springt einer auf und schreit: »Jetzt hab ich dich! Du spielst falsch. Du hast ein fünftes As aus dem Ärmel gezogen!« »Stimmt«, sagt der andere. »Aber aus deinem Ärmel.«

»Treffen sich zwei Rühreier ...«

ZU GUTER LETZT

Frau Müller steht am Fenster. Plötzlich ruft sie ihren Mann. »Du, Heinz, Fräulein Hauser ist beim Ausziehen!« Er holt schnell sein Fernglas. Fragt sie verwundert: »Was willst du mit dem Fernglas? Den Möbelwagen wirst du doch auch so erkennen können!«

Zwei Kritiker stehen im Museum vor dem Gemälde »Weltuntergang«.
Meint der eine: »Tja, gut getroffen.«
Darauf der andere: »Stimmt, das Gemälde ist wirklich eine Katastrophe ...«

Frage: Was heißt Ladenschluss auf chinesisch?
Antwort: Wat-schon-zu.

Ein Psychiater zu einem ehemaligen Patienten:
»Gratuliere! Ich habe Sie von Ihrem Wahn geheilt.«
Der Patient jammert vor sich hin:
»Was gibt's denn da zu gratulieren? Gestern war ich Napoleon, heute bin ich nur noch ein Niemand ...«

Zwei Reisende sitzen in einem Zugabteil. Schweigen. Plötzlich spuckt der eine dem anderen haargenau am rechten Ohr vorbei und sagt:
»Gestatten, Müller, Kunstspucker.«
Der andere, ziemlich verblüfft, spuckt Sekunden später seinem Gegenüber genau auf das rechte Auge und sagt:
»Gestatten, Friedrich, Laie ...«

Anruf bei der Wetterwarte in Frankfurt:
»Ich wollte Ihnen nur mitteilen, dass die Feuerwehr gerade zwei Meter Ihrer leichten Bewölkung aus meinem Keller pumpt ...«

Eine alte Dame trinkt zum ersten Mal Whisky. Sie überlegt eine Weile und sagt dann: »Merkwürdig, das Zeug schmeckt genau wie die Medizin, die mein lieber Mann 20 Jahre lang einnehmen musste ...«

»Na, hat Ihnen das Christkind zu Weihnachten was Schönes beschert?«
»Danke, ich bin zufrieden, mein Freund hat mir ein Buch zurückgebracht, das er vor langer Zeit ausgeliehen hat, mein silbernes Taschenmesser fand sich in einer alten Hose, und meine Tante ist krank und wird mich nicht besuchen.«

Thorsten will seinen Freund im Krankenhaus besuchen, findet aber den Weg nicht. Er fragt einen älteren Herren: »Opa, wie komme ich am schnellsten ins Krankenhaus?«
Der antwortet: »Indem du noch einmal Opa zu mir sagst.«

Inge fragt ihren Freund: »Nun, Harald, wie war es bei dem Hellseher?«
Harald: »Enttäuschend.
Als ich anklopfte, fragte er: ›Wer ist da?‹«

Fragt der Programmdirektor den Intendanten: »Wie finden Sie unsere neue Nachrichtensprecherin?«
Der Intendant: »Sie ist ein viel versprechendes Talent.«

Wütend wirft ein Beamter im Gartenbauamt
eine Schnecke über die Hecke.
»Warum hast du das gemacht?«, fragt sein Kollege.
»Das aufdringliche Ding
verfolgt mich schon den ganzen Tag …«

Im eisigen Seewind treffen sich zwei Matrosen.
Matrose 1: »Wo hast du deine Ohrenschützer gelassen?«
Matrose 2: »Seit dem Unglück trage ich sie nicht mehr.«
Matrose 1: »Was für ein Unglück?«
Matrose 2: »Man hatte mir einen Whisky angeboten, und ich habe nichts gehört …«

Sagt Rainer zu seinem Freund Heinz: »Ich glaub,
ich bin allergisch gegen Leder.«
Fragt Heinz: »Wie kommst du denn darauf?«
Rainer: »Immer wenn ich morgens aufwache und meine
Schuhe noch anhabe, brummt mir der Schädel.«

Christian zu seinem Freund: »So ein Ärger.
Gestern hab ich 400 Euro beim Rennen verloren«.
Der Freund: »Selber schuld. Warum rennst du denn auch so?«

Erzählt Tina ihrer Freundin Pia: »Meine Freundin hat unzählige Heiratsannoncen aufgegeben. Aber der Erfolg war gleich null!«
Fragt Pia: »Wieso denn? Sie hat doch einen Mann bekommen.«
Tina: »Eben, das ist die Null.«

Dicker Nebel. Ein Autofahrer klebt förmlich an den Schlussleuchten seines Vordermannes. Der bremst plötzlich, und es gibt einen Auffahrunfall. Wütend brüllt der Hintermann los: »Wieso bremsen Sie so spät?«
Antwort: »Na, hören Sie mal, was haben Sie überhaupt in meiner Garage zu suchen?«

Michael zu Tobias: »Mensch, du warst in Paris? Hattest du denn gar keine Probleme mit deinem Französisch?«
Tobias: »Ich nicht. Aber die Franzosen.«

»Für mich ist und bleibt der Schwarzwald der schönste Fleck auf Erden.«
»Ach, du fährst da wohl öfters hin?«
»Nein, ich nicht, aber meine Frau!«

Die Stammtischbrüder Jochen und Peter verlassen
morgens um eins die Kneipe.
Sagt Jochen: »So ein Mist. Wenn ich jetzt
nach Hause komme, kocht meine Alte vor Wut.«
Antwortet Peter: »Hast du es gut! Ich krieg
so spät nichts mehr zu essen.«

»Werden Sie auch meine Stimme nicht beschädigen?«,
fragt der Patient besorgt vor der Operation.
»Wieso denn?«, fragt der Arzt, »ich operiere Sie doch
am Blinddarm.«
Der Patient: »Ich bin Bauchredner.«

»Was denn? Du badest ohne Wasser?«
»Ja. Ich hab's heute verdammt eilig und
keine Zeit mehr, mich abzutrocknen.«

Zwei Frauen unterhalten sich.
Die eine sagt: »Ich würde gerne meinen Mann
umtauschen, und zwar gegen ein Kamel.«
»Warum das denn?«, fragt die andere.
Sagt die erste: »Der Intelligenzquotient soll etwa
der gleiche sein. Aber das Kamel trinkt weniger!«

Bei Rainer klingelt es an der Tür. »Ja, bitte?«
»Ihr Radio ist aber zu laut!«
»Wie bitte?«
»Ich sagte, Ihr Radio ist zu laut.«
»Was ist?«
»Ja, verdammt noch mal! Ihr Radio ist zu laut!«
»Tut mir Leid. Ich versteh kein Wort,
mein Radio ist zu laut!«

Meint ein Gärtner zum anderen: »Es heißt ja, dass es den Pflanzen gut tut, wenn man ab und zu mit ihnen spricht.«
»Okay«, erwidert sein Kollege, »dann gehe ich nach hinten und beleidige das Unkraut!«

Die Kellnerin gießt dem Gast in der Strandbar einen Kaffee ein und plaudert dabei:
»Sieht ein bisschen nach Regen aus.«
Der Gast: »Ja, macht aber nichts. Man kann noch erkennen, dass es Kaffee ist.«

Treffen sich zwei Rühreier, sagt das eine:
»Irgendwie bin ich so durcheinander …«

Schlägerei in einem Dorfgasthaus.
Wendet sich ein Fremder an einen Einheimischen:
»Gibt es denn in Ihrem Nest keinen Polizisten,
der für Ordnung sorgen könnte?«
Meint der Einheimische: »Den haben wir schon,
aber im Moment liegt der ganz unten!«

»Ich fürchte, wir haben unseren Sohn
zu streng erzogen«, sagt Frau Müller.
»Wieso denn das?«, fragt Frau Meier.
»Als ich ihn neulich im Kaufhaus verloren habe
und die Verkäuferin fragte, wie er heißt, sagte er:
›Udo, lass das!‹ …«

Fragt Hofer auf einer Party Hörmann: »Haben Sie
eigentlich schon meine reizende Frau kennen gelernt?«
Hörmann: »Wieso? Haben Sie zwei?«

»Ich erwarte 20 000 Euro Schmerzensgeld, weil Sie
mit Ihrem Wagen über mein Bein gefahren sind!«
»Sie spinnen! Halten Sie mich für einen Millionär?«
»Und ich? Halten Sie mich etwa
für einen Tausendfüßler?«

»Sie sind der Brandstiftung überführt!«, sagt der Richter. »Zwei Zeugen haben gesehen, wie Sie noch einen großen Ballen Papier in die Flammen geworfen haben. Oder wollen Sie das leugnen?«
»Nein, nein, Herr Richter. Aber bitte gestatten Sie mir, noch eines zu sagen: Das war Löschpapier!«

Sherlock Holmes und Dr. Watson machen Urlaub auf dem Campingplatz. Sie stellen ihr Zelt auf und schlafen ein. Nachts weckt Sherlock Holmes seinen Freund:
»Hey, Watson, was sehen Sie am Himmel?«
Watson: »Sterne.«
Holmes: »Was sagt uns das?«
Watson: »Dass da draußen Millionen Galaxien sind. Der Saturn steht im Löwen. Außerdem ist es Viertel nach drei.«
Holmes: »Ist das alles?«
Watson: »Ja, Sir. Und was meinen Sie?«
Holmes: »Na hören Sie mal, Watson! Jemand hat unser Zelt gestohlen!«

Wundert sich ein Besucher im Wachsfigurenkabinett: »Das sollen Wachsfiguren sein? Seit meinem letzten Besuch sind die aber kein Stück gewachsen!«

Verkäuferin: »Die neuen Schuhe werden in den nächsten Tagen noch etwas drücken.«
Der Käufer: »Macht nichts. Ich trage sie erst nächste Woche.«

Florian bringt aus seinem Urlaub einen Papagei mit und soll ihn verzollen. Der Zöllner liest laut aus den Bestimmungen vor: »Papagei lebend, 200 Euro, ausgestopft, zollfrei.«
Krächzt eine Stimme aus dem Käfig: »Hey, Leute, macht jetzt bloß keinen Mist!«

Der kleine Dennis am Informationsschalter eines Kaufhauses: »Wenn eine blonde hysterische Frau kommt und sagt, sie habe ihren Sohn verloren, sagen Sie ihr bitte, ich bin in der Spielzeugabteilung.«

»Omi, die Trommel, die ich letztes Jahr von dir zu Weihnachten bekommen habe, war wirklich das tollste Geschenk!«
»Oh, tatsächlich?«
»Ja, Mutti gibt mir jeden Tag fünf Euro, wenn ich nicht drauf spiele ...«

Bei einem Zoobesuch sagt die Mutter besorgt
zu ihrer kleinen Tochter: »Mausi, geh sofort
von dem Löwen weg!«
Meint die Kleine: »Wieso, Mutti,
ich tue ihm doch gar nichts.«

Die gut genährte Frau Müller hat sich eine hautenge Hose gekauft. Zu Hause verkündet sie stolz:
»Das Modell heißt Capri! Wie findest du es, Schatz?«
Ihr Mann holt tief Luft und meint:
»Capri ist eine Insel, Liebling, und kein Erdteil!«

Aufgeregt meldet sich eine Jungenstimme am Telefon:
»Kommen Sie schnell, Herr Doktor! Meine Schwester
hat meinen Kugelschreiber verschluckt!«
»Ich komme sofort. Weißt du,
was du bist dahin zu tun hast?«
»Ja, ich schreib solange mit dem Bleistift ...«

Sie zu ihm: »Du hättest Politiker werden sollen.«
Er: »Wieso?«
Sie: »Weil du nie weißt, was du willst, und wenn du mal was willst, kannst du es nicht durchsetzen!«

Müllers fragen ihre Nachbarn: »Warum hat denn Ihr Sohn die U-Boot-Einheit wieder verlassen?«
»Er konnte es sich nicht abgewöhnen, bei geöffnetem Fenster zu schlafen!«

»Du hast ja deine ganze Hand verbunden.«
»Ja, ich wollte eine Fliege an der Wand erledigen.«
»Ja, und …?«
»Die Fliege war ein Nagel.«

Kommt ein Mann in die Apotheke und sagt:
»Ich hätte gerne eine Packung Acetylsalicylsäure.«
Darauf der Apotheker: »Sie meinen Aspirin?«
Der Mann: »Ja, genau, ich kann mir bloß
dieses blöde Wort nie merken!«

Ein Liebespaar sitzt schweigend auf der Parkbank.
Er seufzt. Sie sagt: »Was seufzt du?«
»Am liebsten Bier …«

Kürzlich wurde auf dem Mond das erste Restaurant eröffnet. Tolles Essen. Aber keine Atmosphäre …

»Nun, Herr Kasper, wie gefällt Ihnen die Wohnung?«
»Eigentlich ganz gut, ich vermisse nur den Stall!«
»Was für einen Stall?«
»Um den Esel unterzubringen, der die Miete zahlt, die Sie dafür verlangen!«

Treffen sich zwei Freunde. »In meiner gesamten Ehe gab es bisher noch nie ein böses Wort.«
»Du Glücklicher.«
»Ja, hoffentlich wird die zweite Woche genauso harmonisch.«

Geht ein Häschen in ein Geschäft und fragt:
»Haddu leere Akkus?!«
»Nein, tut mir Leid!«, meint der Verkäufer.
Kommt es am nächsten Tag wieder und fragt:
»Haddu leere Akkus?!«
»Nein, tut mir Leid!«, meint er wieder und beschließt, leere Akkus zu besorgen.
Kommt das Häschen am nächsten Tag wieder und fragt: »Haddu leere Akkus?!«
»Ja, heute habe ich leere Akkus!«, antwortet der Verkäufer.
»Muttu aufladen«, sagt das Häschen.

Eine aufgebrachte junge Blondine schreit ihren Verlobten an: »Ich habe es satt, mit einem Geizhals verlobt zu sein. Hier hast du deinen Ring zurück!«
Verlobter: »Und wo ist das Etui?«

Was versteht man unter einem Vakuum?
Mancher fasst sich an den Kopf – und greift ins Leere.

»Hast du meinen Rat befolgt und dir den preiswerten Anzug mit zwei Hosen gekauft?«
»Ja, aber das schwör ich dir: Nie wieder! Man schwitzt so sehr mit den beiden Hosen.«

Wie heißen die drei Eisheiligen?
Langnese, Dr. Oetker und Schöller.

Anruf bei einem Versicherungsagenten:
»Ich möchte meine Villa bei Ihnen versichern lassen.«
»In Ordnung, ich komme vorbei.«
»Ja, aber schnell«, drängt die Stimme am Telefon, »der Wind steht so ungünstig – unsere Feuerwehr schafft es nicht!«

Welches Instrument wollen die meisten Menschen spielen?
Die erste Geige.

Unterhalten sich zwei. Sagt der eine: »Es ist doch toll. Man kann bei den heutigen Kleidertrachten die Geschlechter kaum noch unterscheiden. Sehen Sie zum Beispiel mal den jungen Bengel da vorne an!«
»Das ist meine Tochter.«
»Verzeihung! Ich wusste nicht, dass Sie der Vater sind.«
»Bin ich auch nicht. Ich bin die Mutter!«

Wofür steht »Team«?
Das ist die Abkürzung von: »Toll, ein anderer macht's!«

Zwei Durstige irren tagelang durch die Wüste. Fragt der eine: »Hast du nicht gestern erzählt, du hättest Wasser in den Beinen?«

Treffen sich zwei Schauspieler. Sagt der erste: »Ich hab dich gestern in der Straßenbahn gesehen.« Darauf der andere: »Und, wie war ich?«

In dem kleinen Gebirgsdorf geht es hoch her. Der Hundertjährige soll geehrt werden. Alle warten schon auf den Jubilar, doch er will und will nicht kommen. Da schickt der Bürgermeister einen Boten zum Haus des Mannes. Die Tür öffnet sich und der Mann erscheint mit trauriger Miene und meint: »Ich kann nicht kommen. Mein Vater erlaubt es nicht.«

Eine ältere Dame ruft die Feuerwehr an: »Es brennt! Es brennt! So kommen Sie doch! Es brennt! Es brennt!«
Fragt der Feuerwehrmann:
»Wie kommen wir denn zu Ihnen?«
Fragt die Dame: »Ja ..., haben Sie denn nicht mehr diese kleinen roten Autos?«

Ein junger Typ drückt sich seit Stunden auf dem Gelände einer Tankstelle herum. Der Tankwart fragt ihn misstrauisch: »Was suchen Sie hier eigentlich?«
»Och, ich versuche, mir das Rauchen abzugewöhnen!«

Sagte eine Frau zu ihrer Freundin:
»Ich jedenfalls glaube nicht an Horoskope;
uns Skorpionen macht keiner so schnell etwas vor!«

»Nachdem Sie im Lotto gewonnen haben,
Herr Schmidt, können Sie mir ja endlich den Betrag
zurückzahlen, den Sie mir schulden.«
»Na, erlauben Sie mal! Wer hat denn hier
gewonnen – Sie oder ich?«

»Was heißt da: Sie wollen Ihre erste Brille?«, fragt der Augenarzt den Patienten. »Sie haben doch schon eine getragen, wie ich an der Druckstelle auf Ihrer Nasenwurzel leicht sehen kann.«
»Die stammt von keiner Brille, sondern vom Bierglas!«

»Frau Winter, was will denn Ihr Sohn einmal werden?«
»Müllfahrer.«
»Müllfahrer? Wieso das denn?«
»Ach, er glaubt, die arbeiten nur dienstags!«

Bei der Feuerwehr ruft eine aufgeregte Frau an:
»Kommen Sie schnell, mein Mann hat den neuen Grill ausprobiert.«
»Das ist sehr nett von Ihnen«, erwidert der Feuerwehrmann, »aber ich kann hier nicht weg – außerdem habe ich schon gegessen.«

Sagt der Mann am Kreditschalter zum Kunden: »Entschuldigen Sie, jetzt haben wir uns schon so lange unterhalten, dass inzwischen die erste Rate fällig geworden ist!«

Eine kinderreiche Frau, die schon wieder schwanger ist, muss auf der Polizeiwache eine Aussage machen. Fragt der Beamte: »Ist Hamburg Ihr Geburtsort?«
»Ja, meistens!«

»Warum kostet der Rollmops plötzlich mehr? Ist der Fisch teurer geworden?«
»Der Fisch nicht, meine Dame, aber das Holz!«

»Was sind Sie denn von Beruf?«
»Straßenverkäufer!«
»Interessant. Was kostet bei Ihnen denn eine Straße?«

»Sie kündigen mir?«, fragt die Fernsehmoderatorin verblüfft den Programmdirektor.
»Ja, versprochen ist versprochen …«

»Verzeihung, sind Sie nicht zufällig Herr Sommer?«
»Sommer schon, aber nicht zufällig!«

»Hugo, stottert deine Frau oft?«
»Nein, nur wenn sie spricht!«

»Schau mal, wie schön blau der Himmel ist.«
»Kein Wunder, er ist ja auch direkt über der Brauerei!«

Frau Müller fragt ihre Nachbarin Frau Schulze:
»Erstaunlich, wie sich Ihre Zwillinge ähnlich sehen.
Wie halten Sie denn die beiden auseinander?«
Frau Schulze: »Och ganz einfach: Bei dem einen sind
die Mandeln herausgenommen worden!«

Ein Herr bringt einen Film in die Fotohandlung:
»Bitte entwickeln und Abzüge anfertigen. Hochglanz.«
»Morgen können Sie die Bilder abholen«,
sagt die Verkäuferin.
»Bekomme ich keinen Zettel?«
»Nicht nötig, ich habe mir Ihren Namen
notiert, Herr Hochglanz!«

Nina bringt ihr Auto in die Werkstatt.
»Wo haben Sie denn die Scheibenwischer gelassen?«, staunt der Mechaniker.
»Ach, die habe ich abgeschraubt, weil die Polizei immer so doofe Zettel dahinter geklemmt hat.«

»Rudi, bitte krieg keinen Schreck, wenn du in die Garage gehst.«
»Ist das Auto kaputt?«
»Nein, es steht quer!«

Es regnet in Strömen. Ein werdender Vater ruft immer wieder in der Klinik an, bis es der Schwester zu viel wird: »Nun beruhigen Sie sich doch – das Kind ist schon unterwegs!«
»Was, unterwegs?«, empört sich da der Mann. »Bei diesem schlechten Wetter?«

Verstört steht ein Herr im Schlafanzug am Fahrkartenschalter und wendet sich fragend an seinen Hintermann: »Und Sie sind absolut sicher, dass ich das hier nicht träume und nicht friedlich schlafend zu Hause im Bett liege …?«

Ein junges Mädchen fährt an der Tankstelle mit ihrem Kleinstwagen vor: »Bitte füllen Sie in meinen Wagen einen halben Liter Benzin und einen Fingerhut voll Öl.«
»In Ordnung«, sagt der Tankwart, »und danach werde ich etwas an die Reifen klopfen, damit er ein schönes Bäuerchen machen kann!«

»Marga, dein Mann hat mir erzählt, er führte zu Hause ein Hundeleben – stimmt das?«, fragt die Freundin.
»Ja«, nickt Marga. »Er kommt mit schmutzigen Füßen ins Haus, macht es sich vor dem Ofen bequem und lauert aufs Essen!«

»Mein Junge«, sagt der dicke Mann im Bus, »sei ein Kavalier und biete der Dame deinen Platz an.«
»Warum sind Sie denn kein Kavalier und bieten zwei Damen Ihren Platz an?«

»Stellen Sie sich vor: Mein Nachbar hat bei mir eine Fensterscheibe eingeschlagen, weil ich Klavier gespielt habe.«
»Wie dumm von ihm, jetzt hört er es ja noch deutlicher!«

»Ich träume immer davon, einmal im Monat 15 000 Euro zu verdienen wie mein Vater.«
»Was, dein Vater verdient 15 000 Euro im Monat? So viel?«
»Nein, aber er träumt auch davon!«

Herr und Frau Geldermann wollen ihre Wohnung exklusiv einrichten und erkundigen sich im Antiquitätengeschäft nach einem besonders schönen Möbelstück. »Das ist eine Rokokokommode«, sagt der Verkäufer.
»Wirklich sehr schade«, flüstert Frau Geldermann ihrem Gatten ins Ohr, »der Mann ist so gebildet – und stottert!«

In der Straßenbahn:
»Mein Herr, Sie sitzen auf meinem Hut!«
»Ich weiß, aber wollen Sie denn schon aussteigen?«

Bedankt sich der schlechte Tänzer:
»Es war nett von Ihnen, mir diesen Tanz zu schenken.«
»Keine Ursache«, erwidert die Dame, »es ist ja ein Wohltätigkeitsball!«